# ミッドナイト

柴田哲孝



双葉文庫

偉大なるG・T・Lに。
あなたは、我々に
冒険小説を読む喜びを教えてくれた。

目次

# ミッドナイト

# 序章

嘘をつく者は、信用できない。

神の裁きを待たずとも、その罪は万死に値する。

だが、もっと信用できないのは、真実を話す者だ。その軽口が、やがては自分を殺し、国家を滅ぼすことになるだろう。

結局のところ、本当に信用できるのは貝のように口を閉ざして何も語らない者だけだ。かつて、この私がそうであったように——。

イゴール・ミハノヴィチ・ガレリンは、目の前で饒舌《じょうぜつ》に話し続ける日本の外務省のロシア担当官、黒木《くろき》直道《なおみち》の言葉に耳を傾けながらそんなことを考えていた。

「……日本政府としても、今回のミスター・ガレリンの申し出は願ってもないお話です。あなたがもし本当にそれらの情報を我々に提供してくださるならば、日本政府としては今後のあなたの命と身分を保障する準備があります。それはロシア側に対してだけでなく、アメリカに関しても、という意味も含みます。もちろんその効力はミスター・ガレリンと、あなたの御家族にも及ぶものと考えていただいて差し支えありません……」

ガレリンは話を聞きながら、傍らでオレンジジュースを飲む娘のナオミ・イゴノワの肩を抱き寄せた。

自分のことは、二の次だ。大切なのは、一五歳になったばかりのこのナオミの命だ。

実際に妻の真澄《ますみ》は、二週間前に亡くなった。あの事故が〝本当の事故〟だったのかどうか、もしくはFSB（ロシア連邦保安庁）の連中がやったのかは別としても。

ガレリンは右手にグラスを持ち、ザ・マッカランの一八年を口に含む。いつもは円《まろ》やかなこのシングルモルトのスコッチは、今夜はなぜか苦く感じられた。

黒木が、話し続ける。

「……アメリカ側との話は、そう難しくはないと思います。日本政府は例の〝バード〟（F−35）を昨年末にさらに追加注文を出したばかりですし、アメリカ側としてもミスター・ガレリンの情報は喉から手が出るほど欲しいはずです。問題はロシア側との交渉ですが、こちらの方は北方四島返還という領土問題が絡んでくるだけに少しナーバスな要因を含むことになります……」

ガレリンは苦いウイスキーを口に含む。

それにしても、この黒木という男はしゃべりすぎる。話していることが嘘か、真実かは別としても。それよりもまだ、隣に黙って座っている田中《たなか》という男——おそらく内閣情報調査室か警察庁の公安の人間か——の方が信用できるだろう。

店の電話が鳴った。ガレリンの目元が、かすかに痙攣《けいれん》した。

今夜はこのナイトクラブは休みのはずだ。いまテーブルにいる我々四人だけの貸し切りだと聞いていたが……。

それまでカウンターの中でスマートフォンのゲームをやっていた若いバーテンダーが、電話に出た。〝ラウンジ・クレイン〟という店名を告げ、日本語で話している。

「黒木さんという方はいますか。お電話ですが……」

バーテンが受話器をカウンターに置いた。

「私に?」

黒木が怪訝そうに首を傾げてソファーを立ち、カウンターに向かった。

ガレリンはその様子を見守りながら、娘のナオミを抱き寄せ、ロシア語で耳元に囁いた。

「この店に入る前に確認した非常階段はわかるね。あの階段からビルの外に出て、あとはさっきパパが説明したとおりに行動するんだ。できるね」

「ダ……」

ナオミが小さく頷き、ソファーの上のダウンジャケットを摑んで店を出ていった。

ガレリンが、その後ろ姿を見つめながら、胸の中で呟いた。

──娘に、神のご加護を──。

黒木が、席に戻ってきた。グラスの水割りを飲み、溜息をついた。

「電話は、誰からですか」

田中という男が訊いた。

「いや、それが誰だか……。ただ、ガレリンはそこにいるのかと訊かれたので、そんな男は知らないと答えたのですが……」

「ほう……。我々がここにいることは、ごく一部の者しか知らないはずだが……」

田中という男がそういって、右手を上着の中に忍び込ませた。

ガレリンは田中の動作を冷静に見守った。この男が銃を持っていることは、ここに座った時から気付いていた。やはりこの男は、信用できる。

「さて、それでは話の続きを……」

黒木の言葉を、田中が制した。

「待て……。床に伏せろ！」

田中が、ロシア語で叫んだ。ガレリンはその言葉と同時に、ソファーの背後に飛んで床に身を伏せた。

テーブルやカウンターの椅子の脚の間から、店の入口が見えた。ドアが開き、黒服の男が入ってくるのが見えた。

何発かの銃声！

黒服の男が店内に向かって〝何か〟を投げ、ドアの外に逃げた。

次の瞬間、轟音が鳴った。

火焔《かえん》が一気に店内に広がった。

ガレリンはソファーと共に爆風で吹き飛ばされ、壁に叩きつけられた。

ナオミは外の非常階段を駆け下りた。

雑居ビルの谷間のネオンの光の中に、雪が舞っていた。

階段から雪の積もる地面に飛び下りた時に、爆発音を聞いた。

ダウンジャケットのフードを被り、雪の中に倒れた。雑居ビルの五階の窓から、火焔と黒煙が吹き出すのが見えた。頭上から、粉々に割れたガラスの破片が降ってきた。

パパ……。

爆発の余波が収まるのを待って、起き上がった。雪の中を、駆けた。

ナオミは走りながら、方角を探った。この街のことは、よく知っている。まだ一五歳になったばかりだが、その内の四年間をこの街で暮らしていた。

ここは日本の北海道、札幌市中央区の南四条だ。地下鉄の、すすきの駅に近い。

爆発音が聞こえたために、深夜の街で人が騒ぎはじめていた。ナオミは人とぶつかり、掻き分けるように走った。遠くから、消防車のサイレンの音が聞こえてきた。

走りながら、空を見上げた。ビルの屋上に、観覧車のネオンが見えた。

こっちだ……。

路地を抜け、市電の走る大通りに出た。目の前の交差点に、ニッカウヰスキーの巨大な看板が光っていた。

ここから北に向かえば、狸小路《たぬきこうじ》というアーケードの商店街に出る。パパやママと、よく食事に行ったレストランがあるところだ。そしてさらに北に向かえば、テレビ塔のある大通公園《おおどおりこうえん》を抜けて、札幌駅に出る……。

ナオミは、白い息を吐きながら、雪の中を走る。ナイキのスニーカーは氷の上で滑るが、ころばない。五歳のころからフィギュアスケートで鍛えたバランス感覚が、体の芯を支えている。

すすきのから外れるにつれて、人通りが少なくなってきた。だが札幌駅前通には、まだ車がたくさん走っていた。その雪の積もる歩道を懸命に走るナオミの姿に、誰も気付かない。

間もなく、狸小路を横切った。三越の前を通り、大通公園に出る。まだ、さっぽろ雪まつりが終わって間もない大通公園には、雪像を壊した残雪が山のように積まれていた。

ナオミは走りながら、右手を振り返った。低い雪雲の中に先端が消え入るように、さっぽろテレビ塔のネオンが聳《そび》えていた。

テレビ塔の電光掲示板の時計で、時刻がわかった。いま、一一時五七分。間もなく、午前零時になる——。

それから大きな通りを、ツーブロック走った。ナオミは信号のある交差点を、左に折れた。右前方に茶色い煉瓦造りの、三階建の建物が見えてきた。

角が丸い入口の上に、〈——中央警察署・POLICE——〉と書いてある。ナオミはその入口に、駆け込んだ。

受付の前に立った。中にいた制服の警察官に、日本語でいった。

「私はナオミ・イゴノワといいます。ロシア人です。私の父はイゴール・ミハノヴィチ・ガレリンというロシア人のスパイです。父はいま、すすきのの〝ラウンジ・クレイン〟というナイトクラブにいます。私の父を逮捕して、保護してください。私たち親子は、日本に亡命する意志があります……」

ナオミは荒い息で一気にいい終えると、その場に崩れるように倒れた。

そのまま、気を失った。

翌二月一八日――。

北海道の地方紙の朝刊に、次のような記事が載った。

〈――すすきのでガス爆発　外務省職員重傷

17日午後11時40分ごろ、札幌市中央区南四条の雑居ビルで「ガス爆発がおきた」という119番通報があった。札幌消防署によると爆発がおきたのはビルの5階にある飲食店の店内で、ガス漏れに気付かずタバコの火が引火したものと見られる。この事故で店長の島岡《しまおか》雄太《ゆうた》さん（32）が死亡。たまたま客として店内にいた外務省職員の黒木直道さん（51）が火傷などの重傷を負った――〉

このガス爆発事故は、同日の地方局のテレビニュースやラジオニュースでも報道された。

だが、いずれのメディアも重傷を負った黒木という客が外務省のロシア担当官であったこと、他に警察庁警備局外事情報部の工藤明徳《くどうあきのり》――通称〝田中〟――が重傷を負ったこと、さらにロシア人外交官のイゴール・ミハノヴィチ・ガレリンが現場にいたことは一切報じなかった。

つまり、昨夜ガレリンが外務省側の担当者と接触したという事実は、いまの日本政府にとってきわめて都合が悪いということだ。

その男は〝ドッグ〟――犬――と呼ばれていた。

他に、名前はない。もしあったとしても、誰も本名は知らない。

いま〝ドッグ〟は札幌市内のビジネスホテルの一室で朝のコーヒーを飲みながら、近くのコンビニエンスストアで買ってきた新聞を読んでいた。一方で、テレビから流れてくるニュース番組の日本語に耳を傾ける。

少ない情報から、状況を分析する。日本政府は今後も、あの爆発がロシア製のRGD-5手榴弾が用いられたテロであることを秘匿するだろう。

そしておそらく、ガレリンは死んでいない。もし死んでいるなら、近い将来にロシア側が何らかの手段によって公表するだろう。

だが、少なくとも今回の一件は、ウラジーミル・プーチンからの日本政府とガレリンに対する強いメッセージとなったはずだ。奴らは今後、安易な行動を取れなくなるだろう。

そして、いずれは動き出す……。

その前に情報を収集し、的確に対応できるように準備をしておくことだ。今度こそ、任務を完遂するために。
〝ドッグ〟はコーヒーカップを置き、デスクの上のＭａｃＢｏｏｋを開いた。
英文の報告書を作成し、〝本部〟にメールを送信した。

# 第一章　メフィストフェレスの呪い

## 1

昔、ある賢人がいった。

——男は、危険か遊びにしか夢中になれない動物だ——。

いま自分がやっていることは〝遊び〟ではない。〝任務〟だ。

だが、〝危険〟であることは確かだ。だから〝夢中〟になる必要がある……。

警察庁警備局公安課特別捜査室〝サクラ〟の田臥健吾《たぶせけんご》警視は、右手でSIG SAUER P230自動拳銃の銃把に触れ、あくびを堪えた。どうもこの三二口径（7・65ミリ）の豆鉄砲を持っていると、緊張感が湧いてこない。訓練の延長のような気がして、体が戦闘モードに入らない。

普段、田臥は、警察庁の備品の中でも9ミリパラベラムのGLOCK19を好んで使う。ところが今回は、使用許可が下りなかった。つまり、荒っぽいことを自重しろ……という意味だろう。

だが、自重しろというならなぜ、おれをこの〝家宅捜索《ガサイレ》〟に呼び出したんだ？

人を用心棒代わりに便利に使いやがって……。

田臥はいま、外事情報部三課の久留米久信《くるめひさのぶ》の班と共に、東京都新宿区内の住宅地にある玉川荘という古いアパートを包囲していた。数日前に、このアパートの二〇四号室にアジア系外国人のクリミナルグループ〝パラン・ホランイ〟（青い虎）のアジトがあり、四月一日にメンバーの集会が行なわれるという〝密告《タレコミ》〟があったからだった。

〝パラン・ホランイ〟は実体に謎の部分が多い。これまでにわかっていることはリーダーが通称キム・グァンソク（金光石）という二七歳の韓国籍の男で、メンバーは多国籍の数十名。その中には中国人、ベトナム人、パキスタン人、フィリピン人、タイ人などが含まれている。

配下のメンバーによる日本国内での犯罪は、カード詐欺、ピッキング、集団スリ、強盗、誘拐、殺人など多岐に及ぶ。それらの〝水揚げ〟はグループの幹部、首領、さらに海外に拠点を置く本部へと上納、送金される。現在、日本にはこうした外国人クリミナルグループが無数に存在し、それぞれが横のつながりを持ちながら、日本の地下社会に深く浸透している。

元来、この手の外国人クリミナルグループの犯罪は警視庁の外事課の領分になる。今回はグループの中にクレジットカード偽造を専門とするメンバーがいるという情報があったことから、警察庁外事情報部三課の担当となった。さらに〝パラン・ホランイ〟が日本の暴力団とも深く提携していることが明らかになり、〝サクラ〟の田臥にもお呼びが掛かったというわけだ。

だが、そんなことは知ったこっちゃない。本当に〝パラン・ホランイ〟というクリミナルグループが暴力団と繋がりがあるのかどうかなど、わかったものか。どうせ銃撃戦が始まった時の便利な突撃要員として、自分が引きずり出されただけだろう。

それなのに、おれにこんな豆鉄砲を持たせやがって……。

「おい、今日はいったいこのボロアパートに、何人集まるんだ」

田臥が、ツーブロック離れたコインパーキングに駐めたミニバンの後部座席に身を潜め、助手席の久留米に訊いた。窓にはスモークフィルムが貼ってあるので、外からは見えない。

「事前のインフォメーションでは幹部が四〜五人集まると聞いてたんだがな……」

久留米が、無責任にいった。

「いい加減なことをいうなよ。もう、七〜八人はあのアパートに入ってるぞ……」

いまも東南アジア系の小柄な男が用心深くあたりの様子を探りながら、ボロアパートに入っていった。

「いつ〝突入〟するんですか。もう、二三時を回りましたよ」

田臥の背後で、部下の室井智《むろいさとし》がいった。

「もう少し、待とう。一網打尽にしないと、意味がない」

久留米が時計を見た。

だが、こちらの〝家宅捜索〟班は久留米班に田臥と室井の〝サクラ〟の二人を加えても、僅か八人だ。これだけの人数で、ほぼ同じ数の相手をどうやって一網打尽にするのか。

しかも相手は外国人クリミナルグループだ。〝捜査令状《フダ》〟を見せても大人しく確保される連中ではない。こちらが急襲すれば蜘蛛の子を散らすように逃げるだろうし、刃物や銃で武装している可能性もある。

「あと一五分だ。二二時二〇分になったら突入しよう」

田臥がいった。

「わかった、そうしよう……」

久留米が無線のマイクを取り、アパートの反対側に待機するもう一台のミニバンの四人に呼び掛ける。

「こちらA班……。二二時二〇分に〝現場《ゲンジョウ》〟に突入する……。B班四人の内の二人は二〇四号室の窓の下で待機しろ……。残り二人は正面玄関でA班と合流……。五分前に行動開始する……」

無線を切った。それから一〇分間、車内が長い沈黙に包まれた。

だが、背後から荒い息遣いが聞こえてきた。振り返ると、室井が虚ろな目で肩を震わしていた。

無理もない。室井は一昨年、同じ外国人絡みの〝事件《ヤマ》〟の捜査中に、腹を刺されて重傷を負ったばかりだ。あれから〝現場〟に出るのは、これが初めてだ。

二二時一五分──。

突入の五分前になった。

「よし、行こう……」

助手席の久留米が、ミニバンを出た。田臥と他の捜査員も、これに続いた。

壁に沿って、暗がりを走った。

アパートの入口で、B班の二人と合流。目くばせで、合図を送る。

だが、室井がいない……。

捜している余裕はなかった。B班の別の二人が、アパートの中庭の指定位置に着いたことを確認。久留米を先頭に、足を忍ばせて外階段を上った。

田臥はここで、上着の中のホルスターからP230を抜いた。両手を畳んで胸の位置に構え、マニュアルセーフティを外す。

二二時二〇分——。

久留米が廊下の二〇四号室の前に立ち、背後に確認の合図を送る。そして、ドアをノックした。

「これは警察の捜査だ！」

英語でいって、ドアを開けた。同時に、室内からナイフが飛んできた。

それを受けてよろけた久留米を躱《かわ》し、二番手にいた田臥はP230を構え部屋に踏み込んだ。瞬間的に、室内の状況を把握する。

部屋の広さは手前のキッチンと、奥に八畳間がひとつ。そこに一〇人のアジア系外国人がいて、蜂の巣を突いたような騒ぎになっていた。思っていたより多い。

正面、中庭側の窓から三人逃げようとしていた。座ったまま呆然としている奴が二人。残りは部屋の中を闇雲に走り回っている。テーブルの上にはコンビニで買ってきた弁当やビールの缶が散乱していた。

「フリーズ！　日本の警察だ！」

田臥が叫んだ。

だが、中の一人が目を吊り上げて田臥に突進してきた。右手に、大きなハンティングナイフを握っている。

すべてが、スローモーションのように見えた。男が、ナイフを振り上げる。瞬間、田臥は冷静にナイフを持つ右手を狙い、引鉄《ひきがね》を引いた。

轟音！

男の手首から血飛沫が上がり、ナイフが飛んだ。

同時に、銃声を聞いた男たちの動きが止まった。

どうやらこの豆鉄砲の音でも、一発でギャングたちの気勢を殺ぐぐらいの抑止力はあるらしい。

「全員、逮捕する！」

外事情報部三課の連中が、部屋に傾《なだ》れ込んだ。こうなれば〝捜査令状〟など意味はない。すでに抵抗の意志の失せた多国籍のギャングたちに、次々と〝手錠《ワッパ》〟を掛ける。

他に二人ほど、窓から中庭に飛び降りて逃げた奴がいる。だが階下から〝確保〟の声が聞こえてきた。

田臥も、中国語を喚きながら泣き叫んでいる男を取り押さえた。32ACP弾が貫通した手首が半分千切れていた。これでは〝手錠〟は無理だ。

また始末書か……。

今回の一件をマスコミが嗅ぎつけないことを祈るばかりだ……。

田臥は重傷を負っている若いギャングを他の捜査官に預け、部屋を出た。廊下に、久留米が立っていた。

その胸に、ナイフが突き刺さっていた。

「アーマー（防弾ベスト）を着ていて良かったな」

久留米の胸からナイフを抜き、本人に渡した。

「相変らず、見事な射撃だ……」

久留米がいった。

当然だ。クワンティコのFBIアカデミーの訓練で射撃、狙撃、ドライビングテクニックで三冠を達成した日本の警察官は、過去に田臥一人だけだ。

「まあ、また用心棒が必要な時には声を掛けてくれ」

田臥は久留米に手を振り、アパートの階段を下りた。

間もなくアパートの周囲に犯人護送用のバンや救急車、鑑識の車が集まり出した。あとは久留米と外事情報部三課の連中が、後始末をやるだろう。

幹部一〇人が逮捕された〝パラン・ホランイ〟は事実上、消滅する。これで田臥の役割は、終わりだ。

コインパーキングのミニバンに戻ると、運転手の若い警官と一緒に室井が後部座席に座ったまま待っていた。荒い息をして、体が震えている。

「終わったよ……」

車に乗る田臥を見て、室井が頷いた。

「……す……すみません……」

室井が懸命に息をしながら、やっとそれだけをいった。完全に、PTSD（心的外傷後ストレス障害）の症状だ。

「まあ、無理するな。そのうちに楽になるさ」

田臥は室井の肩を、軽くぽんと叩いた。

## 2

翌日——。

予想どおり、田臥は公安課長の厚木《あつぎ》範政《のりまさ》から呼び出しを受けた。

厚木は田臥の直属の上司であり、〝サクラ〟の実質的な支配者でもある。

だが呼び出された場所は通常の小会議室ではなく、新宿のゴールデン街にある古く小さなバーだった。その『長いお別れ』という店は田臥もよく知っていたし、何度か行ったことはあったが、なぜ厚木がそんな場所を選んだのか理由はわからなかった。

指定された午後一〇時に店の傾いたドアを開けると、八人しか座れない狭いカウンター席はすでに一杯になっていた。その中に、厚木の姿はない。

「田臥さん、いらっしゃい。あちらの奥の席にどうぞ……」

健介《けんすけ》というバーテンは、田臥のことを覚えていた。

バーテンが示した奥にたったひとつあるボックス席を見ると、〝予約席〟と書かれたプレートとグラスが二つ、まだ封を切っていないマッカランのボトルが一本置かれていた。つまり、マッカランを飲みながらここで大人しく待てということか。

テーブルに着くと、健介がアイスペールとミネラルウォーター、ミックスナッツの入った皿を持ってきて田臥の前に置いた。グラスに氷を入れてウイスキーを注ぎ、もうひとつにチェイサーを作る。

「すまないが、タバコを一本もらえないか」

「いいですよ。これでよければ……」

差し出されたマールボロの箱から一本抜き、ライターを借りて火をつけた。狭い店内はすでに客のタバコの煙が籠もっていた。このような時には他人の副流煙に燻されるよりも、自分もタバコを吸った方が体にはいい。

いずれにしても、人生でタバコを吸うのはこれが最後だ。マッカランのオン・ザ・ロックスを口に含み、しばらく味わった後で、マールボロの煙を吸い込む。久し振りのタバコで、ふと頭が重力を失うような錯覚を感じた。それはそれで、悪くない。

約束の時間を一〇分ほど過ぎたころ、傾いたドアが軋む音が聞こえた。店の入口を振り返ると、いつものグレーの背広を着た厚木課長が立っていた。

厚木が田臥に気付き、小さく頷く。カウンターの客の背後を通り、奥のボックス席の田臥の向かいに座った。この白髪頭の猫背の男を見て、泣く子も黙る〝警察庁《ホンシャ》〟の公安課長だとは誰も思わないだろう。

「待ったか」

厚木が自分のグラスに氷を入れ、ウイスキーを注いだ。

「いや、それほどでも。こいつを飲みながら待っていろという命令だと思ったので、先に飲《や》らしてもらってましたよ」

「ああ、もちろんだ。かまわない……」

厚木がマッカランを口に含み、息をついた。

「それで、何でまたこんな所に私を呼び出したんですか。まさかここで、始末書を書けというわけではないんでしょう」

田臥がグラスのウイスキーを飲み干し、もう一杯注いだ。

「始末書？　ああ、昨夜の件か。〝外事〟の連中に聞いたが、まただいぶご活躍だったらしいな。そんなことは、どうでもいい。ここに呼んだ理由は、訊かなくてもわかるだろう」

当り前に考えれば、本庁の内部では話しにくい内容ということだ。

〝警察庁〟は魑魅魍魎の巣窟だ。建前は法の番人として正義を装うが、内情は必ずしも一枚岩ではない。部署や個人によって利害関係は異なり、常に相手を出し抜く隙を窺いながら、合法違法の枠を越えて権力闘争を繰り広げている。どこの壁に耳があり、どこの床や天井に目があるかはわからない。

「それで、話の内容というのは？」

田臥が訊いた。

「実は、頼みたい〝仕事〟がある……」

頼みたい〝仕事〟というのは、妙ないい方だった。

元来、警察官は、法令の執行等の職権職務を忠実に遂行することを〝任務〟とする。この〝任務〟は、警察庁長官をトップとする指揮系統により〝命令〟として伝達される。この〝任務〟を上司が〝仕事〟というのはおかしい。まして〝頼みたい〟などという言葉を使うわけがない。

「その〝仕事〟というのは、何なんですか」

田臥が、さらに訊いた。

「ある人物を二人、護送してもらいたい。一人は、某国の〝S〟（スパイ）だ。場所は一両日中に決定するが、おそらく日本国内のどこかから東京の〝本社〟までだ……」

それも、奇妙な話だ。

元来、〝公安〟は極左暴力集団や右翼団体、もしくはMSA（日米相互防衛援助協定）に規定される犯罪を扱う。特に〝特捜〟の〝サクラ〟はスパイ関連の〝事件《ヤマ》〟を担当することもあるが、それが〝某国の〟と付くならば外事情報部の領分だ。しかもその〝S〟がすでに確保され、面も割れているのに、その護送が〝サクラ〟に回ってくるというのはおかしい。

「いくつか訊きたいことがあります」

「何だ。わかることには、答える」

「まず、その某国の〝S〟に関してです。国名と名前、日本で何をやったのか……」

田臥が訊くと、厚木がウイスキーを口に含み、頷いた。

「某国とは、ロシアだ。その〝S〟の名前は、私も知らない。何をやったのかも、わからない。すべて、内閣府と外務省の機密事項になっている。わかっているのはそいつがいま北海道のある場所にいて、東京に運ばなければならないということだけだ……」

ロシアの〝S〟ならば、MSA絡みだということか。しかも内閣府と外務省の機密事項になっているのなら、かなりの大物であることだけは確かなようだ。

「しかし、すでにその〝S〟は北海道で確保されているわけでしょう。飛行機を使うのか新幹線でやるのかはわかりませんが、なぜ〝S〟の護送なんていう簡単な〝仕事〟に、わざわざ〝サクラ〟の我々が駆り出されるんですか」

「いや、飛行機も新幹線も使えない……。それにこの〝仕事〟は、それほど簡単ではないかもしれない……」

飛行機も新幹線も使わない……。

「どういうことですか。それなら、どうやって……」

「〝上〟からの命令では、車を使って陸路で運べといっている……。理由はわからんが、あえていうなら空も新幹線も、何かが起きた時に周囲の一般人を巻き込む恐れがあるということなんだろうが……」

珍しく、厚木の表情に不安が掠《かす》めたような気がした。

それにしても馬鹿げている。もし危険ならば、警察か自衛隊のヘリを使えばいい。その方が早いし、確実だ。わざわざ車で陸路を走る必然性がない。

田臥と厚木は、声を潜めて話し続ける。暗い店内にはエンニオ・モリコーネのサウンドトラック盤が流れ、カウンターでは酔客同士が熱っぽく文学論を交わしている。二人の会話は、誰にも聞こえない。

「ひとつ、訊いていいですか。この〝仕事〟は、いったい誰からのオファーなんですか」

田臥の質問に、厚木は答えにくそうだった。グラスのウイスキーを飲み干し、少し考えている。だが、しばらくして、意を決したようにいった。

「〝本店〟（警視庁）の大江《おおえ》寅弘《のぶひろ》だよ……」

田臥はその名前を聞いて、腹の中で舌打ちをした。

日本の警察関係者で、大江を知らぬ者はいない。現警視庁刑事部長、前内閣官房長官秘書官。昨年、田臥が係った〝事件〟に絡み失脚した高橋卓《たかはしすぐる》の後釜として次期〝本社〟の警備局長、いずれは警察庁長官になるという噂のある男だ。

「この件で大江が動いているのだとすれば、裏に内閣府の指示があると考えていいということですね」

田臥がいった。

「そう思って、差しつかえない……」

厚木が、頷く。

「大江が、私を指名したんですか」

「そうだ。〝サクラ〟の室長の田臥にやらせてくれといわれた……」

それも、奇妙な話だ。田臥は大江と、直接の面識はない。むしろ、失脚した高橋卓の腹心といわれた大江なら、田臥に一物あってしかるべきだ。

何か、きな臭い……。

厚木が、続けた。

「これは、正式な命令ではない。だから、断るというならそれでもいい。私のポジションで、何とか止めることはできる……」

つまり厚木は、自分の立場を捨ててもいいといっている。いま日本の警察機構の中で大江に背けば、少なくとも将来はなくなる。

「まだ、やらないとはいっていませんよ。もしやるなら、何人のチームを組むことになるんですか」

「車は、一台だ。護衛は、付かない。その条件で〝S〟を含めて二人の人間を護送することになる……」

そうなれば必然的にチームは二人、最大でも三人ということになる。

「まるで、ゲームのルームですね」

罠の臭いがした。どう考えても、まともな〝仕事〟ではない。

「そうかもしれない。しかし、〝S〟を秘密裏に東京に移したいのだとしたら、大江のいい分にも一理ある……」

確かに、厚木のいうことは間違っていない。過去の例を見ても、他国の〝S〟や暴力団関連の重要証人を護送する際には、コンパクトなチームで秘密裏に行うことが多い。下手をすると、命を狙われるからだ。

「その〝S〟と一緒に運ぶもうひとつの〝荷物〟というのは、何者なんですか」

「詳しくはわからない。私が知らされているのはその〝S〟の家族で、女だということだけだ。ちなみにその〝S〟と家族は、日本側に情報を提供するかわりに亡命を希望していると聞いている」

亡命、か……。

それならば、秘密裏に護送しなければならないという理由も理解できる。しかも、もう一人が女なら——その〝S〟の妻か母親かは知らないが——こちらも二人ないし三人で対応することは不可能ではない。

「なぜ、私を指名したのか。その本当の理由は?」

田臥が訊いた。

「この〝仕事〟が難しいからだ。これまでの経歴やクワンティコでの成績を見ても、お前の他にこれをやれる人間はいない……」

厚木にそういわれると、無下には断われなくなる。

「少し、考えさせてもらえますか。その上で、こちらの条件がすべて受け入れられるなら、やってもいい……」

田臥はグラスのウイスキー飲み干し、三杯目を注いだ。

「わかった。先方へは来週まで、返事を引き伸ばしておく。ところでもしやるとしたら、誰と組む。いつもの室井か」

「いや、いまの室井は難しいかもしれない。奴は例の一件のトラウマから、まだ立ち直れていない……」

「わかった。人選も、お前にまかせる」

またタバコが吸いたくなった。

田臥は灰皿のマールボロの吸殻に手を伸ばし、先端の灰を落として火をつけた。

苦い煙を吸い込む。

人生でタバコを吸うのは、これが本当に最後だ……。

3

ロシアの〝S〟――それに北海道――。

田臥にはこの二つのキーワードで、思い当る節があった。

二月の中ごろだった。ネット上で、気になるニュースを見た記憶がある。

〈――すすきのでガス爆発　外務省職員重傷――〉

確か、北海道の地方紙の記事だったはずだ。そのガス爆発事故で、外務省の職員が一人、重傷を負った――。

厚木と会った翌日、田臥は〝本社〟の自分のデスクで個人のタブレットを使い、この記事を探した。

例のロシア人の〝S〟は、いま北海道の某所に保護されている。もしその重傷を負った外務省の職員がロシア担当だとしたら、今回の一件と何らかの関連がある可能性がある――。

間もなく二月一八日の『北海道タイムス』の朝刊に、同様の見出しの記事が見つかった。

だがその記事を開いてみると、〝Ｎｏｔ　ＦＯＵＮＤ〟（未検出）の文字が表示された。

見出しはあるが、記事は削除されていた。いったい、どういうことだ……。

そういえばもうひとつ、〝本社〟の内部で気になる噂を耳にした覚えがあった。ちょうど同じころ、公安の工藤明徳という捜査官が職務中に重傷を負ったという噂だ。その〝現場〟が北海道だったのかどうかは知らないが、確か工藤は以前、外事情報部三課の久留米の部下だったはずだ……。

「アサル、ちょっと来てくれ……」

田臥は、部下の矢野《やの》アサルを呼んだ。

「はい、何でしょう……」

アサルが、田臥の前に立つ。

彼女を目の前にすると、わかってはいてもその美しさに息を呑む。エジプト人の母を持つアサルは、国内におけるイスラム系のテロ対策要員として〝サクラ〟に配属されてきた。だがＩＳ（イスラム国）が事実上崩壊したいまは、主に日本国内における外国人社会とインターネット上の情報収集を担当する。

「ひとつは、これだ……」田臥は自分のタブレットのディスプレイをアサルに見せた。「二月一八日の北海道タイムスの記事なんだが、開くと〝Ｎｏｔ　ＦＯＵＮＤ〟になっている。この記事に関連する情報を、ネット上で拾えないかな」

「わかりました。すぐにやってみます」

アサルがそういって、片目を瞑った。

「それからもうひとつ。君は何カ国語を話せるんだったかな」

田臥に訊かれ、アサルが少し考えながら指を折る。

「日本語に、英語……アラブ語……フランス語……スペイン語とドイツ語を少々……。六カ国語くらいでしょうか……。父が外交官だったので、子供のころにいろいろな国で過ごしたので……」

外務省ではなくなぜ警察庁のような掃き溜めに来たのか、不思議だ。

「ロシア語は？」

試しに、訊いてみた。

「片言ならば。話すのは苦手ですが、リスニングはある程度できると思います」

心強い。

「それじゃあ先程の新聞記事の件、頼んだぞ。午後まで、ちょっと出掛けてくる」

田臥はそういって、自分の席を立った。

〝サクラ〟の部屋を出て、携帯を手にした。廊下を歩きながら、外事情報部三課の久留米の番号を探し、電話を掛けた。

「田臥だ。いま、どこにいる」

――おう、田臥か。先日はお疲れ様。何か、用か――。

「少し話したいことがある。いま、時間を取れないか」

――三〇分後ならば――。

「わかった。三〇分後に、いつもの場所で。先に行って待っている……」

それだけをいって、電話を切った。

〝いつもの場所〟といっても、たいした場所ではない。日比谷公園の鶴の噴水の池の周辺にあるベンチのひとつだ。

田臥と久留米が何か込み入った話のある時には、たいがいここを使う。〝本社〟の中で話せば人の目が気になるし、後々余計な噂が立つことも面倒だ。

田臥がペットボトルの日本茶を一本持っていつものベンチに座っていると、一五分ほどして久留米が隣に座った。電話をしてから、ちょうど三〇分後。この男はいつも時間に正確だ。

公園内はちょうど桜の花が見ごろだった。まだ官庁街の昼休みまで一時間近くあるので、池の周囲の森には人気もなく静かだった。

「一昨日はすまなかったな。あの日、確保した中にリーダーのキム・グァンソクを含めてほとんどの主要メンバーがいたよ。おかげで〝青い虎〟の一件も何とか収束しそうだ。後で、報告書をそちらの部署にも回す……」

久留米がいった。

だが、〝青い虎〟の一件には、もうまったく興味はなかった。

「それよりも、こちらの話だ。いくつか、訊きたいことがある」

「答えられることならば……」

久留米が言葉を濁した。

警察庁も他の官庁の例に洩れず、官僚的な縦割り組織の典型だ。各部署は個別独立性が強く、常に単独で捜査活動を行い、協力態勢を取ることは少ない。

情報も共有せずに、各部署の単位で秘匿される。だから〝本社〟の捜査官同士であれ、別の部署の者同士がお互いの案件について話し合うことは有り得ない。隣の課が、いま何を担当しているのかも知らない場合が多い。

「お前の部下に、工藤明徳という奴がいたな。おれも伊勢志摩サミットの警備の時に、何度か顔を合わせたことがあったと思うが……」

印象の薄い男だったので、顔はよく覚えていない。

「工藤が、どうしたんだ」

久留米が訊いた。

「〝本社〟の中で、工藤が職務中に重傷を負ったという噂があるな。確か二月一七日の夜に、札幌で……」

田臥は日時と場所について鎌を掛け、久留米の反応を見た。

「そんな話、誰に聞いたんだ……」

久留米は、否定も肯定もしなかった。つまり、図星だったということだ。

「その時、工藤は誰と会ってたんだ。他にも、外務省の職員がその場にいたそうじゃないか」

田臥はそういって、久留米の表情を見た。平静を保っているが、目尻のあたりがかすかに痙攣した。

「その件に関しては、答えられない」

やはり、否定はしなかった。

「まあいい。おれはその時に工藤が会っていた、ロシア人の〝S〟の名前が知りたかっただけだ」

「お前はいったい、何の話をしてるんだ。おれは忙しいんだ」

「最後にもうひとつだけ、訊かせてくれ。そのロシア人の〝S〟を東京に護送するのに、なぜ外事情報部がやらないんだ。もうその件からは〝下りた〟ということなのか」

一度、係ったのなら、最後まで担当するのが筋だ。

「〝上〟が決めたことには、逆らえない。おれはもう、戻るぞ」

久留米が腕の時計を見てベンチから立ち、歩き去った。

田臥はしばらくペットボトルの日本茶を飲みながら、池の噴水を見ていた。昨夜はマッカランを少し飲みすぎたせいか、今日はやたらと喉が渇く。

だが、久留米と会って、何が起きているのかが少しずつわかってきた。

外務省と〝本社〟の外事情報部は、ロシア人の〝S〟と何らかの理由で共謀していた。それを快く思わない第三者がいて、密談の席と日時を突きとめ、〝S〟の暗殺を試みた。それが二月一七日の、すすきのの飲食店で起きたガス爆発——おそらく爆破テロ——だった。

だが、幸い——もしくはまずいことに——〝S〟の暗殺は失敗に終わった。そこで命を狙われている〝S〟を、東京に護送しなくてはならなくなった。その危険なミッションを、前内閣官房長官秘書官の大江寅弘が何らかの思惑で田臥に押し付けようとしている。

大江は、何を企んでいるんだ？

まあいい。いずれ、わかるだろう。

田臥はペットボトルの日本茶を飲み干し、ベンチを立った。

〝サクラ〟の特捜室に戻ると、デスクの上に北海道タイムスのコピーが置かれていた。

さすがはアサルだ。考えてみればネットニュースは削除できても、紙媒体として発行された新聞記事はすべて回収して焼却するわけにはいかない。

昼食に出掛けたのか、特捜室のデスクにアサルはいなかった。だが、新聞記事のコピーに、A4用紙一枚にタイプしたメモが添えてあった。

〈――田臥さま。

新聞記事に関しては、警察庁の特捜であることを断わって北海道の根室市図書館よりコピーを取り寄せました。道内の他の市町村の図書館や国会図書館では入手できませんでした。

また記事に出てくる外務省職員の黒木直道という人物に関しても、少し調べておきました。一九六七年生まれ、東京外国語大学出身の現在五一歳。所属は欧州局のロシア課ですが、最近は主に日露経済室で通訳を務めていたようです。また二〇一六年一二月にロシアのプーチン大統領が来日した時の通訳の一人が、この黒木直道でした。

参考までに。
矢野アサル――〉

完璧だ。

4

四月九日――。

全世界の軍事関係者の間に、衝撃が疾《はし》った。

〈――午前七時二七分、航空自衛隊三沢基地に所属する最新鋭ステルス戦闘機F‐35Aが、青森県沿岸から東約一三五キロの洋上で消息を絶った。これは同日の午後六時五九分に同基地を離陸した飛行訓練中の四機の内の一機で、「ノック・イット・オフ」(訓練を中止する)と無線連絡した直後にレーダーから機影が消えた。操縦していた吉見《よしみ》明利《あきとし》三等空佐は飛行時間約三二〇〇時間、F‐35Aの飛行時間は約六〇時間のベテランで、当日の訓練では隊長機を務めていた。さらに同日の夜、洋上で主翼など機体の一部が発見されたことから、このF‐35Aが墜落したことはほぼ決定的となった――〉

事故が起きた翌日の四月一〇日、ロシア人スパイのイゴール・ミハノヴィチ・ガレリンはソファーで紅茶を飲みながら、テレビでF－35A墜落のニュースを見ていた。

ついに、起きるべきことが起きたか……。

F－35Aは、アメリカが二〇年の歳月と世界一の軍事大国としての威信を賭けて開発した、最新鋭ステルス戦闘機だ。いわば軍事テクノロジーの塊のような機体だが、反面、以前から重大な欠陥と、制御プログラムに〝九九六カ所の未完の部分〟があることが指摘されてきた。その〝使い物にならないクズ〟を一機一四〇億円、一〇五機もアメリカから買うというのだから、日本人とは何と従順で滑稽な民族なのか。

ともかくそのF－35Aが、世界で初めて墜落した。そしてその機体がパイロットと共に、青森県沖約一三五キロ、深さ一五〇〇メートルの海底に沈んでいる。今後はこの機密の塊のような〝宝物〟を巡って、アメリカや日本のみならず中国、ロシアを巻き込む争奪戦が繰り広げられることになるだろう。

いや、それとも、すでに機体は〝あの男〟が手に入れたのか……。

いずれにしても現時点では、〝事故〟の情報はあまりにも少なすぎる。この情況での憶測は、何の意味も持たない。ひとつだけいえることは、今回の一件で、世界の軍事情勢のバランスが大きく狂いだすということだ。

トランプは焦っているだろう。そしてその尻拭いは、また日本がやらされることになるのだろう——。

「お父さま、何を考えてるの」

ガレリンの横に、娘のナオミが猫のようにすべり込み、肩に体を預けた。

「いま、テレビニュースを見ていた。日本の空軍の戦闘機が一機墜落して、海に沈んでしまったんだ……」

ガレリンは娘の体を抱き寄せながら、説明した。自分の娘だから思うのかもしれないが、この世にこれほど美しく、優しい少女が他にいるだろうか。

「そのパイロットは、死んでしまったの?」

ナオミが訊いた。

「そうだな。生きてはいないだろう……」

そして、その兵士の亡骸が家族の元に帰ることもない。

「可哀相……」

ナオミがテレビの画面を見つめながら、小さな声でいった。

ガレリンは、手元のリモートコントロールスイッチでテレビを消した。もう今日は、ニュースを見たくはなかった。

ソファーから立ち、ナオミの手を取った。そのまま二人で窓辺まで歩き、肩を抱きながら外の景色を眺めた。眼下に広がる札幌の街並が、西日の焼けた色に赤く染まりはじめていた。

いまガレリンと娘のナオミは、札幌市中央区北二条西七丁目の北海道警察本部庁舎にいた。二人は地上一八階の高層ビルの、一五階にあるシェルターに保護されている。およそ二カ月前、ガレリンは左半身と顔に爆発による重度の火傷を負ってここに収容されて以来、一度も外に出ていない。

ここにいる限りは、安全だ。このビルはすべての窓がスモークガラスになっていて、外から狙撃される心配はない。部屋の外には、二四時間交代でガード――見張りでもある――が付いている。一日に一度か二度、日本の外務省の新しい〝ハダ〟という担当官と北海道警察本部警備部の〝マエシマ〟という男が訪ねてくるが、それ以外にガレリンと娘がこのシェルターに保護されていることを知る者はいない。

だが、いつまでもここにいるわけにはいかない。すでにガレリンの傷は、完治した。近い将来、このシェルターを出て別の場所に移されることになるだろう。

「ねえお父さま。私、ずっと、日本で暮らしたい……。そうしたらまた、フィギュアスケートをやるの……」

ナオミがガレリンの腕の中で、小さな声でいった。

## 5

厚木課長から奇妙な〝仕事〟のオファーがあってから、三週間が過ぎた。

その間、田臥の周辺に特に大きな動きはなかった。

〝仕事〟の決行が遅れている理由のひとつは、四月九日に三沢基地所属のステルス戦闘機F

—35Aが、洋上で墜落したことだろう。　以来、"警察庁"警備局公安も、情報収集に追われている。

もうひとつは、五月にアメリカのドナルド・トランプ大統領が来日する日程が決定したことだ。この二四日から二七日の四日間の日程に合わせ、警備局全体が来日中の警備の準備に入った。この間、空港やホテル、都内の交通機関の警備はもちろんのこと、両国国技館の大相撲観戦のためのチケットの調整や椅子の手配に至るまで、〝警察庁《ホンシャ》〟と〝警視庁《ホンテン》〟は蜂の巣を突いたような騒ぎになるだろう。

もっとも田臥が室長を務める〝サクラ〟には、そのどちらの任務からもお声が掛かっていない。完全に、蚊帳の外だ。二〇一六年五月の伊勢志摩サミットの折、広島を訪問したバラク・オバマ大統領の命を身を挺して守ったのが田臥たち〝サクラ〟のチームだったにもかかわらず、だ。

まあ、それはいい。〝サクラ〟には、他に極秘の〝仕事〟があるからだと解釈しておこう。つまり、トランプ来日の騒ぎの間隙を突いて決行するということか。

田臥はすでに、今回の〝仕事〟を引き受けるにあたりいくつかの条件を列記し、簡単な要望書にまとめて厚木にメールで送信していた。その条件に関しては即時、〝了承〟の返信があった。だが、それ以来、厚木からは音沙汰なしだ。

問題は、今回の〝仕事〟の人選だった。

正直、室井は使えないだろう。本来ならば最も信頼できる部下なのだが、いまの室井は職務中に不測の事態に至った時に対応できない可能性がある。下手をすれば、足手まといになりかねない。

まだ新人の域を出ない安田《やすだ》も、この役は難しいだろう。年齢は三〇を過ぎているし、情報分析に関してはエキスパートなのだが、これまで〝現場〟の実績がほとんどない。銃を扱えるのかどうかもわからない。

〝サクラ〟には、他に木村《きむら》、長谷川《はせがわ》、野波《のなみ》という部下がいる。だがこの三人は、いま他の案件に係っていてトランプが帰国するまでは手が離せない。つまり、そうなると必然的に、矢野アサルしか残らないということになる。

彼女ならロシア語もある程度は理解できるし、実戦訓練のポイントも高い。実際に緊迫した〝現場〟も何度か経験し、実績もある。すべてにおいて、適役ではある……。

四月も月末近くになったある日、田臥はアサルを庁舎内の小さな会議室に呼び出した。官給品の苦いコーヒーと薄い紅茶を前にして、二人だけで内密な話をした。

「田臥さん、私をこんな所に呼び出して、何か特別なことでもあるんですか」

アサルが口元に、少しエロティックな笑いを浮かべた。だが、いまはそれどころではない。

「まあ、そんなところだ。実は、ある〝仕事〟に関して、頼みたいことがある……」

田臥の遠回しないい方に、アサルが怪訝な顔をした。これまで田臥は〝サクラ〟内部の任務について〝捜査〟、〝調査〟、〝ミッション〟、〝案件〟という言葉を使ったことはあるが、〝仕事〟といったのは初めてのはずだ。

「〝仕事〟、ですか？」

「そうだ、〝仕事〟だ。それを君が引き受ける気があるかどうか、という話だ」

「話を聞いてみるまでは何とも。どんな〝仕事〟なのか、内容を簡単に説明してもらえますか」

「わかった。説明しよう。ただし、いまここでする話は二人だけの秘密だ」

「秘密……ロマンチックだわ……」

アサルがテーブルの上に肘を突いて指を組み、その上に顎を乗せた。その深いブラウンの瞳で見詰められると、理由もなく溜め息が洩れる。

「話を続けよう。今回の〝仕事〟は、おれとアサルの二人で遂行することになる。期間は、数日間。おそらくここ一〜二週間か、遅くとも一カ月以内には決行されるだろう」

「私と田臥さんと二人だけで、数日間一緒に過ごすんですね。素敵……。新しい下着を買わなくちゃ……」

アサルがそういって、ウィンクした。まったく腹の力が抜ける……。

「アサル、君の期待に添えなくて悪いが、残念なことがひとつ……」

田臥が苦いコーヒーを口に含む。

「何でしょう」

アサルが、身を前に乗り出した。

「その〝仕事〟の内容だ。我々は、ある〝荷物〟を運ぶことになる。その〝荷物〟は、人間だ。つまり、二人だけで旅行するわけじゃない……」

田臥は〝仕事〟の内容を、大まかに説明した。

自分たちが護送するのはロシア人の〝S〟とその家族。おそらく北海道か、その周辺のどこか別の地点から、東京の〝本社〟まで車で移送する。ちなみにその〝S〟は、日本への亡命を希望している。

今回の一件は警察庁の正式な命令系統によるものではない。〝本店〟の大江寅弘からの非公式なオファーだ。しかも〝仕事〟はあくまでも二人だけで秘密裏に遂行され、基本的に護衛は付かない。当然、銃を携行することになる。

これだけいえば、この〝仕事〟がどのような性質のものかわかるだろう。

アサルの顔が、初めて真剣になった。

「なるほど……それで私に札幌の爆発事件のことを調べさせたり、ロシア語を話せるかどうか確認したんですね……」

「そういうことだ。もちろんこれは、正式な命令ではない。だから、断るならば、それも自由だ」

厚木にいわれたとおりに、アサルにも伝えた。

「断るわけがありません……。下着よりも、私の体に合うアーマーを用意しておかなくちゃいけないわね……」

アサルが口元に、意味深な笑いを浮かべた。

田臥が会議室を出て自分の席に戻ると、室井が待っていた。

腕を組んでデスクに寄り掛かり、何やら腹に一物ありそうな顔で田臥を睨んでいる。

「どうした。何か用か」

田臥がそういって、自分の椅子に座る。

「ちょっと、話があるんですがね……」

室井はやはり、機嫌が悪いらしい。

「わかった。そこのブースに行こうか」

田臥がまた、席を立った。

「アサルと話す時は会議室で、私はミーティングブースですか……。まあ、どうでもいいことですけれどね……」

室井がぶつぶつ文句をいいながらついてくる。

衝立で仕切られた小さなテーブルに座り、田臥が訊いた。

「それで、話というのは?」

室井が頷き、言葉を選びながら話しはじめる。

「いったい、何がはじまるんです。この〝サクラ〟で。しかも、私だけ案件からつまはじきにされているような気がするんですが、違いますか」

「どうして、そう思うんだ」

「そりゃわかりますよ。ここ三週間ほど、田臥さんは一人で行動することが多い。しかもその間、来月の末まで、自分の予定をまったく入れていない。それに今日もですが、アサルと二人で何やら密談をしている。ロシア絡みの案件だということはわかるんですが、安田や木村に訊いても口止めされたように何も話さない……」

室井の観察力と分析力は、さすがだ。

「どうして、ロシア絡みだとわかるんだ」

今回の案件について、田臥は室井をはじめ部下の誰にも話していない。知っているのは、アサルだけだ。

「ニュースソースはこちらも秘密です。もし田臥さんが教えてくれるなら、私も話します」

取引か。だが、いずれにしても、いつかは室井に話しておかなくてはならないことだ。

「わかった。別に、お前に秘密にするつもりはない。実は〝本社〟の大江から厚木課長を経由して、奇妙な〝仕事〟が舞い込んできた……」

田臥は〝仕事〟について、簡単に説明した。これで今日、二度目だ。室井は特に驚く様子もなく、黙って聞いている。

「そういう訳だ。ちなみに〝サクラ〟でこの件を知っているのは、おれと室井、それにアサルだけだ。安田や木村、長谷川、野波には話していない……」

「なるほど。そういうことでしたか。それでその〝仕事〟は、誰とチームを組むんですか」

室井が、訊いた。

「今回は、アサルと組む……」

田臥がアサルの名前を出した瞬間に、室井が目を閉じて頷いた。

「まあ、そうでしょうね。私も長いこと田臥さんとコンビを組んできましたが、それも終わりということですか……」

室井が、溜め息をついた。

「別に、終わりという訳じゃないさ。今回は、特殊な事情がある。アサルは、ロシア語を話せる」

まあ、聞き取れるなら、かたことは話せるだろう。

「なるほどね。私は、ロシア語はまったくわかりませんからね……」

「それにお前には、おれが留守中の連絡係と情報収集をやってもらいたい。もし現地で何か起きた場合に、補佐として一番信頼できるのは室井だ……」

「庇ってくれて、ありがとうございます。でも、だいじょうぶですよ。やることは、ちゃんとやります。また、何か動きがあったらいってください……」

室井が、席を立とうとした。

「ちょっと待て。ところで、なぜ今回の案件がロシア絡みだと知ってたんだ。まだその理由を聞いていない」

いまの時点で公安の内部にそんな話が出回っているとしたら、危険だ。

「いや、大したことじゃないっすよ。この前、田臥さんのデスクの上にアサルからの報告書が置いてあったじゃないですか。北海道タイムスの記事のコピーと、外務省のロシア担当官が爆発で大怪我をしたとかいうやつ。あれを読んだんですよ……」

室井が、そういって笑った。

どうやら一本、取られたようだ……。

田臥が室井とアサルに話した翌日、厚木からプライベートの携帯にメールで連絡があった。

〈——先日の旅行の日程が決まった。

集合は5月8日、23時0分。

場所は青森県の津軽半島、竜飛崎《たつびざき》灯台駐車場。

旅行に必要な注文の品は、すべて揃えておく。当日、現地にて引き渡しの予定。諸事情により中止の場合には、当日の正午までに連絡が入る。

本日中に、同行者の名前を知らせたし。返信を待つ。

厚木範政——〉

田臥は、速やかに返信した。

〈——同行者は矢野アサルに決まりました。

出発までに、準備を整えるようにいっておきます。

では、旅行を楽しんでまいります。

田臥健吾――〉

賽は、投げられた。

6

テーブルの上で、不快な震動がはじまった。

〝ドッグ〟は窓辺のソファーで微睡《まどろ》みながら、オレンジ色のアイフォーンXRに手を伸ばした。

いつまでたっても、このマナーモードの不愉快な震動が好きになれない……。

だが、脳の中で赤ん坊が泣き叫ぶような呼び出し音は、もっと嫌いだ。いま腹の上に乗っているH&K・USPの9×19ミリパラベラム弾を、その薄っぺらなボディーに全弾撃ち込んでやりたくなる。

〝ドッグ〟はアイフォーンを摑み、不愉快な震動を止めるために電話を繋いだ。

「〝ドッグ〟だ……」

――おはよう、〝ドッグ〟。私だ。起きていたかね――。

先方が、独特の訛りのある英語で答えた。

時計を見た。もう、午前九時を過ぎている。

「起きていたよ。それで、何か動きがあったのか」

――今朝早く、情報が入った。ガレリンと娘の旅行の日程がやっと決まったようだ――。

「娘も、一緒なのか」

――そうだ。ナオミも一緒だ。出発の日時は五月八日の夜。最初に向かう場所は青森県の竜飛崎――。

〝ドッグ〟は先方の話を、黙って聞いた。メモは取らない。証拠が残るからだ。

それが、〝ドッグ〟の住む世界の暗黙の了解であり、常識だ。連絡に記録の残るメールではなく、電話を使うのもそのためだ。

先方の説明が終わった。

――以上だ。今後はすべての連絡に、この電話番号を使う。覚えておいてくれ――。

そういって、電話が切れた。

〝ドッグ〟はアイフォーンを、テーブルの上に置いた。ソファーに深く座り直し、腹の上にH&K・USPを置いて目を閉じた。

鹿を追う猟犬の夢を見ながら、静かに微睡みはじめた。

# 7

ロシアには、こんな諺《ことわざ》がある。

――仕事は狼ではないから、森に逃げたりはしない――。

つまり、焦ることはない。機が熟するのを待て、ということだ。

ガレリンはソファーから立ち、壁に掛けてあるカレンダーに×印を付けた。今日は、五月四日だ。自分が札幌のあの爆発テロに巻き込まれてから今日で七六日。娘のナオミと共にこの地上二八階のシェルターに収容されてから、七一日目になる。

ここでの生活は、退屈だ。与えられている娯楽はテレビが一台とDVDデッキ、それにロシア語の本が数冊と小さなオーディオセットだけだ。だが老眼鏡が必要な歳になって今更ドストエフスキーを読む気にはなれないし、CIAが活躍するアメリカ映画も観たくはなかった。

娘のナオミも、ミッキーマウスを観て喜ぶ歳ではない。現在のところ、二人の共通の楽しみは、五〇インチの大型テレビと、何枚かのクラシックのCDを聴くことくらいのものだ。

「パパ……。私のアイフォーンは、いつ返してもらえるの……」

それまでぼんやりとモーツァルトを聴いていたナオミが、唐突にいった。

「わからない。でも、もう少しの我慢だ。私たちがここを出て自由になれたら、その時は返してもらえるさ……」

ガレリンはそういって、ナオミの細い体を抱き締めた。

だが、はたしてそんな日が自分とナオミに来るのだろうか。自分は、森に逃げた狼を待っているにすぎないのではないのか――。

このシェルターには、ダイヤル式の日本製の金庫がひとつ置いてある。そのダイヤルの番号を、ガレリンは知らされていない。知っているのは北海道警察本部警備部の〝マエシマ〟という担当官だけだ。

金庫の中にはガレリンとナオミ、二人のアイフォーンが入っている。

ガレリンは日本政府に亡命する時に、自分のアイフォーンを手渡すことを頑なに拒んだ。なぜならそのアイフォーンの中に、自分とナオミの命を守るための、正に生命線ともいえる機密情報のすべてが入っているからだ。

金庫はガレリンの手元に置き、そのダイヤル番号は日本政府が管理する。つまりガレリンの亡命が成立し、身の安全が保障され、両者の意志が一致するまで金庫は開かないということだ。

この日の昼食はハムとサラダ、それに最近ガレリンのお気に入りのピロシキだった。これは札幌市内のパン屋で売っている物で、北海道警察のガードマンが直接、棚から取って買ってくるので毒が入っている心配はない。もっともナオミは、同じ店のチョコレートのデニッシュかマックダーナルズのハンバーガーがお好みだが。

午後になって、〝マエシマ〟と外務省の新しい担当官〝ハダ〟が訪ねてきた。このシェルターに入った当初は二人で毎日のようにここに来ていたが、最近は三日か四日に一度くらいになっている。二人が揃って訪ねてくるのは、一週間振りだ。

「まずは悪い知らせです。これは今日の夕刊の、早刷りですが……」

〝マエシマ〟がそういって、折り畳んだ新聞を手渡した。紙面の記事のひとつが、赤ペンで囲ってある。

「何て書いてあるんだ」

ガレリンは日本語が読めない。少なくとも、対外的にはそういうことになっている。

「これがロシア語に訳したものです……」

〝ハダ〟が、ファイルからロシア語の文章が書かれたA4の用紙一枚を抜き、ガレリンに差し出した。

〈――5月2日、函館港の西ふ頭の海面に浮いているのが発見された男性の遺体は、身に付けた所持品からロシアの外交官イゴール・ミハノヴィチ・ガレリンさんであることが明らかになった。ガレリンさんは2月17日の午後に札幌のロシア領事館を出た後に行方不明になっており、警察は事件と自殺の両面で捜査を進めている――〉

ガレリンは記事の訳を読み、口元に笑いを浮かべた。

私が、死んだって？

それは悪い話どころか、今夜はボルシチとブリヌイでお祝いをしたくなるほど目出たいニュースではないか。

「このニュースを、ロシア側が信じると思うかね。その函館港に浮いていたのが誰だかは知らないが当然、遺体の引き渡しを要求してくるだろう」

ガレリンがいった。

「おそらく、そうなるでしょう。しかし、遺体は酔って海に落ちたロシア人船員のものです。身に付けていた身分証は、ロシア外務省が発行した本物です。少しは、時間稼ぎになるでしょう」

〝マエシマ〟が、表情を変えずに説明する。

この男はいつも、何を考えているのかわからない。

「それで、良い方の知らせというのは？」

ガレリンが訊いた。

「ここを発つ日が決まりました。五月八日の、夜です」

「夜？」

「そうです。夕食の後に、迎えが来ます。私も、途中まで同行します」

「どこに行くのかね」

ガレリンは、まだ自分と娘の行き先を聞いていない。

「お二人にはまず、青森県津軽半島の竜飛崎に向かっていただきます。私も護衛として同行しますが、そこで失礼することになります。その後は護衛を別の者に引き継ぎ、東京の警察庁へお送りいたします」

〝マエシマ〟が、表情を変えずにいった。

## 8

津軽海峡を臨む竜飛崎の小高い丘に、黒い御影石の石碑が三層重なるようにつくねんと建っている。

その影が、丘の頂上の白亜の灯台の光が回ってくる度に、暗い夜空にぼんやりと浮かび上がる。

田臥はその場に立ち尽し、しばらく碑を見詰めていた。日本の演歌の名曲『津軽海峡・冬景色』の歌謡碑である。

いまは周囲が暗くて、碑に刻まれた歌詞を読むことはできない。だが、特に意識することもなく四十数年の人生で幾度となく聴いたことのあるその曲を、頭の中に思い浮かべることはできた。

若いころはロックやブルースにばかり夢中になっていて、日本の演歌など真剣に聴こうなどとは思わなかった。だが、この歳になると、少しずつこの曲と歌詞の良さも理解できるよ

うになった。ただ残念なのは、深夜のいまは津軽海峡の風景が闇と霧のために見えないこと
と、もし明るかったとしても雪に染まる冬景色ではないことだ。
田臥は踵《きびす》を返し、駐車場に向かった。
一昨日に終わったゴールデンウィークの日中は観光客の車で賑わっていた駐車場も、いま
は閑散としていた。広大な駐車場に青森県警のパトカーが一台とバンが一台。あとは闇に溶
け込むように、漆黒のセダンが一台、息を潜めているだけだ。
田臥はセダンに歩み寄り、まだ温かいボンネットに手を置いた。
メルセデス・ベンツS550ロング――。
二〇一三年の春、警察庁はそれまでの公用車輛運用基準の見直しを実施。他の省庁に準ず
る効率化を迫られる中で、その後の一年間に半ば秘密裏に警備部に導入されたのが二台のW
220型S550とS550ロングだった。
この黒い猛獣のスペックは全長五・二五メートル、全幅一・九メートル、車重二・二トン。
いや、オプションの防弾システムの重量を加えると、車重は二・五トンを超えるだろう。こ
の巨大な車体に、四五五馬力の出力と七一・三キロのトルクを発生する四・七リッターV8
ツインターボが積まれている。
当初は各国の政府要人用の送迎車、もしくは警備用の随行車として導入されたものだ。だ
が、その後は五年以上も大きな出番はなく、ほとんど〝本社〟の地下駐車場に眠ったまま現
在に至っている。

田臥は、誰も使いたがらないこの二台のメルセデスを気に入っていた。実際に二〇一六年の伊勢志摩サミットの警備をはじめ、その後も事あるごとに自分の専用車のように愛用してきた。

中でもこのS550ロングは、別格だ。メルセデスの本社によってチューニングアップされたエンジンは、一度《ひとたび》アクセルを踏み込めば奈落の底まで落ちていくような凶暴な加速を味わわせてくれる。それでいて三・一六五メートルのホイールベースとコンピューター制御されたエアサスペンションにより、その挙動は紳士のように優雅かつ軽やかだ。

今回の〝仕事〟を引き受けるに当り、まず厚木に要求した条件がこのメルセデスS550ロングの使用許可だった。確かに防弾能力に関しては限定的だが、走行性能を犠牲にしない範囲内において、これ以上の車は存在しない。

そして、もうひとつの重要な条件——。

田臥はメルセデスの後方に回り、トランクを開けた。広い荷室に、田臥とアサルの小型のスーツケースが二つ。他に、ガンケースと大型のライフルケースが入っていた。

田臥は、トランクルームの小さな明かりの下でガンケースを開けた。中に田臥用のGLOCK19とアサル用のSIG・P230が一丁ずつ。それぞれのフル装塡したマガジンが三本ずつ入っていた。

これも、田臥が厚木に要求した条件のひとつだ。今回の〝仕事〟は、どこかキナ臭い。何かが起きた時に、7・65ミリ口径のSIG・230では対応できない可能性がある。だから、強力な9ミリパラベラムが一五発装塡できるGLOCK19を使う。

もちろんGLOCK19だからといって万能ではないのだが……。

田臥はGLOCK19を手にし、スライドと撃鉄の動きを確認して弾装を装着した。それを、腰のカーボンホルスターに入れた。残り二本の弾装も、腰のマガジンケースに移す。

もうひとつのライフルケースには、やはり〝本社〟の備品、豊和工業製のM1500ボルトアクションライフルとVixenの四〜一六倍44ミリ径のライフルスコープが入っていた。それに、30-06弾が二四発。これも、田臥が注文した〝道具〟だ。

以前、田臥が〝本社〟警備局の公安に配属されてまだ間がないころ、同期の二十数名と一緒にアメリカのバージニア州クワンティコにあるFBIスクールに半年間の研修に行かされたことがある。その時に30-06のライフルを使った狙撃訓練において、アメリカ人の訓練生も含む全員の中で田臥がナンバーワンの成績を記録した。以来、〝本社〟の備品の中でもこのM1500ボルトアクションライフルは、田臥の最も好む〝道具〟のひとつになっている。

田臥はトランクルームの小さな明かりの下で、M1500を撫でた。Vixenのライフルスコープは、東京を発つ前に田臥自身が陸上自衛隊の東富士演習場で射撃テストを行い、調整してある。美しく、そして頼りになる〝道具〟だ。

だが、こんな物を使わずにすむなら、それに越したことはないのだが……。

田臥はライフルケースの蓋を閉じた。そしてトランクの中に丸めて入れておいた黒いM-65タクティカルジャケットを取り出し、東京から着てきた上着と着替えた。これで、腰のG

ＬＯＣＫ19も隠すことができる。

時計を見た。

午後一〇時三五分――。

間もなく、ゲストも到着するだろう。

それにしても厚木は、なぜこんな場所と時間を設定したのか。今夜は、三日月だ。つまり、暗いうちに距離を稼げ――というメッセージだということか。

田臥は、丘の上の灯台を見上げた。ゆっくりと回転する灯台の光の中に、矢野アサルの佇《たたず》む影が見えた。

アイフォーンを手にし、アサルに電話を掛けた。

「間もなく時間だ。君も準備をしておけ」

――了解しました――。

アサルの黒豹のような影が、音もなく丘を駆け下りてきた。

田臥の前に立ち、軽く敬礼する。

メルセデスのトランクを開け、アサルは上半身裸になった。ウェイトトレーニングで鍛え上げられた体には、三年前にイスラム過激派組織に拉致監禁された時に受けた加虐の傷跡が、まだ生々しく残っている。だが、アサルは、その傷を見られることも気にしない。

アサルは自分の荷物を開き、ケブラーの薄手のボディーアーマーを着込む。ショルダーホルスターに腕を通し、装弾したＳＩＧ・Ｐ２３０を入れ、その上から5・11《ファイブイレブン》の黒いフリースのタクティカルジャケットを着た。本当はアサルにもGLOCK19を持たせたかったのだが、彼女は9×19ミリパラベラムの訓練を受けていない。

「これで、準備OKです」

アサルがメルセデスのトランクを閉じ、もう一度、小さく敬礼した。

二二時五〇分——。

約束の時間まで、あと一〇分。だが、〝ゲスト〟が現れる気配はない。

何か、手違いでもあったのか……。

そう思った時だった。北の空から、爆音が聞こえてきた。霧の中に赤、緑、白の信号灯を点滅させ、航空機が真っ直ぐこちらに向かってくる。ヘリだ……。

ヘリは間もなく、竜飛崎の灯台の上空に飛来した。ホバリングしながら、地上に向けてサーチライトを点灯する。まるで巨大な舞台装置から主役のジュリアス・シーザーが降臨するように、ゆっくりと高度を下げ、駐車場の中央に着陸した。

青森県警のパトカーとバンから一〇人ほど警察官が降りてきて、道警のベル412EP型ヘリを囲んだ。

田臥とアサルも、ヘリに向かった。ドアが開き、二人の男が降り立った。一人が機内に手を差しのべ、もう一人、華奢な体つきの女がヘリから出てきた。三人がヘリのローターの風を避けながら、田臥とアサルの方に走ってくる。

スーツケースを手に下げた大柄な男が〝ゲスト〟だろう。あの女が、〝ゲスト〟の家族か。

だが、思っていたよりも若い。まだ、少女だ……。

最初に、スーツを着た日本人の男が右手を差しのべた。

「道警警備部の前島要《まえしまかなめ》といいます。よろしくお願いします」

声が、ヘリの爆音とローターの風に搔き消される。

「私は〝本社〟公安の田臥だ。こちらは、部下の矢野アサル……」

田臥とアサルが、交互に前島の手を握る。

「こちらが今回お願いするロシア外務省のイゴール・ミハノヴィチ・ガレリン氏。そしてそちらがガレリン氏の娘のナオミさんです……」

「よろしく……」

田臥はガレリンにも手を差しのべたが、ロシア正教の神父のような黙礼を返してきただけだった。

顔の左側に、暗がりでもわかるほどの大きな火傷の跡がある。やはり二月一七日の札幌の爆弾テロの〝現場〟にいて、負傷したらしい。

だが、ナオミという娘の方ははにかむような笑顔を見せ、膝を軽く曲げてお辞儀をした。ヨーロッパの伝統的な挨拶、カーテシーだ。

最初は華奢に見えたが、近くに来ると、何か特殊なスポーツで鍛え上げたことがひと目でわかるような体をしていた。そして、美しい。ロシアの女子フィギュアスケートの選手の、誰かに似ている……。

「二人は、日本語が通じるのか」

田臥はメルセデスの方に歩きながら、前島に訊いた。

「ガレリンの方はわかりません。少なくとも彼が日本語を話しているのを聞いたことはないし、私も通訳を介するか英語で話していました。しかし、ナオミの方は日本語を話せます。二人が会話をする時には、ロシア語を使っています……」

貴重な情報だった。それならば、アサルがロシア語のリスニングができることはしばらく伏せておいた方がいい。

「他に、知っておくことは」

田臥が確認する。

「この中に、必要な情報はすべて入っています……」

前島がそういって、A4の用紙が数枚はさまったクリアファイルを田臥に渡した。

「これだけか」

「いや、もうひとつあります。いま、ガレリンが持っているスーツケースか娘のナオミのリュックのどちらかに、小さな手提げの金庫があるはずです。その中に、二人のスマートフォンが入っている……」

「スマホだって？」

「はい。アイフォーンが二台。そのガレリンの方のアイフォーンXRに、ロシア側の機密情報に関するデータが入っています……」

前島の説明は、奇妙だった。

ガレリンの親子は、一台ずつアイフォーンを持っている。だがそのアイフォーンは顔認証システムと暗証番号によってセキュリティーが掛けられ、手提げ金庫に入れられている。その金庫のダイヤル番号は、日本側の担当者しか知らない。つまり、ガレリンと日本政府、両者の意志が一致しなければその二台のアイフォーンの中身を見ることはできない――。

「これがその手提げ金庫のダイヤルの番号です。記憶したら、破棄してください……」

前島がそういって、田臥にメモを渡した。

〈――右に3回、34。左に2回、67。右に1回、14。レバーを下げて解錠――〉

田臥はその場で記憶し、アサルに見せた。アサルも一瞬で記憶し、頷いた。メモを破り、前島に返す。〝本社〟の公安ならば、誰でもその程度の訓練は受けている。

メルセデスのトランクを開け、ガレリンのスーツケースを積み込んだ。娘のリュックも受け取ろうと思ったが、彼女は手渡すのを拒んだ。つまり、中に大切なものが入っているということか。

まあ、いいだろう。大切なものは、自分で持っていた方がいい。

田臥とアサルがメルセデスのドアを開け、ガレリンとナオミが後部座席の両側に乗り込む。ガレリンは大きな溜息をつき、ナオミはリュックを膝の上に抱いてシートベルトを着けた。

「それじゃあ、私はこれで……」

前島がもう一度、小さく敬礼する。

「ご苦労様。〝荷物〟は確かに受け取った」

田臥も、敬礼を返す。

「好運を……」

前島がアサルにも敬礼し、ヘリに向かって歩き去った。

田臥とアサルも、運転席と助手席に座った。スターターボタンを押して、エンジンを掛ける。四・七リッターV８ツインターボの心臓が、静かに目覚める。

時計を確認する。二三時一五分──。

田臥は携帯を手に取り、東京の室井にメールを入れた。

〈──荷物を受け取った。これから出発する──〉

数秒後に、室井からの返信があった。

〈──お気をつけて。お土産まってますよ──〉

呑気な奴だ。

前島が、ヘリに乗り込むのが見えた。ドアが閉まると同時に、ベル412EPはエンジンの回転数を上げ、霧の夜空に舞い上がった。ヘリが竜飛崎の上空を一周し、北に飛び去った。

周囲に静寂と闇が戻った。

それが、合図だった。駐車場に散っていた青森県警の警察官たちが、一斉にパトカーとバンに乗った。

田臥が一度、クラクションを鳴らす。メルセデスのギアを入れ、パーキングブレーキを解除する。アクセルを静かに踏み込み、滑るように走り出した。

パトカーがメルセデスの前に回り、先導する。バンが、後ろに付く。駐車場を出て、丘を下っていく。

竜飛崎は、国道三三九号線の行き止まりだ。ここからしばらくは、津軽海峡の海岸線に沿って南東に向かう。ここで何かが起きたら、防ぎようがない。

つまり青森県警のパトカーとバンは、護衛ということか。機密情報を握るロシアの〝S〟を狙うような敵に、どの程度通用するのかは未知数だが。

深夜の国道三三九号線を、三台が連なって走る。途中、寝静まるひなびた漁村を通過した。

長い旅のイントロダクションに相応《ふさわ》しい、魑魅魍魎の気配を感じるような静けさだった。

田臥は、無言でステアリングを握る。常に周囲の気配に五感を研ぎ澄ませながら。その分、アサルが背後の二人を気遣うように、時折話し掛ける。

「何か、音楽を掛けますか」

日本語を娘のナオミが、ロシア語に通訳してガレリンに伝える。ガレリンがロシア語で話し、ナオミがそれをまた日本語に通訳する。

「チャイコフスキーを掛けてもらえますか。できれば、これを……」

ナオミがそういって、リュックのポケットからチャイコフスキーのCDを出した。アサルが受け取り、それをナビのCDデッキに入れる。間もなくチャイコフスキーの交響曲第六番『悲愴』がもの悲し気に始まった。

ロシア人の〝S〟と旅をしながら聴くには、チャイコフスキーは良い選択だった。石川さゆりでなかったことは残念だが。特に『悲愴』は、この旅の結末を暗示させるにはもってこいだ。

「他には、何かあるかしら。咽が渇いたら飲み物がアイスボックスに入っているし、お腹が減っていたらサンドイッチも用意してあるわ」

アサルがいうとそれをまたナオミが父親に通訳し、それを日本語にして返事をする。

「いまは、いらないそうです……」

「ナオミ、あなたは」

アサルに名前を呼ばれると、ナオミは一瞬躊躇し、自分の意思で伝えた。

「私は、飲み物がほしい……」

「この中に、いろいろ入ってるわ。まだ、トランクにも沢山あるし。好きなものを取ってちょうだい……」

アサルが、ルームランプをつけ足元にあった小さな保冷バッグを後ろに回す。ナオミがその中から無糖の紅茶のペットボトルを取り、父親にもミネラルウォーターを一本渡した。

田臥はナオミの仕種を、ワイドミラーを装着したルームミラーで見守った。周囲に気配りし、自分はリラックスしている。ロシア人の親子、日本人の男、そして日本人とアラブ系の血を持つ女の雑多な四人の長旅の一日目としては、悪くない雰囲気だ。

その時、田臥はルームミラーに映るナオミの顔を見て気が付いた。肩までの黒髪に、東洋的な顔。この少女は、純粋なロシア人ではないかもしれない……。

今別《いまべつ》という小さな町で県道一四号線に右折し、海沿いの道を離れて内陸に入った。三台の車列は赤灯を回し、サイレンは鳴らさずに、津軽海峡の線路に並行して制限速度で南下する。

退屈で、苛立たしい時間だ。

ルームミラーを見ると、娘のナオミはいつの間にかメルセデスの居心地の好いリアシートで仔猫のように体を丸め、眠っていた。ガレリンはシートに座ったまま腕を組み、目を閉じているが、起きているのかどうかはわからない。

竜飛崎を発ってから、五〇分ほどが過ぎた。

車列は大平《おおだい》の信号で県道一二号線にぶつかった。

田臥はここで中泊《なかどまり》町方面、日本海側に向かって右折した。前後を挟むパトカーとバンは左折して青森方面、陸奥湾側に離れていく。ここで、青森県警の護衛とはサヨナラだ。

時間は、午前〇時を回った。

「少し、ペースを上げよう……」

田臥はメルセデスの心臓に語り掛けるように、アクセルを踏んだ。

## 9

詩人、ランボーはいった。

ああ、陶酔の時よ、来い、

〈――時よ、来い、〉

ランボーの言葉を借りるまでもなく、時は来た。

だが、私が、陶酔することはない。たとえ、誰にいわれようとも。

〝ドッグ〟は闇の中に潜んでいた。

眼下に広がる陸奥湾の暗い海は、まるでゼラチンを流したように静かだった。霧にけむる湿気を帯びた大気は、真綿のように温かく、心地好い。

ポケットの中で、アイフォーンが震動した。手に取り、ディスプレイを確認する。あの男――〝フラットヘッド〟――からだ。

「〝ドッグ〟だ……」

――今晩は。〝友人〟から連絡が入ったので、お知らせしよう――。

あの男の、独特の訛りのある英語が聞こえてきた。

「待っていたよ。それで、ガレリンは予定どおり出発したのか？」

〝ドッグ〟が訊いた。

――予定どおりだ。昨夜二二時二〇分に札幌の〝支社〟を発った。その後、二三時五〇分に竜飛崎に着き、二三時一五分に灯台駐車場を出発して東京に向かった。車は二〇一四年式の黒いメルセデスＳ５５０ロング。青森の〝支社〟の二台の護衛が付いている――。

〝ドッグ〟は腕のＧショックで時間を確認した。現在、五月九日〇時一五分。ガレリンが竜飛崎を出てから、すでに一時間が経っている。一行は間もなくここを通過するはずだ。

「承知した。結果はまた報告する」

〝ドッグ〟は電話を切り、即座に別の番号に電話を掛けた。

「〝ドッグ〟だ……」

――はい、〝イヴ〟です――。

やはり、奇妙な訛りのある英語が聞こえてきた。女の声だ。

「〝標的〟は、二三時一五分に竜飛崎を出た。青森県警の護衛と共に、間もなくこのあたりを通過する。〝トラップ〟に差し掛るのは、さらに一時間くらい後になるだろう」

――了解しました――。

〝ドッグ〟は電話を切り、ポケットに仕舞った。

電話で話した〝フラットヘッド〟と〝イヴ〟は、今回のミッションのために組織が付けたコードネームだ。二人の本名も素性も知らないし、知る必要もない。〝フラットヘッド〟は単なる連絡係で、〝イヴ〟は、自分の命令を忠実に聞くサボタージュのプロにすぎない。

〝ドッグ〟は外交官ナンバーの付いているジェットブラックのポルシェ・カイエンの運転席に身を沈めた。

いま〝ドッグ〟は、国道二八〇号線で蟹田川《かにたがわ》を渡った東津軽郡蓬田村《よもぎたむら》にいた。川沿いの土手の上に車を停めて、身を潜めている。ガレリンの一行が県道一二〇号線で内陸を通ってくるのか、それとも国道二八〇号線をそのまま南下してくるのかはわからない。いずれにしても、青森市に向かうなら必ずこの橋で蟹田川を渡ることになる。

だが、ここでは攻撃しない。ガレリンが乗る、黒のメルセデスを確認するだけだ。〝トラップ〟は警察の護衛が外れた後、別の地点に仕掛けてある。

〝ドッグ〟は闇に同化して待った。ランボーの詩を、頭の中で唱えながら。そして確かにランボーのいうように、〝時はみちて〟いた。

来た……。

霧の中に、赤い光が灯った。それが回転しながら、こちらにゆっくりと近付いてくる。警察のパトカーだ。

やがて光は橋に差し掛かり、蟹田川を渡った。そして闇に潜む〝ドッグ〟の前を、二台の警察車輌が通過した。

だが……黒のメルセデスがいない……。

ガレリンの車は、どこに消えたんだ？

〝ドッグ〟は助手席のタブレットを手に取り、グーグルマップを開いた。ディスプレイに表示された津軽半島の先端部の地図で、現在位置と、竜飛崎から南下するルートを調べる。

わかった。奴らは県道一四号線から一二号線を右折して、中泊町に向かったのだ。青森から東北自動車道には乗らず、国道三三九号線に出るか、もしくは日本海側の一般道を南下するつもりだ……。

〝ドッグ〟はアイフォーンを手に取り、〝イヴ〟に電話を入れた。

「〝イヴ〟か。〝標的〟が消えた。奴らは、日本海側に回ったようだ。作戦を、オプション〝B〟に変更する。〝トラップ〟を撤収して、男鹿《おが》半島へ先回りしろ。私も、後を追う……」

それだけいって、電話を切った。

10

霧の夜は、素敵だ。

まるで湿気を帯びた大気が全身の肌を撫でるように、私の心と体の傷を濡らし、恥《やさ》しく癒してくれる。

〝グミジャ〟――金久美子――は黒い革ツナギのジッパーを胸の下まで開け、シルバーのB

MW・F700GSのシートによりかかりながら肌を濡らす霧の感触を楽しんでいた。右手に持つアイフォーンからは、現在の自分の主人〝ドッグ〟の声が聞こえてくる。

――〝トラップ〟を撤収して、男鹿半島へ先回りしろ――。

「ラジャ……」

電話が切れた。〝グミジャ〟はアイフォーンをウエストポーチに仕舞い、またしばらく霧の感触を楽しんだ。

ここは、東北自動車道の高舘《たかだて》パーキングエリアだ。自動販売機とトイレがあるだけの小さなパーキングエリアに、いまは他にトラックが一台と乗用車が一台いるだけだ。

青森県の高舘パーキングエリアから男鹿半島までは、およそ三二〇キロ。碇《いかり》ヶ《が》関《せき》インターまで東北自動車道を使い、そこから先は一般道で峠を越えても、深夜ならば三時間も掛からないだろう。

〝グミジャ〟は、自分が〝ドッグ〟に〝イヴ〟と呼ばれていることに何の違和感もなかった。できれば、〝グミジャ〟という本名の方を消してしまいたかった。自分の頰に残る、深く大きな切り傷と共に。

なぜなら自分は、祖国に追われている。もし祖国に連れ戻されれば、首領様の怒りを買って生きたまま犬の餌にされるだろう。そんな死に方は、したくない。

〝グミジャ〟は体の半分に、日本人の血が流れている。少なくとも周囲から、そういわれてきた。

〝ハンチョッパリ〟（半分日本人）の〝グミジャ〟……。

だからといって、いまの自分はこの日本にも居場所はない。他の国に行くことも、日本を出ることもできない。〝ドッグ〟とその組織に飼われ、餌をもらわなければ、生きていくこともできない。

だが、それも悪くない……。

〝グミジャ〟は祖国の労働党三号厩舎で、子供のころから、工作員としての特殊な訓練を受けてきた。銃や爆発物、毒物の扱い方。車やバイクの高度な運転技術と、各種格闘技、陸上競技、水泳などの体術。そして女としての美しさを生かした性技と、人の殺し方に至るまで。そのすべてにおいて、労働党三号厩舎の中で、常にトップクラスの成績を維持してきた。

〝グミジャ〟は、父親の顔を知らない。母親の顔も、ほとんど記憶にない。これまでの人生のすべてを、祖国のために捧げてきた。

だが、もうやめた。これからは自分の能力を、自分のために使う。自分のために、人を殺す――。

霧の夜は、素敵だ。

忘れかけていた母親の温もりのように、恥しく私を包み込む。遠い声で子守唄を歌うように、荒んだ心を慰めてくれる。そして自分がいまも生きていることを、囁くように教えてくれる。

〝グミジャ〟は、腕のGショックを見た。

午前一時を過ぎた。いまから出れば、夜明けまでに男鹿半島に着けるだろう。

革ツナギのジッパーを上げた。長い髪を後ろに振り、フルフェイスのヘルメットを被る。

革手袋をはめ、ＢＭＷ・Ｆ７００ＧＳのセルモーターを回す。

七九八cc、水冷４《フォー》ストローク並列二気筒七五馬力のエンジンが低い音で目覚める。

〝グミジャ〟はギアを入れ、クラッチを繋いだ。深夜のパーキングエリアを、ゆっくりと出口へ向かう。

合流車線に出て、二速で一気にアクセルを開けた。Ｆ７００ＧＳはフロントタイヤを浮かせ、駻馬《かんば》のように加速する。

前方の大型トレーラーを強引に躱《かわ》し、一気に本線に合流した。タンクに身を伏せ、風圧を避ける。さらにギアを上げ、アクセルを開けた。エンジンの咆哮が、全身を貫く。

周囲のすべての光が流星のように流れ、前方から後方へと消えていく。

スピードメーターの針は、間もなく時速二〇〇キロを超えた。

## 11

いつの間にかチャイコフスキーの『悲愴』は終わった。

ヘッドライトの光の中には、津軽の荒涼とした風景が流れては消えていく。

道は穏やかに曲がりくねり、時として小高い丘陵を上っては下りながら、坦々と南へと向かっていく。

田臥健吾はメルセデスS550ロングのステアリングを握り、重いアクセルを時速七〇キロから八〇キロに保ちながら、四・七リッターV8ツインターボの軽やかな鼓動に耳を傾ける。何もかもが正確で、力強く、心地良い。まるでこの闇の中に潜む、悪魔の囁きのように。

後部座席は、静かだった。いつの間にかガレリンも、眠ってしまったらしい。運転席にまで、寝息が聞えてくる。

田臥は運転しながら、いろいろなことを考えた。

北海道警はなぜヘリでガレリン親子を移送し、青森県の津軽半島の先端、竜飛崎まで運んだのか。それはおそらく、一刻も早く、厄介な〝荷物〟を自分たちの手から放棄したかったということだろう。

これに対して青森県警は、荷物の引き渡し場所にパトカー一台を含む警察車輛二台の護衛しか派遣しなかった。しかも道警と県警の責任者は、直接挨拶すら交していない。つまり青森県警の立場としては、〝荷物〟が自分たちの管轄を通過することは確認したが、見て見ぬ振りをするという意味だろう。

その青森県警の二台も、すでに消えた。つまり、ここから先は、何が起きたとしても責任の所在はどこにも存在しないということになる。

それほど厄介な〝荷物〟であるガレリンとは、いったい何者なのか——。

いま田臥にわかっていることは、ガレリンがロシアの〝S〟であり、日本側に亡命を望んでいるということだけだ。ガレリンがなぜ日本に亡命を望んでいるのか、どのような機密を握っているのかについては何も知らされていない。

いずれにしてもロシア側は、自国の〝S〟の身分が明らかになり、日本側に亡命することを喜ばないだろう。ましてその〝S〟が重大な機密を握っているとすれば、なおさらだ。日本側に漏洩した情報は、即アメリカ側に筒抜けになる。

もし、今回の〝仕事〟に不確定要素——危険因子といってもいい——があるとすれば、やはりロシアか……。

田臥はこの〝仕事〟の一週間ほど前に、奇妙な新聞記事を読んでいた。アサルが〝ガレリン・ロシア・外交官〟のキーワードで検索していて見つけた、五月四日付の『北海道タイムス』の夕刊の記事だ。

〈——5月2日、函館港の西ふ頭の海面に浮いているのが発見された男性の遺体は、身に付けた所持品からロシアの外交官イゴール・ミハノヴィチ・ガレリンさんであることが明らかになった。ガレリンさんは2月17日の午後に札幌のロシア領事館を出た後に行方不明になっており、警察は事件と自殺の両面で捜査を進めている——〉

つまり、この夕刊が発行された五月四日の時点で、ロシアの外交官イゴール・ミハノヴィチ・ガレリンが死んだことは既成事実となった。だとすれば、いまこのメルセデスの後部座席で眠っている顔に火傷を負った男は、いったい何者なんだ？

気に入らないのは、この『北海道タイムス』という新聞社だ。

以前、二月一七日に札幌市内で起きたガス爆発事故を報道し、後にその記事をネット上から削除したのもこの新聞だった。

いったい誰が、『北海道タイムス』に〝ガレリンが死んだ〟という記事を書かせたのか。外務省なのか、道警なのか、それとも内閣府なのか。確かなのは、ガレリンが生きていない方が都合がいい者がいる、ということだ。

だが、何のために……。

ひとつの理由として、ガレリンの身の安全を確保するため、ということは考えられる。もし本当に死んでいるなら、もう殺す必要はない。亡命が成立した後も、まったく別の顔とカバー（身分と名前）を与えられて、娘と共に安全に生活できるだろう。

だが、地方新聞のこんな陳腐な記事を、いったい誰が信じるのか。

少なくともロシアは、鼻で笑うだろう。冷戦時代から情報戦のエキスパートだった奴らが、こんな陳腐な記事を信じる訳がない。むしろ、逆に、〝ガレリンは日本側が保護している〟という暗号と受け取るかもしれない。

今回の〝仕事〟は、何から何まで胡散臭い。〝何か〟が起こる予感がする……。

もし救いがあるとすれば、現場での判断はすべて田臥に一任されているということだ。

〝荷物〟を届ける日時も特に指定されていないし、走るコースも決められていない。だから田臥は、今回の移動には変則的なコースと日程を設定していた。

まず、東北自動車道などの高速道路は一切使わない。国道も、限られた一定区間以外は避ける。できる限り県道以下の一般道を走り継ぎ、時には遠回りをしながら、日没から夜明けまでの夜間にのみ移動する。

しかもコースは暫定的に設定しただけで、臨機応変に変更される。またコースや日程に関しては、田臥は事前に一切、上司の厚木に報告していない。厚木も、報告を求めてはいない。

つまり、このガレリン親子を乗せたメルセデスがどこを走っているかを知っているのは、田臥とアサル、他には連絡を取り合っている〝サクラ〟の室井智だけだということになる。

完全な、隠密行動だ。ごくあたり前に考えても、何者かに待ち伏せられる可能性はゼロに近い。もちろんそれは、この〝仕事〟に関わる人間――ガレリン親子も含めて――の中に、まだ見ぬ敵への内通者がいないと仮定してのことだが。

もしくは、最初からガレリンを狙う敵など存在しないのか。この先、何かが起こると考えるのは、疑心暗鬼にすぎぬのか――。

旅は平穏かつ順調だった。

車は午前一時ごろに中泊町を通過。津軽大橋で岩木川《いわきがわ》を渡り、いまは県道一二号から屏《びよう》風山《ぶさん》広域農道――通称メロンロード――を走っていた。

少し前に、つがる市に入ったことを標識で確認した。このあたりには平滝沼《ひらたきぬま》、ベンセ湿原、雁沼《がんぬま》など、ニッコウキスゲの自生地として知られる美しい風景が続くはずだが、いまは闇に包まれて何も見えない。時折、ヘッドライトの光芒の中に人家の影が浮かび上がるが、何もかもが死んだように寝静まっている。

助手席でアサルが動く気配がして、我に返った。アサルは足元の保冷バッグの中からミネラルウォーターを出し、咽を鳴らして飲んだ。

「田臥さんも、飲みますか」

「もらおう……」

田臥はアサルから飲みかけのペットボトルを受け取り、飲んだ。

「眠くないのか。もし眠かったら、寝ていてもいいぞ」

田臥はそういって、ペットボトルを返した。

「いえ、だいじょうぶです。私は起きていようと思ったら、いくらでも寝ないでいられる方法を知っていますから……」

体に半分アラブ系の血が流れているアサルは、時々不思議なことをいう。

「ほう、どんな方法だ。おれに、教えてくれないか」

「はい……。人生で一番、怖かった時のことを思い出すんです。そうすれば人間は、誰でも眠れなくなります……」

田臥はしばらく、アサルの言葉の意味を考えた。

「なるほど、それはよい方法だ……」

誰の人生にだって、心に残る深い傷はある。

午前二時、西津軽郡鰺ヶ沢町《あじがさわまち》のあたりで道は国道一〇一号線にぶつかった。近くに、JR五能線の鳴沢駅がある。

後部座席を見ると、ガレリンと娘のナオミが目を覚ましたようだった。竜飛崎を出てからすでに三時間。ここまで順調に走り続けてきたが、そろそろ二人を休ませなくてはならない。

鳴沢駅まで行ってみたが、単線の線路に小さな駅舎があるだけの無人駅だった。他には、何もない。

「近くに〝もりた〟という道の駅がありますね。ここから、六キロほどです」

助手席のアサルが、地図を見ながらいった。

「わかった。そこに行ってみよう……」

田臥はナビを確認しながら、道の駅に向かった。

『道の駅もりた』は、国道沿いの広大な敷地に和風のレストランや物産館、伝統文化保存施設などの建物が並ぶ観光施設だった。

もちろん、この時間は営業していない。だが、自動販売機とトイレ、休憩室は自由に使うことができる。

広い駐車場に、メルセデスを駐めた。他に車は車中泊らしき千葉ナンバーのキャンピングカーと、秋田ナンバーのトラックの二台だけだ。人の気配はない。

「私が、安全を確認してきます……」

アサルが、助手席から降りた。黒いフリースのタクティカルジャケットの下に、SIG・

P230を忍ばせている。そのまま素早く移動し、黒豹のように影の中に消えた。

五分ほどして、アサルは別の建物の影から戻ってきた。

「安全を確認しました。だいじょうぶです……」

アサルはそういいながらも右手をタクティカルジャケットの中に差し入れ、周囲に気を配っている。

「よし、ここで少し休憩だ。車を降りていいぞ」

田臥が、後部座席に声を掛けた。それを娘のナオミがロシア語で通訳し、父親のガレリンに伝えた。

二人が、車から降りた。ガレリンが、体を伸ばす。年齢は五〇を過ぎ、体に贅肉は付いているが、その下には長年軍隊か格闘技で鍛えたのであろう独特の筋肉を潜ませている。

ナオミも立ったまま、奇妙なストレッチを始めた。彼女の体も、人間とは思えないほど柔軟だ。おそらく彼女も、特殊なスポーツか何かで体を鍛えている。

最初にアサルがナオミを連れて、トイレに行った。帰ってくるのを待ち、次は田臥とガレリンがトイレに向かった。

途中でさりげなく、日本語でガレリンにはなし掛けてみた。

「もう五月だというのに、東北はやはり冷えるな……」

ガレリンの様子を注視したが、何の反応もなかった。

やはりこの男は、日本語がわからないのか……。

車に戻り、田臥は魔法瓶に用意してきた熱く濃いコーヒーを飲んだ。

田臥は、カフェインに敏感な体質をしている。これを一杯飲めば、まだ数時間は眠らずに運転できるだろう。

コーヒーを飲みながら、東京で待つ室井にメールを入れた。

〈――いま、津軽の道の駅もりたで休息中。旅は順調だ。何の問題もない――〉

すぐに、返信があった。

〈――お疲れ様です。現在位置、地図上で確認しました。私はこれから少し仮眠します――〉

それだけだった。

田臥は、メルセデスの運転席に戻った。ガレリン親子とアサルも、車に乗り込む。

エンジンを掛け、寝静まる道の駅を出発した。

12

室井は、自分のパソコンのディスプレイを見詰めた。

〈――お疲れ様です。

現在位置、地図上で確認しました。私はこれから少し仮眠します――〉

メールが送信されたことを確認して、画面を閉じた。

時計を見ると、すでに五月九日の午前二時を回っていた。前日の朝に起きてから、もう二〇時間になる。

もし田臥たちに何かが起きるとすれば、夜が明けてからだ。理屈ではなく、直感的にそう思った。それならば、いまのうちに少し眠っておいた方がいい。

室井は、自分のデスクの明かりを消した。〝警察庁〟警備局公安課〝サクラ〟の別室には、他に誰もいない。

応接セットのソファーに、ごろりと横になった。

上着を体の上に掛けて目を閉じると、間もなく鼾《いびき》をかきはじめた。

# 13

〝ドッグ〟はジェットブラックのポルシェ・カイエンを闇に駆った。オーディオから大音量で流れるワグナーの『ワルキューレの騎行』を聴きながら、ランボーの詩『航海』を口ずさんだ。

〈――銀と銅《あかがね》の戦車、
鋼《はがね》と銀の船首、
泡を打ち、
茨の根株を掘り返す。
曠野《こうや》の行進、
干潮の大きい轍、
円を描いて東へ繰り出す、
森の柱へ、
波止場の胴へ、
角度はゴツゴツ、光の渦に――〉

だが、幸福な時間は中断された。ポケットの中で、スマートフォンが不快に震動した。

〝ドッグ〟は舌打ちをし、タイヤから白煙が上がるほどのフルブレーキングを掛けてポルシェ・カイエンを停車させた。

ワグナーの音量を下げ、電話に出た。

「〝ドッグ〟だ……」

電話の向こうから、奇妙な発音の英語の声が聞こえてきた。

——〝フラットヘッド〟だ。ご機嫌はいかがかね——。

「最悪だ。それで、何か新しい情報が入ったのか」

——そうだ。ついいましがた、ガレリン一行の動向に関する情報が入った。三〇分ほど前……午前二時一五分ころに……彼らが乗る黒いメルセデスは青森県つがる市の道の駅もりたにいたようだ——。

つがる市ならば、ここからそう遠くない。

「わかった。確認してみよう」

〝ドッグ〟は電話を切り、タブレットで道の駅もりたの位置を調べた。国道一〇一号線沿いに、すぐに見つかった。

自分の現在位置は、青森市内だ。このまま青森インターから東北自動車道に入り、浪岡インターで下りて国道一〇一号線に入れば、道の駅もりたまでおよそ四〇キロ。〝標的〟がさらに先に進んでいるとしても、その差は七〇キロ。それほど遠くない。

奴らはガレリンと娘という〝荷物〟を積んでいる。いくら腕のいいドライバーがメルセデスS550を操ったとしても、そうは飛ばせないだろう。順調に行けば、あと三時間。遅くとも三時間半もあれば、追い付けるはずだ。

問題は、ガレリンの一行が、この後どのルートを通って南に下るかだ。このまま国道一〇一号線を日本海沿いに進むのか。もしくは、県道三号線、県道二八号線、西目屋二ツ井線《にしめやふたついせん》を走り継いで秋田県の内陸を下るのか――。

〝ドッグ〟は様々な不確定要素を取り入れ、自分とガレリン一行、そして〝イヴ〟が交差する時間とクロスポイントを素早く計算した。時間はおそらく午前五時前後。場所は秋田県の能代《のしろ》市のあたりになる可能性が高い。

〝イヴ〟に電話を入れた。だが、バイクで移動中なのか、繋がらない。仕方なく、メールで短いメッセージを残した。

〝ドッグ〟はワグナーの音量を上げ、ガレリンを追った。

## 14

同時刻、ロシアのモスクワ南部ヤセネヴォ――。

CBP（ロシア対外情報庁）対外防諜課の極東アジア部長アレクセイ・ウリヤノフは、日本から帰国したばかりの外務省職員――本来の身分はCBPの部下だが――ボリス・ザハロフの報告を職務室で受けていた。

間もなく、夜の九時になる。早いところこの退屈な報告を切り上げて、一九歳下の美しい妻の待つ自宅に帰りたかった。

「それで、この日本の新聞記事の事実関係は確認できたかね」

ウリヤノフはこの時間にはふさわしくない冷めた紅茶をすすりながら、新聞記事のコピーをデスクの上に放った。

〈——5月2日、函館港の西ふ頭の海面に浮いているのが発見された男性の遺体は、身に付けた所持品からロシアの外交官イゴール・ミハノヴィチ・ガレリンさんであることが明らかになった——〉

もう、一週間も前の日本の地方紙の記事だ。ウリヤノフの部署にも、すでに何度か報告が上がっている。

「日本の外務省には何度も問い合わせているのですが、現在事実関係を確認中とのことです。ただ、DNA鑑定の結果はガレリンと一致したということですので……」

「日本側の報告を、信じるつもりか」

ウリヤノフが即座に切り返した。

「いえ……信じるという訳ではありませんが……。遺体が所持していたとされるパスポートと身分証を確認しましたが、間違いなく我が国が発行した正式なものでして……」

「遺体の返還の件はどうなっている。交渉しているのか」

「はい、本日付で在日本大使館の方に返還されることになっています。ただ、遺体はすでに現地で火葬されていまして、戻ってくるのは遺骨とDNAのサンプルの遺髪だけということらしく……」

ザハロフが暑くもないのに、禿げ上がった額の汗をハンカチで拭った。

パスポートや遺髪は、ガレリンの身柄を日本側が拘束——もしくは保護——しているとすれば用意するのは簡単だ。遺骨にしても、別人のものであるにせよ日本の火葬技術で灰にしてしまえばDNAは残らない。誰のものかはわからない。

「この記事は読んでるだろう。今年の二月一八日、同じ日本の地方紙の記事だ」

ウリヤノフはそういって、二月一七日の夜に北海道の札幌で起きたガス爆発の記事のコピーを見せた。ザハロフは記事に目を通した後で、頷いた。

「はい、読んでいます。この記事に重傷を負ったと書かれている〝クロキ〟という日本の外務省職員は、ロシア担当官なので私やガレリンもよく知っています……」

「この事故があった二月一七日から、ガレリンが失踪している。おかしいとは思わないかね」

「はい、おかしいと思います……。おそらくガレリンも、このガス爆発事故の現場にいたのではないかと……」

ザハロフの言葉に、ウリヤノフが頷いた。口元は笑っているが、目には怒りの色が浮かんでいる。

「そうだな。その二月一七日のガス爆発事故の現場にいたはずのガレリンの遺体が、なぜ二カ月半も経ってから函館港に浮かんだのか。合理的に説明したまえ」

「はい……。ガレリンはあの爆発事故で重傷を負ったのかもしれません。それが二カ月以上経って死亡したので、日本政府が自殺もしくは事故による水死として処理しようとしたのではないかと……」

ザハロフの説明に、ウリヤノフは溜息をついた。

「なぜガレリンが負傷したのに、日本政府は二カ月半も我々に報告しなかったのだ」

「はい……」

「それよりも、まだガレリンは生きていると考えるべきではないのか。それを日本政府が、秘匿している。つまり、函館港に上がった死体は、ガレリンではない。そうは考えられないか」

「はい……そうかもしれません……」

まったくこの男は、どこまで間抜けなのか。もし冷戦時代のKGB（ソ連国家保安委員会）ならば、即座にシベリア送りになっているだろう。

「それに、ガレリンが所有していたアイフォーンもまだ見つかっていないのだろう」

「はい、見つかっていません……。日本政府からの報告でも、ガレリンと思われる遺体はアイフォーンを身に付けていなかったとのことです……」

「それならば、ガレリンはやはり日本政府によって拘束されていると見るべきだろう。違うかね」

ガレリンは、〝バード〟に関する超A級の機密情報を持って失踪した。日本政府は、その情報が咽から手が出るほど欲しいはずだ。そしてもちろん、アメリカも……。

「私はこれから、どのようにしたらよろしいでしょう……」

ザハロフが、目線を落とした。禿げ上がった額が、汗で光っている。

「しばらく、モスクワにいたまえ。近く、同志ウラジーミルから何らかの通告があるだろう」

「承知しました……」

ザハロフが小さく敬礼し、執務室を出ていった。

ウリヤノフはもう一度、溜息をつき、壁の時計を見た。すでに、午後九時を過ぎていた。

だが、あの男はまだ起きているだろう……。

ヴィンペルコム社の携帯電話を手にし、電話をかけた。間もなく、先方が出た。

――ダ――。

CBPの行政官セルゲイ・ナルイシキンの低い声が聞こえてきた。

「夜分遅くに申し訳ありません。ウリヤノフです。たったいま日本から帰国したザハロフから、ガレリンの件に関して至急の報告を受けていました。その件に関してお知らせしておうと思いまして……」

ガレリンの失踪は、いまやCBPの内部だけでなく、ロシア連邦政府、さらに同志ウラジーミルにとっても最重要案件のひとつになっている。なぜならガレリンは、今後の世界の軍事バランスを左右するほどの機密情報が入ったアイフォーンを持ったまま、消えてしまったのだ。

――それで、ザハロフは何か土産を持ち帰ったのかね――。

「いえ、特に何も。例のガレリンの名前が載った新聞記事を持ち帰っただけです。ガレリンの遺体はすでに火葬されて、今日にも日本政府から我が国の在日本大使館に引き渡されるとのことです」

電話の向こうから、低い笑い声が聞こえた。

――あの記事が日本側の仕組んだデマだということは、すでに結論が出ている。ザハロフは、いまさら何をいっているんだ――。

「私も、同感です。日本政府はガレリンが死んだことにしたいのでしょうが、彼は生きている。生きているなら、奪還しなくてはなりません」

――そのとおりだ。同志ウラジーミルも、そうおっしゃっている。何か、君に名案でもあるのかね――。

「はい、実は数時間前から、日本に潜伏しているスリーパーから続々と報告が入ってきています」

――ほう、どんな報告だね――。

「まず札幌の北海道警察本部を監視している〝アレシェンカ〟からの報告ですが……」

ウリヤノフは、つい二時間半ほど前に暗号メールで入ってきた〝アレシェンカ〟からの報告について説明した。

今日の午後四時ごろ、日本の現地時間の八日午後一〇時ごろに北海道警察本部にちょっとした動きがあった。突然、本部庁舎屋上のヘリポートに警察のベル412EP型ヘリが飛来。その一〇分後に離陸し、南東の方角に飛び去った。そのヘリは再度、現地時間の午前〇時少し前に道警庁舎屋上のヘリポートに戻ってきた。

このヘリが、何のために使われたのかはわからない。だが、ガレリンが日本政府に拘束されているとしたら、最も可能性が高い場所は北海道警察本部庁舎だろう。

――つまり、そのヘリがガレリンをどこかに運んだということかね――。

ナルイシキンが訊いた。

「未確認ですが、その可能性を否定する材料はいまのところありません。日本時間の昨夜は北海道警察の管轄内でヘリを派遣するような大きな事件は起きていませんし、要人を空港などに送るとしても時間が遅すぎます」

もしガレリンを移動させたのだとしたら。日本側が陽動作戦の一環として〝ガレリンの遺体発見〟というニュースを流布した、事前工作だったのではないのか。

――もしそのヘリにガレリンが乗っていたのだとしたら、どこに向かったのだ――。

「はい……」

ウリヤノフは、自分の推理を語った。

道警のベル412EP型ヘリの最大速度は時速二六〇キロ、巡航速度は時速二二六キロ。このヘリで南東方向に飛び、二時間で往復できる場所があるとしたら、札幌市から直線距離でおよそ二二〇キロの青森県中泊町にある竜飛崎以外には有り得ない。

——つまり、ガレリンを北海道から本州に運んだということか——。

「そういうことだと思います。ガレリンの移送に、新幹線や航空機の定期便を使えば目立ちすぎるし、リスクが大きいということでしょう」

——しかし、なぜガレリンを竜飛崎などに運んだのかね。いま、地図で確認しているが、この岬は日本の本州の中でも、まったくの陸の孤島だ。近くには、日本の政府機関の主要施設は何もないはずだ——。

「理由は、わかりません。あえて推理するならば、日本政府は陸路もしくは海路を使い、ガレリンを隠密行動で東京もしくはその他の都市の主要施設に移送しようとしているのではないかと……」

しばらく、間があった。〝思慮深い男〟として知られるナルイシキンが、電話の向こうで考えている気配が伝わってくる。

——その可能性は、有り得るな——。

ナルイシキンがいった。

「はい……」

——もし君の読みが当っていれば、ガレリンを奪還する好機かもしれない——。

「はい、私もそう思います」

——いま太平洋艦隊の船舶配置図を見ているのだが、ちょうど原子力潜水艦K-322カシャロットが日本海の青森県沖のおよそ一〇〇海里を航行中だ。すぐに太平洋艦隊の司令部に連絡を取って、待機しておくように伝えよう——。

「助かります」

——その前に、ガレリンと何とか連絡を取ることだ。連絡が取れなければ、こちらも動きようがない——。

「承知いたしました」

——ウダーチ（幸運を祈る）——。

電話が切れた。

ウリヤノフは、溜息をついた。

15

今夜は若く美しい妻が待つ自宅には、帰れそうもない。

イゴール・ミハノヴィチ・ガレリンは、モーツァルトの『レクイエム』（死者のためのミサ曲）に耳を傾けていた。

かつては、最も好きな楽曲のひとつだった。戦いに敗れてこの世を去っていった、すべての敵と競争相手を弔うために。

だが、愛する妻の真澄をあの事故で失ってからは、この曲の旋律に心が掻き乱されることがある。

メルセデスの窓の外には、閑散とした闇の風景が通り過ぎていく。時折、小さな町や集落の影が浮かび上がるが、ゴーストタウンのように静かだった。この闇の中にバーバ・ヤーガ（ロシアの伝説の妖婆）が潜んでいるとしても、信じたくなってくる。

ここはどこなのか、後部座席から見えるメルセデスのダッシュボードのナビの画面には、モーツァルトが始まる前から内陸の一本道が続いている。日本の東北地方にあまり土地鑑がないガレリンは、車がどこを走っているのかわからなかった。

ガレリンは、自分の左手を握ってうとうとしているナオミに、ロシア語でいった。

「いまどのあたりを走っているのか、訊いてもらえないか」

「ダ……」

ナオミが頷き、それを日本語で伝えた。

「父が、いまどのあたりを走っているのかと……」

「ちょっと待ってね。いま確認するわ」

助手席にいるアラブ系の女が、ナビのディスプレイを切り替えた。画面が広域になると、すぐ右側に海が現れた。

「私たちはいま、この大間越《おおまごし》街道を南に向かっているの。すぐ右側に並行して走っているのが国道一〇一号線で、その先がもう日本海。この線路がJRの五能線。もうすぐ深浦町《ふかうらまち》の追良瀬《おいらせ》という駅の近くを通るわ」

アラブ系の女はナビのディスプレイを指さし、時折後部座席を振り返りながら、丁寧に説明する。それをナオミが、ロシア語に翻訳してガレリンに伝えた。

「東京に向かうのなら、なぜ東北自動車道を通らずにこんな遠回りをするのか、訊きなさい……」

ナオミが通訳する。すると今度は、運転しているタブセという男が答えた。

「安全のために」

この男は、寡黙だ。必要最小限度のことしか、話さない。

ガレリンは、竜飛崎を出発してからずっと、このタブセという男を観察していた。途中で一時間ほど眠った振りをしたのも、そのためだ。

この男はロシア人ほど大柄ではないが、おそらく卓抜した身体能力を有している。大きめの服を着ていながら垣間見える筋肉や骨格、ちょっとした身のこなしからそれがわかる。おそらく何らかの武道か格闘技によって、鍛えたものだろう。

身体能力に相応しく、冷静だ。坦々と運転しながら、五感を研ぎ澄まし、常に周囲に気を配っている。あえて日本流にいうなら、隙がない。

そして、これは最初から気付いていたことだが、この男は銃を所持している。ジャケットの腰のふくらみからすると、九ミリ口径のオートマチックといったところか。

もう一人のアサルというアラブ系の女も、銃を所持している。左脇腹のふくらみがそれほど大きくないので、こちらは小型オートマチックか。

いずれにしてもこの二人は、信頼できる人間の素養を備えている。それだけに、出し抜くのもまた難しい。

「ナオミ、もうひとつ訊いてほしい。この車はいつ、東京に着くのか……」

「ダ……」

ナオミが、通訳した。アサルというアラブ系の女は、何もいわなかった。やはり、タブセという男が端的に答えた。

「明日、一〇日の朝八時ごろの予定だ。しかし、いまのところ予定どおりに行くかどうかは、約束できない……」

ガレリンは、腕の時計を見た。間もなく、午前四時になろうとしていた。

明日の午前八時に東京に着くとすると、あと二八時間……。

もちろんそれは、神の加護があればの話だが。

「パパ……。私たちはこれから、どうなるの……」

ナオミがガレリンの手を握りながら、不安そうに訊いた。

「ナオミ、だいじょうぶだよ。神様と天国のお母さんが見守ってくれているのだから、心配することはない。私たちは誰も知らない世界のどこかで、もう一度、名前を変えて自由な暮らしを始めるんだ……」

だが、そんなことが可能なのだろうか。あの男、ウラジーミル・プーチンが我々を生かしておく訳がない。

この先に、何が待ち受けているのかはわからない。だが、いまはナオミと共に、この黒い鋼鉄のノアの箱舟に揺られているしか成す術《すべ》はない。

いずれにしても、長い旅になるだろう。

矢野アサルは、モーツァルトの静かな旋律の中に、断片的に聞こえてくるガレリンとナオミの会話に耳を傾けていた。

ロシア語は、あまり得意ではない。声も小さく、ほとんど聞き取れなかった。だが、二人のこのやり取りだけは耳の中に残った。

——私たちはこれから、どうなるの——。

——神様と天国のお母さんが見守ってくれているのだから、心配することはない——。

おそらく五十代にはなるだろうロシア人のスパイと、まだ十代の娘との不自然な組み合わせ……。

最初に会った時から、何か事情があるのだろうと思っていた。だが、これで納得がいった。

ガレリンの妻、ナオミの母は、何らかの事情で亡くなったのだ。そしていま、少女といってもいいナオミは、顔に傷を負った父親と共に、行く先に何が起きるやも知れぬ深夜の旅に身を投じたのだ。

アサルは、アラビアンナイトの冒頭の一節を思い浮かべた。

〈――その一族の同胞の上に神の恵みと祝福のあらんことを。最後の審判の日まで渝《かわ》ることない永遠の祝福と恵みのあらんことを――〉

彼女にも神の恵みと祝福のあらんことを。栄光のあらんことを。

田臥は周囲に気を配っていた。

車内の四人だけでなく、メルセデスの鼓動や、延々と通り過ぎていく深い闇の中に。

何か、異変はないか。危険は、兆候はないか。何もない。

旅は、順調だった。むしろ、順調すぎるほどに。警察官としてのこれまでの〝任務〟の大半がそうであったように、今回の〝仕事〟もまた過ぎてみればすべてが無事に終わっているのだろう。

だが、一方で、いい知れぬ不安がある。この〝仕事〟が、何事もなく終わるわけがない。

〝何か〟が起こる。この胸騒ぎは、何なのだろう……。

理由は、わからない。理屈ではないのだ。あえていうならば、これまでの経験に培われてきた〝勘〟だ。

あの時も、そうだった。

一九九五年三月二〇日、月曜日――。

田臥が〝本社〟警備局にいつものように定刻に出庁し、デスクに着いたところだった。八時一五分、デスクの上で内線の電話が鳴った。

田臥はコーヒーカップを片手に、受話器を取った。一一〇番通報から転送されてきた電話だった。

――地下鉄日比谷線の築地駅で、爆発事故があったらしい。地下鉄の車輛から白い煙が出て、複数の人間が倒れている――。

当時、警備局に配属されてまだ二年目だった田臥は、電話を上司の間宮貴司《まみやたかし》に代わった。間宮はその場で部下一二名を招集し、鑑識数名を加えて〝現場〟に急行した。その中に、田臥も入っていた。

あの時も、嫌な胸騒ぎがした。自分とこの捜査チームの全員に、何か良くないことが起きるのではないか――。

築地駅の惨状は、いまも記憶に残っている。駅の構内には何人もの乗客が座り込み、床や階段には折り重なるように人が倒れていた。悲鳴を上げて、逃げまどう人々。呼び止め、何が起きたのかを訊いても、涙と鼻水を流すだけで呂律《ろれつ》が回らない。

田臥は上司の間宮らと共に、階段を下りた。ホームには、ドアの開いた地下鉄の車輛が停まっていた。乗客がホームの至る所に倒れ、辺りは嗚咽と呻き声に溢れていた。

足元に、口から泡を吹き咽を掻き毟る女性が倒れていた。その女性を助け起こそうとした瞬間、薬品のような甘い刺激臭を嗅いだ。同時に咽が焼け付くように渇き、咳が出て、鼻水がぼたぼたと垂れた。

頭が割れるように痛み、空間が歪みはじめた。

全身が重力を失い、立っていられなくなった。

その時、初めて気が付いた。これは、毒物だ……。

——全員、緊急退避——。

間宮の声を、聞いたような気がした。田臥は足元に倒れている女性を担ぎ、階段を上った。その場にいた駅員に乗客を預け、駅の外に出た。路上に倒れ、真っ黒な太陽を見上げながら、気を失った。

地下鉄サリン事件——。

あの時、地下鉄の構内に下りていく自分を、闇の中から誰かが見詰めているような気がした。今回も、同じだ。竜飛崎を発った時から、背後に何者かの視線を感じている。

その視線の正体が見えた時には、手遅れになっている……。

田臥は五能線の深浦の駅を過ぎて間もなく、国道一〇一号線を逸れて内陸の県道一九二号線に入った。日本海に突き出す艫作《へなし》崎の根元を中山峠を通って横切り、三〇分後にまた国道一〇一号線と合流する。

ここで、この先のコースの選択を迫られた。

久田の交差点から内陸に入り、白神ライン——岩崎西目屋弘前線——で延々と続く険しい峠道を東に向かい、西目屋村から藤里町を経由するコースを取るか。もしくはこのまま、危険を承知で日本海沿いに国道一〇一号線を能代市へと下るか……。

だが、後部座席の〝乗客〟は二人共、疲れている。ガレリンだけならともかく、まだ少女の域を出ないナオミには長い山道は辛いだろう。しかも、もし一本道の峠で待ち伏せをされたら、それこそ逃げようがない。

どうせ危険なら、少しでも早くここを抜けた方がいい……。

田臥は迷った末に、日本海に沿って直進した。

16

〝イヴ〟——〝グミジャ〟——はBMW・F700GSのエンジンを切り、ヘルメットを脱いだ。

長い髪を振り解《ほど》く。冷たい夜風が通る感触が、心地好い。

腕のGショックの針は、間もなく午前四時になろうとしていた。

ここは秋田県内の国道七号線、秋田自動車道の能代南インターに近いコンビニの駐車場だ。

男鹿半島は、もうすぐ近くだ。

途中、東北自動車道を下りたところで、パトカーに追われた。だが、時速一五〇キロ以上で国道を疾走する〝グミジャ〟のバイクを、パトカーはすぐに追跡するのを諦めた。

彼らは、運がいい。少なくとも、賢明な判断だった。もしあのまま無謀な追跡を続けていたら、おそらくあのパトカーに乗った警察官たちに、良くないことが起きていたことだろう。

〝グミジャ〟はウエストポーチからアイフォーンを出し、確認した。着信履歴が一件と、メールが一通入っていた。どちらも、〝ドッグ〟からのものだった。

メールを開いた。

〈――男鹿半島から国道一〇一号線を北上し、能代市の次の地点で指示を待て。獲物の通過予想時刻は午前五時～五時三〇分前後――〉

メールにはURLが添付されていた。それを、開く。地図が表示され、その一点に〝×〟印が付いていた。

近くに、浅内沼《あさない》という沼がある。いま〝グミジャ〟がいる地点から、四キロもない。時間は、まだ早い。

〝グミジャ〟は〝ドッグ〟に〈――了解――〉と返信を打ち、アイフォーンを閉じた。ヘルメットをバイクのハンドルに掛け、コンビニに入った。店内には、初老の店員が一人。他に誰もいない。

スムージーと大好きなエビの入ったサンドイッチを買って、店を出た。この国に来て一番よかったのは、どこでも簡単に〝祖国〟よりも上質な食料が手に入ることだ。何かを食べるために、男に奉仕する必要もない。

バイクに寄り掛かりながらサンドイッチを食べ、〝獲物〟を待った。しばらくして、秋田ナンバーの二トンダンプが一台駐車場に入ってきた。ドライバーは、七〇歳くらいの老人だった。これは、使えない。

サンドイッチを食べ終え、袋をゴミ箱に捨てた。スムージーを片手に、もう少し待った。そろそろ移動しようかと思っていたところにもう一台、青森ナンバーの大型トラックが入ってきた。ドライバーが、運転席から降りてきた。四十代くらいの、体格のいい男だった。バイクに寄り掛かる〝グミジャ〟を、品定めするように見ている。

この男ならば、使えそうだ……。

しばらくすると、男が買い物を終えて店を出てきた。やはり、舐めるように〝グミジャ〟を見ている。

運転席に乗り込もうとする男に、声を掛けた。

「そのトラックに乗せてくれない……」

レーシングスーツのジッパーを臍まで下げ、白い乳房を見せて誘った。

## 17

海はまだ暗い。

だが、東の白神山地の山々の稜線は、かすかに白みはじめていた。

午前四時一〇分――。

田臥のアイフォーンが、メールを着信した。メルセデスを通路脇に寄せ、確認する。メールは、〝本社〟の室井からだった。

〈――いま目が覚めました。その後、お変わりありませんか――〉

呑気なメールだった。

〈――いまのところ順調だ。現在、国道一〇一号線の秋田県八峰町《はっぽうちょう》のあたり。間もなく能代市に入る――〉

返信し、またメルセデスを走らせた。

夜が明けはじめたころから、国道に車が多くなってきた。

時折、ライトをつけた長距離トラックが、対向車線を通り過ぎていく。前方を、大型トレーラーの車列に塞がれることもある。

片側一車線の国道で後ろに〝客〟が乗っているのでは、ペースを上げられない。それにもう、五時間近く走り続けている。もう少し走ったら、どこかで休める場所を探した方がいいだろう。

並行する五能線の八森の駅を過ぎて間もなく、右側に『鹿の浦展望台』と書かれた標識が見えた。国道から海側に突き出した、広いパーキングスペースのある休憩所だ。

国道から目立ちすぎるかもしれないと思いながら、田臥はウインカーを右に出してメルセデスを展望所に入れた。他に、地元の秋田ナンバーのトラックが一台、駐まっている。食堂などの店は開いていないが、自動販売機くらいはある。

車を駐めると、いつものようにまずアサルが降りた。駐車場を歩いて一周し、トラックの裏を回り、戻ってきた。

「だいじょうぶです。安全です」

アサルの報告を待って、田臥と後ろの二人も車を降りた。潮風を胸に吸い込み、体を伸ばす。何時間も淀んでいた血液が、また全身に流れ出した。

自動販売機で缶コーヒーを買い、展望台まで歩いた。眼下に広がる日本海は、朝日を浴びて輝きはじめていた。足元の浜には小さな漁船が並び、海岸線を南に辿っていけば彼方に男鹿半島の低い陸の影が伸びている。こんな旅の途中でなかったら、いま目の前に広がる風景をもっと楽しめたことだろう。

田臥はコーヒーを飲みながら、周囲に気を配った。

ガレリンと娘のナオミは、特に変わった様子はない。多少は疲れているようだが、顔色は悪くない。アサルは時折、あくびをするが、緊張を保っている。

何げなく、国道に目をやった。大型トレーラーや、長距離トラックが通過していく。その中に、気になる車が一台、あった。

黒いポルシェ・カイエン……。

まだ、新しい型式だ。カイエンは前を走る大型トレーラーを猛スピードで追い越し、田臥たちが走ってきた青森県方面に走り去った。一瞬だったので、ナンバーは確認できなかった。この時間と場所で見かける車として、違和感があった。車は逆方向に向かったが、嫌な予感がした。

何かが起こる……。

「みんな、車に乗ってくれ。出発しよう」

田臥は全員がメルセデスに乗るのを待って、カイエンとは逆に南に向けてアクセルを踏んだ。

# 18

〝グミジャ〟はスパイダルコのナイフに付いた血を、汚れた毛布で拭った。

レーシングスーツに袖を通し、ジッパーを胸まで上げた。

トラックのキャブの後ろのベッドには、ズボンを脱いだままの運転手が咽を掻き切られて死んでいる。驚いたまま固まった目が、暗がりで〝グミジャ〟の顔を見詰めていた。

ベッドから運転席に戻った時に、ウエストポーチの中でアイフォーンが震動した。〝ドッグ〟からだ。

「はい、〝イヴ〟です……」

――いまから二分ほど前に、国道一〇一号線の鹿の浦展望台の駐車場で〝標的〟のメルセデスを確認した――。

〝グミジャ〟はトラックのナビで、その場所を探した。自分がいまいる場所から一〇キロほど北、能代大橋で米代川《よねしろがわ》を渡った先に、鹿の浦展望台が見つかった。

「場所を確認しました」

――〝標的〟はそこから男鹿半島方面に南下するはずだ。あと一〇分か一五分ほどでそのあたりを通る――。

「〝トラップ〟の位置の指示をお願いします」

——まだ、未定だ。奴らが能代大橋を渡った後で、どちらに向かうかわからない。私もこれからUターンして〝標的〟を追う。コースがわかった時点で、また連絡する——。

「ラジャ！」

電話が切れた。

〝グミジャ〟はもう一度、ナビを確認した。〝標的〟はこのまま国道一〇一号線を南下してくるのか。内陸の大間越街道に入るのか。もしくは能代海岸に沿って、農道のメロンロードを男鹿半島方面に進むのか——。

いずれにしても、〝標的〟がどの道に入っても対応できる場所で待ち伏せなくてはならない。

〝グミジャ〟は運転席に座り、シートの位置を合わせた。アクセルを吹かし、クラッチを踏み、ギアを入れた。

重いパーキングブレーキを外す。

エンジンの回転を上げ、クラッチを繋ぐ。

大型トラックは、巨体を揺すりながら、轟音と共に街道へと躍り出た。

## 19

市街地が近付くにつれて、朝の渋滞が始まった。

間もなく国道一〇一号線は、能代大橋で米代川を渡り、能代市の中心地へと入っていく。

このあたりで他に米代川を渡るルートは、五〇〇メートルほど上流の県道二〇五号線だけだ。

橋に向かうトラックの車列に並んで走りながら、田臥健吾は背後に気を配っていた。メルセデスのすぐ後ろに大型トラックがいて、バックミラーの視界を塞いでいる。だが、時折サイドミラーに映る一五台ほど後方の車列の間に、黒いSUVらしき車が見え隠れしている。

もしかしたらあの車は、『鹿の浦展望台』で見掛けたポルシェ・カイエンではないのか……。

「アサル、助手席側から後方を確認してくれ。一五台ほど後ろだ。トラックの車列の中に、黒いSUVが見えないか」

「ちょっと待ってください……」

アサルが助手席の窓を開け、顔を出して振り返る。田臥は見やすいように、メルセデスをセンターライン側に寄せた。

「どうだ」

「見えます。この車から数えて、一四台目ですね」

「車種がわかるか」

アラブ系の血が入っているアサルは、視力が良い。

「ポルシェ・カイエンのようです。年式とナンバーまではわかりませんが……」

やはり、そうか。

「サイドミラーを動かして、その車の動きに注意していてくれ」

「了解しました」

田臥はメルセデスを運転しながら、右腰のGLOCK19の位置を確認した。M‐65ジャケットの裾を少し持ち上げ、隠していた銃把を外に出す。これで、いつでも抜ける。

車が、能代大橋に差し掛かった。橋は、直線だ。田臥の位置からもアサルからも、後方のポルシェ・カイエンはまったく見えない。

「この先で、道が国道七号線と交差します。どちらに行きますか」

アサルが訊いた。

この先で、国道一〇一号線は車線が減少する。交差点で七号線を右折するか。左折するか。もしくは、このまま直進するか。

「国道七号線を、右折する」

田臥がいった。

間もなく、芝童森の交差点が見えてきた。チェーン店の大型書店と右手のラーメン屋が目印だ。

右折の信号を走り抜けようとした瞬間に、前のトラックが停止した。良くないタイミングだ。信号の待ち時間が、長い……。

やっと、信号が青に変わった。前のトラックが、苛立つほど遅い。その後に続いて、田臥も交差点を右折した。

ほとんどの車が、国道七号線を右折か左折していく。直進車は、少ない。黒いポルシェ・カイエンは、どちらに行くのか……。

「例のカイエンは、交差点で直進したようです」

アサルが、後方を振り返りながらいった。

「おれも、バックミラーで確認した」

メルセデスの後ろには、何台かのトラックがついてくるだけだ。どうやら、杞憂だったようだ。

後部座席から、ナオミが訊いた。

「父が、何か起きたのかといっています」

「怪しい車がいた。しかしその車は、いまの交差点を直進した。もう、心配はいらないと伝えてくれ」

田臥の説明を、ナオミがロシア語でガレリンに通訳した。

前に走っていたトラックが、脇道に逸れた。これでやっと、前方の視界が開けた。田臥はジャケットの裾を下ろし、銃を隠した。

道はしばらく行くと、秋田自動車道の能代南インターの入口で再び国道一〇一号線と交差する。だが田臥は秋田自動車道には入らず、その手前の道を右に逸れた。

周囲から、車がいなくなった。田臥は能代海岸に沿った農道——メロンロード——を目指してアクセルを踏んだ。

もし再度この道に黒いポルシェ・カイエンが現れたとすれば、その時は確実に〝敵〟であるということだ。

20

耳に聞こえるのは、ポルシェ・カイエンGTSの三・六リッターV6ターボの咆哮だけだ。
いまはオーディオのスイッチも切られ、『ワルキューレの騎行』は鳴っていない。
だが、〝ドッグ〟の頭の中ではランボーが語り続けている。

〈――銀と銅の戦車、
鋼と銀の船首、
泡を打ち、
茨の根株を掘り返す――〉

〝ドッグ〟は、ポルシェ・カイエンのアクセルを踏み込む。前を走るトラックを強引に抜き去り、赤信号を突破して、早朝の国道一〇一号線を時速一五〇キロ以上で疾走した。

〈――曠野の行進、

干潮の大きい轍、
円を描いて東へ繰り出す、
森の柱へ、
波止場の胴へ、
角度はゴツゴツ、光の渦に――〉

間もなく、前方に秋田自動車道の能代南インターの入口が見えてきた。〝ドッグ〟はその直前で、フルブレーキを掛けてポルシェ・カイエンを減速させた。そのまま左側の空地に飛び込み、四輪を横すべりさせながら車を停めた。

ここからならば、国道七号線と能代南インターの入口がよく見える。〝獲物〟が国道を直進するにせよ、秋田自動車道に入るにせよ、間もなくここを通過するだろう。

しばらく待った。〝ドッグ〟の目の前を、何台かの車が通過した。だが、黒いメルセデスはいない。

おかしい。もうそろそろ、来てもいいはずだが……。

そのうちに、見覚えのあるトラックの車列が目の前を通過した。芝童森の交差点の手前で、自分の前後にいた数台のトラックだ。その十数台前にいたはずのガレリンの乗ったメルセデスが、どこかに消えた……。

〝ドッグ〟は素早く、タブレットで地図を調べた。芝童森の交差点から国道七号線を辿っていくと、途中に二カ所、分岐する道がある。どちらも能代海岸沿いの、農道へと続いている。

奴らは、この道に向かったのか……。

〝ドッグ〟はアイフォーンを手にし、〝イヴ〟に電話を掛けた。

「〝獲物〟は海沿いのメロンロードに向かった。そこで、仕留めろ」

――了解しました――。

電話を切った。

〝ドッグ〟は空地でポルシェ・カイエンをパワーターンさせ、自分もメロンロードに向かった。

〝グミジャ〟は、秋田自動車道の八竜《はちりゅう》インターの近くにいた。

国道一〇一号線と七号線の重要区間だ。〝獲物〟がどちらの国道を走ってきてもここを通過するし、秋田自動車道もカバーできる。海沿いの農道を来るなら、それも先回りできる。待ち伏せるには理想的な場所だ。

電話が掛かってきた。〝ドッグ〟からだ。

――〝獲物〟は海沿いのメロンロードに向かった。そこで、仕留めろ――。

「了解しました」

電話を切り、トラックのナビで現在地とメロンロードを確認する。

幸運を引き寄せた。メロンロードなら、一本道だ。確実に捉えられる。

〝グミジャ〟は大型トラックのギアを入れ、アクセルを踏み、その場でターンさせた。走ってきた軽自動車を弾き飛ばし、メロンロードに向かった。

## 21

田臥が運転するメルセデスＳ５５０ロングは、日本海沿いの広域農道を南下していた。通称、メロンロード――。

だが、沿線にメロンを栽培するビニールハウスは見えない。人家も、ほとんどない。道は緩やかな丘陵を上り下りを繰り返しながら、荒涼とした草原の中を走り続ける。丘陵の頂点に達した時には右手に紺碧の日本海が広がり、巨大な風力発電機が彼方まで林立している。左前方には朝焼けに稜線の輝く白銀の鳥海山が霞んでいた。

この道に入ってから、対向車にもほとんど出会っていない。たった一台、地元の軽トラックと擦れ違っただけだ。道幅が狭く、路面が荒れているためにペースは上がらないが、快適なドライブだった。

のんびりしすぎて、思わずあくびが出た。

田臥は前日の朝から、もう二四時間以上も一睡もしていない。そろそろ、仮眠を取った方がいいかもしれない。

「何か、音楽を掛けよう」

田臥がいった。

「そうね。後ろのお二人は、何がいいかしら」

アサルが後部座席を振り返り、訊いた。二人が小声で相談し、ナオミが答える。

「バッハを……」

「わかった。確か、バッハのCDがあったはずだわ……」

アサルがバッハのアルバムをオーディオに入れた。オルガンの名曲『トッカータとフーガニ短調』の調べが静かに始まった。

バッハの楽曲は、能代海岸の荒野の風景によく合っていた。その旋律のように、平穏で美しい朝だ。

前方からトラックが一台、走ってくる。久し振りの対向車だ。見れば大型のパネルトラックのようだが、こんな早朝に農道を通ってどこに行くのだろう……。

〝グミジャ〟は、前方を見据えた。

五〇〇メートルほど先に、黒いセダンが一台……。

メルセデスだ。こちらに、向かってくる。

間違いない。〝獲物〟の車だ――。

〝グミジャ〟は大きな傷のある頬を引き攣らせ、薄い唇に笑いを浮かべた。

潰してやる……。

ギアを落とし、アクセルを踏み込んだ。

大型トラックは七・八リッター、ツインターボの直列六気筒エンジンを唸らせ、荒れた路面で車体を蛇行させながら、加速した。

前方のトラックが、近付いてくる。

荒れた路面で車体をバウンドさせながら、丘陵を下る。

二台の距離は、もう二〇〇メートルもない。田臥の運転するメルセデスのスピードメーターは、時速七〇キロ。いったいあのトラックは、何キロ出してるんだ……。

大型トラックが、迫る。あと、一〇〇メートル……。

その時、運転席のドライバーの顔が見えた。

髪の長い、女？

数十メートルに迫った。突然、トラックがステアリングを右に切った。

「危ない！　伏せろ！」

瞬間、田臥はフルブレーキを掛け、ステアリングを右に切った。

車内から、悲鳴が上がった。

やった！

だが、そう思った瞬間に、〝獲物〟が気付いて逃れた。

糞《シバ》！

〝グミジャ〟はもう一度ステアリングを逆に切り、メルセデスに向かった。

トラックが大きく蛇行し、車輪が宙に浮いた。


メルセデスは横滑りしながら、コントロールを失った。

轟音と共に横倒しになるトラックを、掠める。

そのままスピンしながら、草原に突っ込んだ。

だが田臥は、アクセルを踏んだ。

止まれば、タイヤが埋まる。そのまま、狙い撃ちにされる。

方向はわかっていた。土を撥《は》ね上げ、枯れ草を薙《な》ぎ倒しながら農道に躍り出た。

路上に、田臥たちを襲った大型トラックが無慚《むざん》に腹をさらし、周囲に積荷が散乱していた。

だが、人はいない。

「全員、怪我はないか！」

メルセデスをドリフトさせ、フルパワーで農道を南へと向かった。

オーディオから大音量で、ワグナーの『ワルキューレの騎行』が流れてくる。

〝ドッグ〟はその旋律に合わせ、タクトでオーケストラを指揮するように右手を振った。

左手をステアリングに添え、アクセルを踏み込む。ポルシェ・カイエンはV6ターボのかん高いエンジン音を響かせ、路面の荒れた農道で時速二〇〇キロを超えた。

緩やかな丘陵の頂上で、グライダーのようにジャンプした。その瞬間、一キロほど前方に、横倒しになっているトラックが見えた。

やったな……。

〝ドッグ〟は右手でタクトを振りながら、さらにアクセルを踏んだ。

トラックの前で、止まった。ホルスターからＨ＆Ｋ・ＵＳＰを抜き、車を降りた。

周囲に気を配りながら、トラックに近付く。割れたガラスの運転席の中に、〝イヴ〟が押し潰されたように倒れていた。

だが、周囲にメルセデスが見えない。部品も散乱していない。

〝獲物〟は、どこだ……。

〝ドッグ〟は銃を構え、トラックの周囲を歩いた。二〇メートルほど先の草原の、枯れ草が薙ぎ倒されていた。

あそこか……。

〝ドッグ〟は、銃を構えて走った。地面が抉れ、深い轍《わだち》が残っていた。だが、メルセデスはここにもいない。

〝獲物〟は、逃げた……。

トラックに戻った。割れたフロントガラスの中に閉じ込められた〝イヴ〟が、無言で〝ドッグ〟を見つめている。

「しくじったのか」

〝ドッグ〟は首を傾げ、〝イヴ〟の額に銃を向けた。〝イヴ〟が、目を閉じた。

だが、〝ドッグ〟は一瞬考え、親指を添えてUSPの撃鉄を戻し、肘を畳んで銃口を上に向けた。弾の無駄だ。

「後で連絡する」

〝ドッグ〟はポルシェ・カイエンの運転席に戻り、窓を開けた。オーディオのボリュームを上げ、ギアを入れた。

四輪から白煙を上げ、銃をタクトのように振りながら、フル加速で〝獲物〟を追った。

## 22

田臥はメルセデスのアクセルを緩め、速度を落とした。

バックミラーを確認する。追ってくる車はいない。

時速八〇キロを保ちながら、メルセデスのメカニカルノイズに耳を傾ける。ボンネットに土を被って酷い有様だが、四・七リッターツインターボの鼓動は寸分の狂いもなく正確だ。サスペンションやミッションからも、異音は聞こえない。

運転しながら、考える。

なぜ、あの地点で待ち伏せされたのか――。

田臥は今回のルートを、事前にまったく決めていない。ただ高速道路や有料道路を避けて、国道や県道、一般道や農道を無作為に走ってきただけだ。この日本海沿いの農道に入ったのも、いわば偶然だ。

だがそこに、〝敵〟が現れた……。

可能性を、想定する。

ひとつは、このメルセデスにGPS発信器が取り付けられている可能性だ。だが、田臥はこの車に自分の手で、出発の前に念入りに〝クリーニング〟を施した。プロの自分が、見落としたとは考えにくい。

もうひとつは、後部座席に座っているガレリンと娘が、何らかの方法で外部と連絡を取った可能性だ。だが彼らのアイフォーンは手提げ金庫の中にある。他に携帯電話や無線器を持っていないことは北海道警の方でチェックしているはずだし、もちろんそれを使う隙もなかった。

もしくは、田臥とアサルが持っている携帯か。〝本社〟が通信会社に協力を要請すれば、位置情報からこちらの居場所を知ることはできる。だとしたら、〝本社〟の中に敵への内通者がいることになる。

まさか、室井が……。

竜飛崎を出てから田臥が連絡を取っているのは、東京にいる室井だけだ。もし室井が内通者だとすれば、通信会社に協力を要請するまでもない。田臥のメールの内容を、そのまま敵に転送すればいい。

だが、室井が裏切るなどということが、有り得るだろうか……。

それにしても、〝敵〟は何者なのか。あのトラックを運転していたのは、確かに女だったが。背後にいるのはロシアなのか、もしくは……。

「田臥さん、ちょっといいですか」

アサルの声で、我に返った。

「何だ」

「私、奇妙なことに気付いたんです。さっきのトラックを運転していたあの髪の長い女、見たことがある……」

あの女を、見たことがあるだって？

「知っている女なのか。どこで見たんだ」

田臥が訊いた。

「はい……。前に、京都の板倉勘司《いたくらかんじ》の家に〝ガサ入れ〟した時のことを覚えていますか。板倉の遺体が発見された、あの日です。その時に板倉邸からＢＭＷのバイクで逃げた女がいましたよね……。その女に、似ていたんです……」

もう、二年前だ。原発利権に絡み、右翼の大物板倉勘司が何者かに殺害された。その時に、〝現場《ゲンジヨウ》〟の板倉邸から男女数人が逃走した。その後、男三人は逃走中の事故により死傷したが、バイクで逃げた〝髪の長い女〟の行方だけはいまもわかっていない。

「間違いないのか」

「私の記憶の中では、間違っていません」

アサルがまた、奇妙ないい方をした。

いずれにしても消えた〝髪の長い女〟の顔を見ているのは、アサルとあの時に板倉邸に監禁されていた笠原武大《かさはらたけひろ》、それに笠原の恋人の塚間有美子《つかまゆみこ》だけだ。その笠原の証言から、女は〝グミジャ〟と呼ばれる〝北〟の工作員であることがわかっている。事故により死傷した三人の男たちも、すべて〝北〟の工作員だった。

だとすれば今回の〝仕事〟の不確定要素も、〝北〟だということか？

まさか。だが、なぜ〝北〟がロシアの〝S〟の命を狙うんだ？

そんなことは有り得ない。

田臥は後部座席のガレリンの様子を探るために、バックミラーに視線を移した。その時、ミラーの中に異様な光景が目に入った。

車だ。黒い車が、狂ったような速度でぐんぐん後方に迫ってくる。

あの、ポルシェ・カイエンだ！

「敵が来る！　頭を低くしろ！」

アクセルを、踏みつけた。タコメーターの針が跳ね上がり、メルセデスはV8ツインターボの咆哮と共にロケットのように加速した。

背中が、シートに押し付けられる。それでもミラーに映るポルシェ・カイエンは、離れない。

運転席の窓から、右腕が出ている。その手に、銃が握られている。

銃声！

メルセデスのボディーに、着弾音が響いた。

「撃ってきた！　伏せろ！」

田臥はメルセデスのステアリングを左右に切り、狙いを躱しながらさらに加速した。

「アサル、応戦しろ！」

「はい！」

アサルがシートベルトを外し、ショルダーホルスターからSIG・P230を抜いた。窓から上半身を乗り出し、ポルシェ・カイエンに向けて撃った。

乾いた銃声が鳴り響き、32ACP弾の空ケースが宙に舞った。

ポルシェ・カイエンが蛇行し、弾を躱す。だが、ボンネットとフロントガラスに二発、着弾した。

アサルは全弾を撃ち切り、弾倉を抜いた。新しくフルロードの弾倉を装塡し、スライドを閉じる。

その間にも、後方の敵が撃ってくる。一発が、リアウインドウに着弾した。防弾ガラスなので貫通はしないが、蜘蛛の巣状の亀裂が広がった。

ナオミの、悲鳴！

Ｖ８ツインターボが、唸る！

銃声が、炸裂する！

「相手のタイヤを狙え！　もしくは、ラジエーターだ！」

「はい！」

アサルが時速一五〇キロ以上で突っ走るメルセデスから、半身を乗り出す。窓枠に座り、アシストグリップで体を支えながら、Ｐ２３０を連射した。

何発か、着弾した。ラジエーターから、白い水蒸気が上がった。

「当たったぞ！」

田臥が、アクセルを踏み込む。

バックミラーの視界の中で、黒いポルシェ・カイエンが見る間に遠ざかっていった。

ワグナーの『ワルキューレの騎行』は終わった。

〝ドッグ〟はボンネットから吹き出す水蒸気の彼方に走り去るメルセデスに向かって、最後の一弾を放った。

弾が尽きたＨ＆Ｋ・ＵＳＰはスライドが開いた状態でロックされ、沈黙した。

オーバーヒートしたポルシェ・カイエンを、農道の脇の金網のフェンスに寄せて停めた。銃をホルスターに戻し、車から降りる。あれほど力強く、美しい音色を奏でていたＶ６ターボは咳き込むように息をつき、体を震わせ、力尽きて止まった。

道の向かい側の畑で農作業をしていた老人が、手を休め、不思議そうな顔でこちらを見ていた。

「良いお天気ですね」

〝ドッグ〟は笑みを浮かべ、老人に一礼した。

ポケットのアイフォーンを手にし、〝フラットヘッド〟に電話を入れた。

「私だ。いま、〝獲物〟と遭遇したが、取り逃がした。車が壊れたので、迎えを頼む」

現在位置を教え、電話を切った。

## 23

周囲は新緑の森に包まれていた。

時間は、午前九時を過ぎている。

だが、初夏の日差しも、この森の中まではほとんど届かない。傷付いたメルセデスS550は、いまは森の木洩れ日の中に身を隠して静かに休んでいた。

田臥と一行は、秋田県の男鹿半島に逃げ込んだ。いまは真山《まやま》の頂上にある真山《しんざん》神社の境内にいた。

二時間ほど前に、東京の室井に経過報告のメールを送った。

〈――午前七時ごろに、秋田県山本郡の能代海岸に近い農道で敵の銃撃を受けた。敵の正体は不明。こちらは全員無事だ。これから予定を変更して、秋田自動車道で秋田市に向かう――〉

もちろんこのメールは陽動作戦のための〝フェイク〟だ。田臥とアサルはこのメールを送信した後に携帯の電源を切り、秋田自動車道には入らず、男鹿半島に向かった。

室井のことを疑いたくはなかったが、仕方がない。安全を確保するために、不確定要素はひとつずつ排除していく必要がある。もし田臥の勘が正しければ、追手は〝フェイク〟メールを信じて秋田市の方向に向かうだろう。つまり、コースから外れた男鹿半島は、安全だということになる。

とにかく、いま我々に必要なのは、安全な場所での少しばかりの休息だ。

田臥は目の前に聳《そび》える、樹齢一一〇〇年といわれる榧《かや》の巨木を見上げた。この木は一〇世紀以上も昔から、この地で人々の生活を見守ってきた。理屈ではなく、本能のどこかで、この巨木の庇護下にいれば安全だという声が聞こえてくるような気がした。

田臥は、境内を歩いた。

秋田県男鹿半島の真山神社は、景行天皇の御代、武内宿禰《たけのうちのすくね》が北陸地方諸国視察の折に男鹿半島に下向、涌出山《わきいでやま》（現・男鹿真山）に瓊瓊杵《ににぎ》尊《のみこと》と武甕槌命《たけみかづちのみこと》を祀り武運長久を祈願したことに始まる古社である。社伝によればその由緒はおよそ二〇世紀――二〇〇〇年――にも及ぶとされる。江戸時代までは秋田六郡三十三観音霊場の二七番札所、赤神山光飯寺がここにあったが、明治時代の廃仏毀釈により真山神社と名を変えた。

また、真山神社は、男鹿半島の伝説の鬼の化身〝なまはげ〟の発祥地として知られている。本社の神事としていまも一月三日の夕刻に柴灯を焚き、山の神に献じる大餅を使者なまはげに託す柴灯祭《せどさい》が行われる。また毎年二月に開かれる「なまはげ柴灯まつり」は、日本の冬の五大雪祭りのひとつに数えられる。

田臥は神社の境内を歩きながら、周囲に気を配った。冬場には、なまはげ祭りで賑わうこの真山神社も、シーズンオフのいまは観光客の姿も少ない。

アサルはナオミを連れて神楽殿の方に歩いていった。二人が並んで仲睦まじく歩く姿は、一瞬、姉妹のように見える。美しく、そして平穏な光景だ。

だが、アサルはいまもタクティカルジャケットの下に銃を忍ばせている。彼女の〝仕事〟は、ナオミを守ることだ。

田臥は同時に、ガレリンの様子にも気を配っていた。まさか、娘を置き去りにして一人で逃げるということはないだろう。彼は車から降りてからずっと社殿の石段に座り、物思いにふけっていた。

ガレリンに歩み寄り、隣に腰をおろした。

空を見上げ、何げなくいった。

「いい天気だな……。最高のドライブ日和だ……」

もちろんガレリンは、何もいわない。彼は、日本語を話せない。

「それにしてもあの襲ってきた奴ら、何者なんだ……」

独り言を呟く。だが、その時、思い掛けないことが起きた。

「奴らは、我が祖国の使者ではない。まして、北朝鮮の配下の者たちでもない」

ガレリンが日本語を、話した……。

「あなたは、日本語がわかるのか?」

田臥が訊いた。

「はい、少し、話せる。外交官として、日本の生活が長かったので。それに私の妻は、日本人だった……」

「なぜいままで、隠していたんだ」

「ひとつは、祖国からの指示です。私が日本語を理解できないことにしていた方が、CBPとしては都合がいい。もうひとつは、自分の意志です。私とナオミの置かれている情況を知るためには、日本語がわからないことにした方が有利だと考えた」

〝少し〟といいながら、ガレリンの日本語はかなり正確だった。

「それなのになぜ、日本語を話せることを急に打ち明ける気になったんだ」

「あなたを信頼できると判断した。だから、話さなければならないと思った。できれば通訳を介さず、二人だけで」

いずれにしても、話す気になったのはいいことだ。田臥も、できれば二人で話すべきだと思っていた。

「それならば、話す前にルールを決めておこう。私のことは、タブセと呼んでくれ。あなたのことを、何と呼べばいい？」

運命を共有する者同士がこれから率直に話し合う上で、お互いの呼び名を決めておくことはリスクを最小限に抑止するための必要条件だ。それがロシア人のルールでもあると、聞いたことがある。

「わかった、タブセと呼ぼう。私は、ガレリンでかまわない。さて、何から話すべきだろうか……」

「さっきの話だ。なぜ我々を襲撃した敵が、ロシアでも〝北〟でもないのか。その理由を聞かせてほしい」

「簡単なことだ……」

ガレリンはそう前置きして、端的に説明した。

もしロシアのCBPが自分を暗殺するならば、ポロニウムかそれに類する核物質、もしくは毒物を使うだろう。証拠を残すことを恐れずに走行中の車を攻撃するならば、KSVK12・7大型対物ライフルか小型ミサイルで吹き飛ばす。いずれにしても自分が超A級の軍事機密を所持している限り、それを取り戻すまでは殺したりはしない。

北朝鮮の可能性は、さらに有り得ない。ロシアは、北朝鮮にとって最大の軍事的な後見者だ。金正恩はウラジーミル・プーチンを怒らせれば、自分と祖国がどうなるかをよく理解している。

ガレリンの分析は、もっともだった。田臥も、異論はなかった。

「それならば、我々を襲撃したのは何者なんだ。他の可能性について、心当たりがあるのか」

田臥が訊いた。ガレリンの命を狙うのは、誰なのか。それは、ガレリン自身が一番よくわかっているはずだ。

「最も可能性が高いのは〝カンパニー〟（CIA）だろう。アメリカは、私が持っている情報を、咽から手が出るほど欲しいはずだ。もしくは、この世から消滅させたいか……」

「他には？」

「私の命はともかく、いまここにある情報を欲しがる国、もしくは消し去ろうと考える国はいくらでもあるだろう。たとえば、日本もそのひとつだ……」

「なぜ、日本が？」

もし日本がその情報を必要とするなら、ガレリンを確保した時点で奪取することはできた。ガレリンと娘を、亡命させる必要すらなかったはずだ。

「タブセ、考えてみてくれ。もし私が持っている超A級の軍事機密を日本が入手したとしたら、どうなると思う。当然のことながら、アメリカがそれを要求するだろう」

「当然だろうな。アメリカが要求する。日本はアメリカに、その情報を渡す……」

「ところが、そうはいかないんだ。もし日本がアメリカにその情報を渡せば、プーチンを怒らせることになる。そうすればいま日ロで交渉している北方領土問題は、すべて白紙に戻る。日本は永久に、エトロフもクナシリも取り戻すことはできなくなる。つまり日本にとって私の持っている情報は、存在すること自体が厄介な代物だということだよ……」

そういうことか。だからガレリンの身柄は、三カ月近くも情報と共に北海道警に隠蔽されていたのだ。その間、日本政府の中でも、様々な解決策が模索されたことだろう。

「つまり日本政府としては、アメリカへの忠誠を取るか、それとも北方領土返還の可能性を取るかということか……」

「そういうことだろう。日本の内閣府が何を考えているかまで、私には理解できないけれどね……」

「ところでガレリン、あなたの持っている超A級の軍事機密というのは、いったい何なんだ」

田臥は〝本社〟の厚木からも、情報の内容に関しては何も聞かされていない。

ガレリンは、しばらく考えた。そして、首を横に振った。

「私は、少し話しすぎたようだ。真実を話しすぎると、その軽口がやがてはおたがいの国家を滅ぼすことになる。それよりも、少し歩こう」

そういって、石段から腰を上げた。

田臥はガレリンと肩を並べ、境内を歩いた。手水舎に行き、手と口を清め、社殿に戻って参拝の作法を教えた。ガレリンは田臥に習い、ルーブルのコインを賽銭箱に入れ、二礼二拍手一礼をして神に祈った。

彼が、何に祈ったのかはわからない。だが祈りの時間は長く、ロシア語の呟きは延々と誰かと語らうかのようだった。

参拝を終え、また境内を歩いた。しばらくしてガレリンは、社務所の前で足を止めた。

「これは……」

箱の中に入っている小さな織物の袋を指さした。

「〝御守り〟だよ。これを身に付けていると、様々な厄災……つまり、良くない出来事や不運から守ってもらえる」

田臥の説明にガレリンが頷いた。

「御守りか。ロシアのマトリョーシカのようなものだな。この、鬼の絵は？」

ガレリンが御守り袋に刺繍された、なまはげの図柄を指さした。

「それは、なまはげという。鬼に見えるが、この男鹿半島に古くから伝わる神様だ。悪事を諌め、人々を災いから救うためにやってくる」

「なまはげ……。どこかで聞いたことがある。この強そうな神ならば、メフィストフェレスの呪いを解いてくれるかもしれない。娘と私に、ひとつずつ買うとしよう」

ガレリンは赤、青、黄、黒、白の五色の中から青と白の二色の御守りを選び、代金を巫女に渡した。

「メフィストフェレスの呪いとは？」

田臥が訊いた。

「キリスト教の悪魔のひとつだ。ゲーテの〝ファウスト〟にも出てくるだろう。どうやらここ数年、私たち親子はメフィストフェレスに取り憑かれているらしい……」

また、境内を歩いた。

森の中を、初夏の風が吹き抜ける。樹木の梢が、なまはげの息吹のように騒《ざわ》めいた。

「先程の話だ……」

ガレリンが、歩きながらいった。

「何の話だ」

田臥が訊いた。

「私の持っている機密情報の話だよ。タブセは知りたいといった。それなら、教えてもいい」

「どうして、気が変わったんだ」

ガレリンは、しばらく考えた。そして、いった。

「ひとつは、私一人であの情報を所有していることが危険だからだ。リスクを、分散させた方がいい。もうひとつは、あの機密情報を共有する相手として、あなたを信頼できる人間だと判断したからだ」

田臥は、ガレリンの言葉の真意を考えた。だが、彼の表情からは何も読み取れなかった。

いずれにしても、機密情報を共有することに関して異存はない。

「わかった。その提案を受けよう。それには、どうしたらいい」

ガレリンの機密情報は、すべて彼のアイフォーンの中に入っている。情報の性質を考えても、口頭で説明して何とかなるようなものではないはずだ。

「それにはまず、あのパンドラの箱を開ける儀式が必要だ」

ガレリンがいった。

## 24

アサルはナオミと二人で、一段上の境内にある神楽殿の框《かまち》に座っていた。

ここは、静かだった。

時折吹くかすかな風の音《ね》と、鶯の鳴き声以外には何も聞こえない。背後の神楽殿には二基の立派な神楽が飾られているが、険しい石段を上ってここを訪れる観光客もいない。

「そう、そんなことがあったのね……。天国のお母さんが見守ってくれているという話を聞いた時、何かあったのだとは思っていたけれど……」

アサルが、空に流れる白い雲を見上げながらいった。

「ママは、優しい人でした。パパともとても仲が良かったのに……」

昔のことを思い出したのか、ナオミの目に薄っすらと涙が浮かんでいる。

「こんなことを訊いていいのかどうかわからないけど、お母さんはなぜ亡くなったの」

アサルが訊いた。

「ロシアの警察は、交通事故だといっています。ママの運転ミスだって……」

〝事故〟が起きたのは、今年の二月三日、モスクワの市内だった。

その朝、ナオミの母の真澄は、車を運転して空港の税関に出掛けた。日本の実家から送られてきた、米や醬油などの食料品を受け取るためだった。よくあることだったのだが、たったひとついつもと違っていたのは、自分の車が故障していたので、夫のガレリンの車を使ったことだった。

市街地を抜け、空港に向かう高速環状道路に入った直後、前方の渋滞の最後尾のトラックに激突した。ほぼ、即死だった。

警察はあまり調べもせずに、真澄の不注意と速度の出し過ぎと断定して事故を片付けてしまった。だが、ガレリンが後で事故車を調べたところ、ブレーキとエンジンに何者かが細工をしたような痕跡があった。

「つまり、どういうことなの。お母さんは誰かに殺されたということ?」

アサルが訊いた。

「パパは、そういっています。でも、命を狙われたのは自分の方で、ママはパパの車を運転したために間違って殺されてしまったのではないかって……」

ガレリンの車に細工をされていたのなら、そういうことになるだろう。

「お父さんは、命を狙われる理由があったのかしら……」

「私にはパパの仕事のことはよくわかりません。子供のころから、パパは外交官だと聞かされていましたから……」

母の葬儀が終わった直後、ガレリンはナオミを連れてロシアを脱出した。そして長年、外交官として住み馴れた日本の北海道に逃げた。だが、二月一七日、その北海道でも何者かに命を狙われ、警察に保護を要請した。

その先は、アサルも知ってのとおりだ。道警の庁舎内に三カ月近く幽閉され、厄介払いされるように放り出された。

アサルはナオミに、ガレリンが持っているという機密情報について訊いてみようかと考えた。だが、彼女は何も知らないだろう。たとえ知っていたとしても、答えないだろう。それよりもいまは、もっと彼女との信頼関係を深めることを優先したかった。

「もし亡命できたら、お父さんとどこに住むの?」

アサルが訊いた。

「私は日本が好き。だから日本に住みたいんだけど、パパは無理だろうって……」

「どうして、日本は無理なのかしら……」

「日本は、私たちを守ることはできないって……。それに、信用できないって……」

日本の国籍を持つ者の一人として、アサルは切なかった。

確かにいまの日本政府には、この親子を守る力はないだろう。そして、守る気もないだろう。

日本政府に興味があるのはこの親子の命ではなく、ガレリンが持っている機密情報というカードだ。

だが、不思議だ……。

だとしたらなぜ機密情報の入ったアイフォーンを持たせたまま、こんな危険な移動方法を取らせたのか――。

「そろそろ行きましょうか。お父さんたちが心配しているかもしれないわ」

「そうですね。お腹も減ったし……」

確かに、空腹だった。昨夜、竜飛崎を出てから、用意してきたサンドイッチ以外に何も食べていない。それに、みな疲れている。

アサルは神楽殿の框から立ち、ナオミと共に石段を下りた。歩きながらもタクティカルジャケットの中に右手を入れ、SIG・P230の感触を確かめながら周囲に気を配る。あんなことがあったのだから、これから先も何が起きるかわからない。

石段を下りると、社殿の前で田臥とガレリンが待っていた。

二人共、ただの旅行者には見えない。アサルの姿を見つけ、田臥が軽く右手を挙げた。ナオミがガレリンに走り寄り、体を抱き締める。

「どこに行ってたんだ」

田臥が訊いた。

「上の神楽殿まで。静かでいい所でした。ところで、これからどうしますか」

「アサルは確か、プライベートの携帯を持っていたよな。〝本社〟に届けていない番号のスマホを……」

「はい、アンドロイドのスマホを一台持ってますけど……」

警察官は、個人で契約した携帯も〝本社〟や各所轄に番号を届け出る決まりになっている。だが、極秘捜査に係る刑事や公安部員の多くは、緊急連絡用として妻や家族名義の携帯を持っている。

「それならば使っても安全だろう。このあたりに、宿を探してくれないか。できれば温泉付きで、魚料理の美味い宿がいい」

田臥が、呑気なことをいった。

25

時計の動きが、いやに速く感じられた。

室井は〝本社〟公安課〝サクラ〟の自分のデスクに座り、古いセイコーの腕時計の針を見つめていた。

最後に田臥から連絡があってから、すでに一時間以上になる。

〈――午前七時ごろに、秋田県山本郡の能代海岸に近い農道で敵の銃撃を受けた――〉

すぐに、被害状況を確認するためのメールを返信した。だが、返事がない。直接、携帯に電話を入れてみたが、何度かけても繋がらない。アサルの携帯も、だめだ。

電源が切れているのか、それとも電波の届かない場所にいるのか……。

だが、秋田県の山本郡を起点に車で走っていて、一時間以上も携帯の圏外が続くことは物理的に考えられない。

銃撃を受けた後に、また何か想定外のことが起きたのか……。

室井は考えた後に秋田県山本郡の所轄、能代警察署に電話をかけた。〝本社〟警備局公安課のコード番号を告げ、次のように確認した。

「……本日、午前七時ころ、県内の山本郡で何か不審な出来事は起きていないか……」

身分照会などで少し手間取ったが、数分後には有力な情報が入ってきた。

――本日、午前七時ごろ、山本郡三種町の能代海岸に近い農道、メロンロードで、大型トラックの横転事故が発生。その車内から、咽を鋭利な刃物で切られた男性の遺体が発見された。また、同じメロンロードの一キロ先に、銃弾を受けたと思われる黒い高級外国車が乗り捨てられていた――。

室井は、トラックの車内で発見された遺体の身元と、乗り捨てられていた黒い外国車の車種を確認した。

――遺体の身元は持っていた免許証などから、青森県五所川原市在住の工藤尚也《くどうなおや》、四三歳と推定。現在、照会中。乗り捨てられていた高級外国車は二〇一六年式のポルシェ・カイエンで、現在所有者を確認中。二台の関連は不明――。

室井は所轄の報告を聞いて、安堵した。少なくとも田臥とアサルの一行は、敵の攻撃を躱して危地を脱したようだ。だが、それならばどこに行ったのか……。

室井はこの一件について新しい情報が入った時の報告とマスコミへの非公開を要請し、電話を切った。そして、地図を広げた。

田臥はメールで、〈――秋田自動車道で秋田市に向かう――〉といっている。だが、奇妙だ。田臥は出る前に、高速道路や有料道路はできる限り使わないといっていたはずだが……。

敵の攻撃を受けたために、予定を変更したのか。それとも、このメールには他の意味が込められているのか……。

室井は溜息をつき、地図を閉じた。

## 26

丘の上に上ると、農地の先に能代海岸が見えた。

長い海岸線に、まるで宇宙と交信するアンテナのような巨大な建造物が点々と並んでいる。

風力発電機だった。丘の上から見えるだけでも、数十基はあるだろう。巨大な建造物の列は視界の中にどこまでも続き、潮風の彼方に霞んで消える。その光景は何かの廃虚か、巨人を誘《いざな》う道標のようでもある。

〝グミジャ〟は丘の上に立ち止まり、初夏の風に吹かれながら、能代海岸の風景に見惚れた。だが、どこか違和感のようなものがあった。

確かに風は吹いているはずなのに、どの風力発電機を見ても、三枚のプロペラは動いていない。ただ眠るように、遠くの海を眺めている。

誰が、なぜ、こんなものを作ったのだろう。動きもしない、巨大なオブジェのような建造物を。もし我が祖国の首領様ならば、その資金で何発もの大陸間弾道ミサイルを作り、アメリカに向けて配置するだろう。

日本人は、あまりにも鷹揚だ。何を考えているのか、理解できない……。

〝グミジャ〟は足を引き摺りながら、畑の中を下る道を歩いた。頭を深く切り、長い髪と額から血が流れていた。腕もどこか切っているのか、革のレーシングスーツの袖口からも血が滴っている。

脇腹に激痛が疾る。肋骨が、折れているのかもしれない。腕や、足も、痛みで思うように動かない。

だが、怪我をすることには慣れていた。そして、痛みに耐えることにも。この程度なら人間は死にはしないことも、よくわかっていた。

それでも、治療はしなくてはならない。そのためには薬と、傷を縫うための針と糸が必要だ。あのバイクを置いてある場所まで戻れれば、サイドバッグの中にすべて揃っているのだが……。

だが、こうして歩いていても、方向も距離感もわからない。この体で辿り着けるのかどうかもわからない。

遠くから、パトカーのサイレンの音が聞こえてくる。〝グミジャ〟はウエストバッグの中からスパイダルコのナイフを出し、それを手の中に隠した。

一刻も早く、この場所から遠ざからなくてはならない。逃げ延びるために。そして、生きるために……。

〝グミジャ〟は狭い農道を歩いた。周囲に見えるのは畑と、ビニールハウス、小さな農作業小屋だけだ。人は、誰もいない。

いや、一人、いた……。

遠くの畑に、農作業をする人影がある。老人の農夫らしい。農夫は作業に夢中で、〝グミジャ〟の存在に気付いていない。

あの老農夫なら、いまの自分でもどうにかなるかもしれない……。

〝グミジャ〟は足を引き摺りながら、老農夫に近付いた。近くの農道に、白い軽トラックが一台。他には車も、人もいない。

あと、三〇メートル……。

足が痛む。もう少しだ。

その時、農夫が腰を伸ばし、振り返った。

農夫は〝グミジャ〟を見て、汗を拭いながら、笑顔で頭を下げた。

〝グミジャ〟は、足を止めた。そして、自分も頭を下げた。

「あだはどごさ行くすべか。え天気だすべなぁ」

「はい……」

〝グミジャ〟は老農夫が何といったのかわからなかったが、小さな声で返事をした。

老農夫は、目が悪いのか。それとも、逆光で見えなかったのか。〝グミジャ〟が血だらけのことにも気付かずに、また腰を曲げて農作業に戻った。

なぜだかわからないが、涙がこぼれてきた。

〝グミジャ〟はそっと軽トラックのドアを開け、運転席に座った。キーが、差したままになっていた。

エンジンを掛け、ギアを入れた。

「ミアナムニダ（ごめんなさい）……」

〝グミジャ〟は老人を振り返らずに、アクセルを踏んだ。

# 第二章　パンドラの箱

## 1

男鹿半島は、秋田県の北西部から入道崎へと至る日本海に突き出た半島である。

太古の昔には火山島であったが、北の米代川、南の雄物川から流れ出る土砂が堆積し、本州と陸続きになったと何かの本で読んだことがある。いまも半島の中央には成層火山の寒風山が聳え、根元には広大な淡水湖八郎潟が広がっている。

田臥は男鹿半島の地図を見ながら、考えた。この半島に出入りするためには南北の表玄関となる国道一〇一号線を使うか、もしくは八郎潟の干拓地を突っ切るか。いずれにしてもルートは限られている。

いわば、袋小路だ……。

本来ならば敵の攻撃を躱すために袋小路に逃げ込むのは、あらゆる戦法において禁じ手だ。田臥はそれをわかっていながら、あえて男鹿半島に入った。

この判断が正しかったのか、間違っていたのかどうかはわからない。だが、いまは、少しばかり体を休め、今後の戦略を考える時間が必要だ。それに、敵の裏をかくという意味も含めて、内陸から隔絶された男鹿半島は身を隠す場所として適している。

田臥とアサル、ガレリン、娘のナオミの四人は、入道崎に近い男鹿温泉にある『ホテル男鹿別邸』にいた。ホテルとはいっても、部屋は広縁が付く和室である。〝本社〟の手帳を見せて続きで部屋を取り、午前一一時にはチェックインを済ませた。

このホテルを選んだ理由は、二つだ。建物の一階部分にも駐車場があるので、万が一ドローンやヘリで捜索されてもメルセデスを発見されにくいこと。

もうひとつは、収容客数一〇〇人以上の、このあたりでは比較的大きなホテルであることだ。周囲に目撃者が多くなるほど、敵に対する心理的な抑止力になる。

和室と温泉が珍しかったのか、ナオミはこのホテルを気に入り、喜んでいた。昼食を終えてアサルと一緒に先に風呂に入り、二人は隣の部屋で寝てしまった。

いま、この一二畳の広い部屋にいるのは、浴衣姿の田臥とガレリンの二人だけだ。

大きな窓の外には、初夏の長閑《のどか》な日本海の風景が広がっている。空は抜けるように青く、海は波もなく穏やかだ。こうして広縁のソファーに座り、茫洋とした風景を眺めていると、自分の立場を忘れて眠くなってくる。

「タブセ、我々の時間だ。先程の、パンドラの箱の話を始めよう」

向かいのソファーに座るガレリンが、ビールを飲みながらいった。

そうだった。それを、忘れていた。このホテルの部屋を取った一番の目的は、パンドラの箱を開ける儀式のための安全な場所を確保するためだった。

「その前にひとつ、訊いておきたいことがある」

「何だ」

「あなたが持っている機密情報の、だいたいの内容についてだ。具体的にどのような性質のものなのか。例えば日本やアメリカに潜伏するロシア人スパイのリストのようなものなのか、もしくはロシアが開発している新型ミサイルに関するデータのようなものなのか……」

だがガレリンは、口元に笑いを浮かべ、首を横に振った。

「そのどちらでもない。私が持っている情報は、アメリカに関するものだよ。今後の世界の軍事的なバランスを左右する可能性のある、きわめて重要な情報だ」

「アメリカの?」

意外だった。なぜロシア人スパイのガレリンがアメリカの情報を入手し、それをかけ引きの材料として西側への亡命を画策しているのか――。

「簡単にいおう。私が持っているのはアメリカが開発中の〝バード〟……次期世界戦略戦闘機のF－35に関する情報だ……」

F－35――。

アメリカの航空機メーカー『ロッキード・マーティン社』が主導して開発を進める最新鋭のステルス戦闘機だ。SDD(システム開発実証)の時点からアメリカ以外の八カ国(イギリス、イタリア、オランダ、トルコ、カナダ、デンマーク、ノルウェー、オーストラリア）が開発に参加。二〇一八年の段階でアメリカの他に四カ国が採用を決定。その中には日本の航空自衛隊も含まれている。

だが、F－35は、開発の遅れや大幅なコスト高など問題も多く、現在も様々な欠陥を抱えて実戦配備の目処が立っていない。日本でもつい先日、訓練中のF－35Aが青森県沖の太平洋上で墜落事故を起こしたばかりだ。

アメリカではこのF－35の開発を〝失敗〟と見切りをつけ、これまでどおり現行型のF－22ステルス機を主力として維持する態勢にシフトした。さらに使い物にならないF－35の穴埋めとして、旧型のF－15をボーイング社に大量発注している。ところが日本はそのガラクタのF－35Aを一機一四〇億円、最終的には一〇五機もアメリカから押しつけられることになった。

「F－35のどんな情報なんだ」

田臥が訊いた。

「欠陥に関して」

ガレリンが答える。

だが、F－35に欠陥があることは、もはや暗黙の了解だ。当のアメリカでさえ、長時間飛行すると〝ステルス性の機能を喪失する〟など一〇以上の未解決（解決不能）の欠陥があることを認めている。いまさら新たな欠陥が見つかったとしても、その情報に価値があるとは思えない。

「具体的には？」

「〝バード〟の〝決定的な欠陥〟といってもいい。もしこの情報が暴露されれば、開発費に三九〇〇億ドルかけたといわれるF-35は、一文の価値もなくなるだろう」

ガレリンは、田臥の目を見据えて話をしている。この男が嘘をついているとは、思えない。

「それで、〝パンドラの箱〟をいつ開ける？」

「いまだ。ナオミがいない時の方がいい」

ガレリンがそういって、ソファーから立った。スーツケースを開き、中から小さな黒い手提げ金庫を出し、戻ってきた。金庫を、テーブルの上に置いた。

田臥はしばらく、その金庫を見つめた。自分がダブルエージェントか何かで、敵のスパイと闇取引でもしている気分だった。

「タブセ、君はダイヤルの番号を知っているはずだ。心配はいらない。中にはサソリもタランチュラも入っていない」

金庫を開くのはいい。だが、ガレリンのアイフォーンの電源を入れれば、新たなリスクが発生する。

「この中に入っているあなたのアイフォーンの番号は、日本の警察に教えたのか」

もし道警が番号を把握しているなら、当然〝本社〟も知っているだろう。そうなれば電源を入れた瞬間に、携帯会社の位置情報でこちらの居場所を探知される可能性もある。

「日本の警察は、おそらく私のアイフォーンの番号を知っているだろう。教えてはいないが、私は札幌で怪我をした外務省の担当のクロキと電話で連絡を取り合っていた。彼との通話記録を調べられているとしたら、当然、番号は知られていると思った方がいい。しかし、心配はいらない」

「心配はいらない？　なぜだ？」

「私のアイフォーンは、ダミーだからだ。入っている情報も、フェイクだ。Ｆ－35に関する情報も、フェイクだ。Ｆ－35に関する〝本物〟の機密情報は、ナオミのアイフォーンの方に入っている。そちらの番号は、日本の警察には知られていない」

なるほど、そういう訳か……。

「わかった。〝パンドラの箱〟を開けよう」

田臥は手提げ金庫を手に取り、記憶している番号にダイヤルを合わせた。

――右に三回、34。左に二回、67。右に一回、14――。

小さなレバーを下げると解錠された音が聞こえ、蓋が開いた。

中に、アイフォーンが二つ入っていた。ひとつはディスプレイの大きな白いＸＲ。もうひとつはひと回り小さいゴールドのＸＳだ。

「大きい方が私のだ。小さなゴールドのＸＳの方を取ってくれ。それに、アイフォーン用の充電器があったら貸してほしい。おそらく、バッテリーが切れているだろう」

田臥は手提げ金庫の中からゴールドのアイフォーンＸＳを出し、充電器と共に渡した。ガレリンはアイフォーンに充電器を差し込み、しばらく待ち、電源を入れた。

「さあ、〝パンドラの箱〟のお目覚めだ」

ガレリンはそういうと、アイフォーンに六桁のパスコードを入れた。さらに、待つ。しばらくすると数回、何かを着信するマナーモードの振動音が鳴った。

「メールが入っているのか？」

田臥が訊いた。

「そうらしい。ナオミの友達からだろう。ラインが何本か入っている。まあ、それはどうでもいい。それよりも、〝バード〟のファイルを開こう」

ガレリンはアイフォーンを操作して〝ＢＩＲＤ〟というタイトルの入ったファイルを開いた。それを、田臥に渡した。

「これが〝バード〟に関する機密情報だ。おそらく、貨幣価値に換算すれば、数千万ドルの価値はあるだろう」

「そんな高価な情報を、なぜ私に？」

「私はタブセを信用している。私と娘の命を預けているのだから、当然だ。それに私には、そんな大金は必要ない。いま必要なのは私と娘の命の安全と、メフィストフェレスの呪いを解くことだ」

きわめて説得力のある、合理的な説明だった。

「ファイルの中身を確認していいか」

「もちろんだ。そして必要ならば、ファイルをタブセのアイフォーンもしくは別のコンピューターのメールアドレスに送信してもらってかまわない」

田臥は、ファイルに目を通した。

ファイルは全六九ページ。表紙に〈──The secret of BIRD──〉というタイトルが英語とロシア語のキリル文字で入っている。

画面をスクロールしてページを捲ると、レポートの表記は大半がキリル文字で、何かの資料からのコピペと思われる部分だけが英語だった。そこにF‐35らしき戦闘機のイラストや何かのグラフ、複雑な計算式のようなものが無数に書き込まれているが、キリル文字を読めない田臥が見ても、まったく理解できない。

「ひとつ、訊きたい」

「何でも訊いてくれ」

「この機密情報は、四月九日に青森県沖で起きたF‐35Aの墜落事故と何か関係があるのか」

田臥の質問に、ガレリンが頷いた。

「おそらく」

「つまり、あの墜落事故はロシアが〝やった〟ということか」

ガレリンは、少し考えた。そして、いった。

「確証はないが、否定はできない……」

それだけで、十分だった。

「わかった。このファイルを、私のアイフォーンとパソコンに移す……」

田臥はガレリンから渡されたアイフォーンを操作し、〝バード〟のファイルを添付して二つのメールアドレスに送信した。

それにしても、便利な世の中になったものだ。昔はこれだけ大量の資料を機密情報化するにはマイクロフィルムを使うしかなかったし、複製を作るのも手間が掛かったものだ。コンピューターが普及した後も、しばらくはフロッピーディスクに頼っていた。それがいまはスマートフォンに入れて持ち歩き、いつどこにでも送信して複製を作ることができる。

「これで、〝儀式〟は終わりだな」

「そうだ。これで終わりだ」

アイフォーンのスイッチを切ろうと思った時、またマナーモードが振動した。何かが着信したらしい。何げなくディスプレイを見ると、メールのアイコンの未読の数字が〝34〟になっていた。

「ロシアからメールが入ったようだ」

メールの用件の欄には、キリル文字が並んでいた。

「ロシアからだって……。ちょっと見せてくれないか……」

アイフォーンをガレリンに渡した。ガレリンはしばらく、メールに見入っていた。

「誰からだ」

田臥が訊いた。

「CBPの上司からだ。話がしたいといってきている……」

ガレリンが溜息をついた。

そのアイフォーンは、ナオミのものではなかったのか？

2

五月九日、木曜日——。

この日、〝フラットヘッド〟はいつもより遅く、〝本店〟(警視庁)に登庁した。

昨夜の遅い時間からひとつの〝案件〟に関連し、自宅での連絡作業に追われた。結局、〝案件〟は片付かず、朝まで一睡もできなかった。迎えの公用車を待たせて少し仮眠し、結局登庁するのがこの時間になった。

デスクに付くと、ネクタイを緩める間もなくパソコンを開いた。〝案件〟に関する部下からの報告のメールが、何本か入っていた。

〈——本社登録携帯番号〉

090-3942-〇〇〇〇
080-2123-〇〇〇〇

に関する追跡記録について。本日5月9日午前7時30分ごろに秋田県山本郡の周辺でいずれの番号も電源が切られ、もしくは圏外に入ったまま、その後は位置情報が確認できなくなっている——〉

〈——本日午前7時ごろに秋田県山本郡三種町のメロンロードで起きた青森ナンバーの大型トラックの横転事故と、銃撃を受けて現場近くに遺棄されていた黒い高級外車に関して。秋田県警は大型トラック内に残されていた男性の遺体を事故死として処理。黒い高級外車は盗難車が乗り捨てられていたものとして処理。現場で発見された多数の拳銃空薬莢の件を秘匿した上で記者クラブに公表——〉

ここまでは、まあいいだろう。ある意味では、想定の範囲内だ。問題は、その次の報告だ。

〈——本社公用車品川34・な40ー○○黒のメルセデスベンツに関して。秋田自動車道の八竜インターチェンジ↓秋田北インターチェンジ間に設置された監視カメラの映像を分析したところ、本日午前7時30分から午前11時までの間に同公用車が走行した形跡は認められず。本社サクラの田臥健吾警視が所持するETCカード4980ー7664ー○○○○も、同秋田自動車道で使用された形跡は認められず——〉

ガレリンを乗せたメルセデスベンツが、消えた……。

いったいあの田臥という男は、何をやらかしたんだ？

〝サクラ〟の連絡係に最後に入れた報告では、田臥は確かに〈――秋田自動車道で秋田市に向かう――〉といっていた。そのメールの内容は、〝本社〟と〝本店〟が共有するサーバーから確認している。

つまりあのメールは、我々を欺くための〝フェイク〟だったということか……。

〝フラットヘッド〟はデスクの上の受話器を取り、内線で〝本社〟公安課長の厚木範政を呼び出した。

「〝私〟だ。例のロシアの〝S〟の件について訊きたい」

――ロシアの〝S〟の件ですか。昨夜、私の部下の田臥と共に現地を〝出発〟したはずですが――。

「その後、田臥君から連絡は入っているかね」

――いえ、何も。私はこの件に関しては基本的に関知しておりませんので。すべて、田臥にまかせております――。

苛立ちを助長する返事だった。

「わかった。それならいい」

電話を切り、溜息をついた。

ガレリンは、どこに行ったんだ……。

〝フラットヘッド〟は椅子を回転させ、背後の書棚から日本の全国地図帳を抜いた。それを、デスクの上に広げる。

田臥とガレリンが乗ったメルセデスのルートを、目で追った。奴らは秋田県内を、日本海沿いに国道一〇一号線で南下してきた。米代川を渡ってから国道七号線、さらに海岸沿いの農道に入り、山本郡三種町あたりで〝ドッグ〟と交戦。そのまま消息を断った。

奴らは秋田道に入らずに、いったいどこに向かったのか……。

並行する国道七号線を走り、秋田市に向かったのか。いや、それでは時間を無駄にするだけで、意味はない。もしくは我々を欺き、国道二八五号線を北上して五城目町《ごじょうめまち》から北秋田市に向かったのか――。

いや、これも違う。このルートでは、奴らの目的地の東京から逆に離れていってしまう。それに国道二八五号線――五城目街道――は途中、山越えの一本道だ。危機管理のプロである公安の田臥という男が、敵から攻撃を受けた直後にそのようなリスクの高いルートに逃げ込むとは思えない。

もし、自分ならば……。

〝フラットヘッド〟は、そう考えた。

おそらく一刻も早く、できるだけ遠くに離れるために、リスクを承知で秋田自動車道を使うだろう。何らかの理由でそれが不可能ならば、どこか安全な場所に潜伏して、動かない。

そうか、潜伏か……。

〝フラットヘッド〟はもう一度、地図を見た。ここだ！

ペンを手にし、男鹿半島を〝〇〟で囲んだ。

もう一度、デスクの上の受話器を取った。内線で秘書を呼び出し、次のように命じた。

「秋田県の男鹿警察署に電話を入れてくれ。署長か副署長を呼び出して、管内の男鹿半島周辺で例の車を捜させるんだ。そうだ、品川34な・40－〇〇のメルセデスベンツだ。相手に知られたくないので、旅館などへの〝地取り〟はまずい。あくまでも署員の足だけで捜させるんだ。そしてもし発見したら、その場で〝職質〟や〝確保〟をせずに、こちらにすみやかに報告するようにいってくれ……」

〝フラットヘッド〟は電話を切り、溜息をついた。少し、休もう。いや、その前に、もう一件電話しておく必要がある。

アイフォーンを手にし、〝ドッグ〟に電話を掛けた。

3

詩人、ランボーはいった。

〈――恥
刃が脳漿を切らないかぎり、

白くて緑《あお》くて脂ぎったる
このムッとするお荷物の
さっぱり致そう筈もない……
（ああ、奴は切らなきゃなるまいに、
その鼻、その脣《くち》、その耳を
その腹も！　すばらしや、
脚も棄てなきゃなるまいに！）
だが、いや、確かに
頭に刃、
脇に砂礫《こいし》を、
腸に火を
加えぬかぎりは、寸時たりと、
五月蝿《うるさ》い子供の此ン畜生が、
ちょこまかと
謀反気やめることもない

モン・ロシュの猫のよう、
何処《どこ》も彼処《かしこ》も臭くする！
――だが死の時には、神様よ、
なんとか祈りも出ますよう――〉

車の中には、バッハの『G線上のアリア』が流れていた。ゆったりとした旋律に合わせて、窓の外の風景も移ろう。

いまはモン・ロシュの猫の臭いに苛立つことはない。心を休めて、次の手段について思いを廻らせる時だ。

その時、ポケットの中でアイフォーンが振動した。

「オーディオの音量を絞ってくれ」

〝ドッグ〟は運転している男にそういって、電話を繋いだ。

――私だ。〝フラットヘッド〟だ。いま、どこにいる――。

奇妙な訛りのある英語が聞こえてきた。

「間もなく、秋田市に入るところだ」

〝ドッグ〟は後部座席から運転席のナビのモニターを見て、答えた。

――すまないが指定の場所で〝チーム〟と落ち合ったら、もう一度、男鹿半島まで引き返してもらいたい――。

「なぜだ」

〝ドッグ〟は、首を傾げた。

――〝獲物〟は秋田自動車道には乗っていない。通過予定箇所の監視カメラの画像をすべて調べたが、〝獲物〟が秋田市に向かった事実は確認できなかった――。

「それなら〝獲物〟は、いまどこにいるんだ」

――可能性は、二つだ。国道二八五号線に入って北秋田市に向かったか。もしくは、男鹿半島に潜伏したか。私は、男鹿半島のどこかにいると考えている――。

「わかった。〝チーム〟と合流次第、男鹿半島に引き返す」

――また何か新しい情報が入ったら、連絡する――。

電話が切れた。

「オーディオの音量を上げてくれ」

〝ドッグ〟が運転手にいった。

## 4

田臥は目の前に座るガレリンの目を見据えた。

この男の表情からは、何を考えているのかがまったく読めない。

「私も一杯、もらおう……」

田臥は自分のグラスにも、ビールを注いだ。この〝仕事〟を終えるまで酒は飲まないつもりだったのだが、そんな誓いはどうでもよくなった。事態を冷静に分析するためには、脳に多少のアルコールが必要だ。

グラスのビールを飲み干し、ガレリンに訊いた。

「それで、ロシア側は何といってきているんだ」

「〝バード〟のファイルの入ったアイフォーンを、引き渡せといってきている。この取引に応ずれば、私と娘の命は今後、保証される……」

「信じるのか」

田臥はもう一杯、自分のグラスにビールを注いだ。

「信じはしない。しかし、ナオミの命さえ保証されるのならば、その取引に応じるメリットはある……」

つまり、自分は死んでもかまわないということか。

「ロシア側の要求は、本当に〝バード〟のファイルなのか」

「なぜだ」

ガレリンが、不思議そうな顔をした。

「あのファイルは、キリル文字で書かれていた。つまりあなたはあのファイルを、アメリカ側から手に入れたのではない。元々、ロシア側から持ち出した情報のコピーだということになる」

つまり、ロシア側には、すでに〝バード〟のファイルの原版が存在するはずだ。それなのになぜ、ガレリンの所持しているコピーを取り戻そうとするのか――。

「ロシア側が取り戻そうとしているのは、私のアイフォーンに入っているファイルそのものではない……」

ガレリンが、いった。

「どういうことだ」

「つまり、こういうことだ……」ガレリンはビールを一杯飲み、話を続けた。「彼ら、CBPが必要としているのは、〝バード〟の機密情報が外部に洩れないという〝担保〟だ。私があのファイルを所持していれば、いずれはアメリカが手に入れるだろう。そうなれば、ファイルはロシアにとって、外交的な切り札としての価値を失う。同志ウラジーミルは、そのような結果になることを嫌う……」

つまり、ガレリンの持つ〝バード〟のファイルの奪還は、CBPにとってウラジーミル・プーチンの至上命令だということか。

「しかしガレリン、我々はすでに、〝バード〟のファイルを共有している……」

ロシア側がガレリンのアイフォーンを取り戻したとしても、もはや手遅れだ。もちろんCBPは、その事実を知らない。

「つまりこのアイフォーンは、もう価値がないということになる。それでもCBPが欲しいというなら、望みどおり渡してやってもいい」

なるほど。そういうことか。

これでやっと、ガレリンが〝リスクを分散させる〟といった意味がわかってきた。

「どうするんだ。そのアイフォーンを、CBPに渡すつもりなのか」

田臥が訊いた。

「情況が許せばそうしたい。そしてタブセ、もしあなたの同意が得られるならば……」

田臥としては、それほど大きなメリットはない。もしあるとすれば、今後〝敵〟を絞り込む上でロシアの可能性を排除できるようになることくらいだろう。

「もしCBPに渡すとしたら、どのような方法でやるんだ。郵便か宅配便でロシア大使館か領事館に送るなら、簡単だが……」

「いや、それはできない。情報の価値と性質を考えても、取引は直接の手渡しによって行われるべきだ。ロシア側も、それを望んでいる」

ガレリンがアイフォーンのメールを読みながら、いった。

「直接だって？」

「そうだ。ここがもし男鹿半島ならば、ロシア側と接触することはそれほど難しくはない。日本海の沿岸には必ず何隻か、ロシア太平洋艦隊の潜水艦が待機しているはずだからだ」

日本海の沿岸には必ず、ロシア太平洋艦隊の潜水艦がいる……。

もしガレリンがいっていることが事実ならば、日本はロシアの潜水艦により日常的に領海侵犯を受けているということになる。

「ロシアの潜水艦と接触するつもりなのか」

「場合によっては。こちらから引き渡し場所の海岸と、時間を指定するだけでいい。あとは私が一人で、その場所にこのアイフォーンを持っていく」

「ギャンブルだな。なぜリスクを冒して、そこまでする必要があるんだ。祖国への忠誠か」

「それもある。私はいまのプーチン政権を支持しないが、ロシア人であることに変わりはない。しかし、いまもっと重要なことは、安全の確保だ。我々はすでに、銃撃を受けている。これから先も、何が起こるかはわからない。私がこのアイフォーンを持っている内は、また何者かの攻撃を受けるだろう。もし〝バード〟のファイルが何者かに奪われれば、深刻な事態に陥る」

「それならば、そのアイフォーンを海に捨ててしまえばいい。そうすれば、誰にも奪われないですむ」

〝バード〟の情報はすでに、田臥のアイフォーンとパソコンのメールアドレスに送信されている。

「確かに、それもひとつの方法だ。しかし、アイフォーンを捨ててしまったといってもロシア側は納得しないだろう。もし渡さなければ、次はCBPからも命を狙われることになる。あまり、利口な選択肢とはいえない……」

アイフォーンをロシアに手渡すのが、現時点では一番安全だということか。

「少し、考えさせてくれ……」

田臥はビールを飲み、溜息をついた。

「もちろん、かまわない。我々親子の命を守るのは、あなたの〝仕事〟だ」

〝仕事〟か……。

「ところで、ガレリン……」

「何だ？」

「なぜロシアのCBPは、直接あなたではなく、娘のナオミのアイフォーンの方にメールしてきたんだ」

先程、見た限りでは、未読メールの数が〝34〟にもなっていた。

「それについても、説明しておこう。実は私のアイフォーンはこの小さなXSの方で、大きなXRがナオミのものなんだ」

「何だって！」

「どうか、怒らないでほしい。もし本当のことをいったら、あなたは〝パンドラの箱〟を開けることに同意しなかっただろう……」

どうやらロシア人のスパイに、一杯食わされたらしい。

5

能代警察署管内の八竜駐在所に通報があったのは、午前一一時三〇分ごろだった。

通報は近くのファミリーマートの店主からで、内容はおおむね、次のようなものだった。

〈――三時間ほど前から、店の駐車場に秋田ナンバーの軽トラックが駐まっている。所有者は、不明。見たところ、運転席のドアガラス、車内のステアリングに、血のりのようなものがべっとりと付いている――〉

八竜駐在所の小松徳明《こまつのりあき》巡査は、自転車に乗って〝現場〟に向かった。通報したコンビニの店長の成田《なりた》とは、顔見知りである。成田の案内で店の裏手に駐めてある軽トラを確認すると、確かにドアやガラスに血痕のような汚れが付着していた。鍵は、付いたままになっていた。

小松は本署に電話を入れ、〈――秋田４８２さ・２５－〇〇――〉という登録ナンバーを照会した。すると、この軽トラは能代市山本郡の農業、本間定利《ほんまさだとし》の所有で、今朝の八時半ごろ農作業中に盗まれた盗難車であることがわかった。その後、本署から刑事課の捜査員六名と鑑識員五名が駆けつけた。

奇妙な日だった。まず早朝に無線で〈――能代市山本郡の農道で大型トラックの横転事故発生、運転手は死亡――〉の一報が入り、その後しばらくして〈――現場付近で銃弾の空ケース十数発を発見――〉の追加情報が流れた。さらにその直後に、〈――銃弾の空ケースは誤認、そのような事実はなし――〉と訂正された。だが、警察官ともあろう者が、銃弾と他のものを誤認するようなことが有り得るのだろうか。

そして今度は、この盗難車騒ぎだ。この軽トラの所有者の家は、住所を見る限り大型トラックの事故現場から目と鼻の先だ。歩いても十数分の距離だろう。

しかも奇妙なのは、本署から即座に刑事課と鑑識の応援が駆けつけたことだ。盗難車ならば、普通は生活安全課が担当する。いくら軽トラに血痕らしきものが付着していたとはいえ、初動としては少し大袈裟なような気がした。

鑑識が調べたところによると、軽トラに付着していた汚れはやはり血痕だった。刑事課の捜査員と鑑識の会話を立ち聞きした限りでは、血液型はAB型で、山本郡で事故を起こした大型トラックの車内にあった血痕と一致したらしい。

どういうことだ？

横転事故を起こした運転手は死亡したと聞いたが……。

捜査がさらに進むと、新たな事実が明らかになった。コンビニの防犯カメラを確認すると、軽トラックが駐車場に入ってきたのは午前八時四七分で、運転していたのは髪の長い女だった。その女は軽トラックから別のバイクに乗り換えて、そのまま走り去った。

防犯カメラの映像が不鮮明だったために女の人相ははっきりしなかったが、髪が長く黒いツナギのような服を着ていることなど、特徴は軽トラックを盗まれた本間の証言と一致した。その女は歩く時に足を引きずっていたので、怪我をしているらしいこともわかった。

小松が最も不思議だったのは、午後一時近くなって、今度は県警の警備部から二人、捜査員が現場に駆けつけたことだった。なぜ盗難車程度の〝事件〟で、県警の警備部が動くのか。しかもその直前には能代署の刑事課長、畠山《はたけやま》が捜査主任として〝現場〟に入り、指揮を取りはじめた。

ここで、最初に〝現着〟した小松は完全に捜査の輪を外れ、蚊帳の外になった。

「小松君だね。ご苦労様。あとは我々にまかせて、駐在所の方に戻っていい。ただ今回の件は、署内の他の部署の者を含めてくれぐれも他言しないように。頼んだよ」

小松は畠山にそういわれて、現場を後にした。職務について他言しないことは警察官としての基本だが、上司からわざわざ釘を刺されたのはこの職について三〇年近くなるのにこれが初めてだった。

小松は一時過ぎに駐在所に戻り、いつもよりも遅い昼食を摂った。妻の正江《まさえ》が作ったしょっつる汁と魚の干物で飯を掻き込みながら、何げなく話した。

「……ところで今日、変なごどがあってな……」

「変なごどって、何です……」

テレビを見ていた正江が、上の空で答えた。

小松はいつも、職務のことを正江にだけは話す。警察官の規定が秘密厳守であることはわかっているが、元同僚の妻だけは別だと思っていたからだ。だが、つい三〇分前に畠山にいわれたことを思い出して、言葉を呑み込んだ。

「いや、何でねぇんだ……」

また黙々と、飯を食った。

## 6

アサルは浅い眠りの中で、夢を見ていた。

夢の中には、アラビアンナイトの一節が流れていた。

〈――あずかった駱駝《ラクダ》のうしろからゆったりと大股に歩いていく槍使いたちの調子のそろった歌声が、羊の群れの鳴き声と瘤《こぶ》をもった獣の群れの咆哮《ほうこう》にいりまじって、遠く離れているためか、いっそう快い響きとなって、私の耳に伝わってきた――〉

ここは、どこだろう……。

耳の奥でアラビアの槍使いたちの歌声を聞いていたせいか、自分がどこにいるのか思い出すのに少し時間が掛かった。目を開けて、ぼんやりと周囲を眺めているうちに、いろいろなことを少しずつ思い出してきた。

右腕の中には、浴衣姿のナオミが眠っていた。

アサルはしばらく、その美しい寝顔に見とれた。どこか懐かしい、面影……。

この娘はロシア人の父と、日本人の母との間に生まれた。自分は日本人の父と、アラブ人の母との間に生まれた。

境遇と肌の色は違うけれど、この娘と自分はどこか似ている。まるで分身か、実の妹のように……。

ナオミの美しい寝顔を見ていたら、ふとその、小さな花弁のような唇に、キスをしてみたくなった。

アサルはナオミを起こさないようにそっと右腕を抜き、蒲団を出た。浴衣の前を合わせて、帯を締めなおす。

壁の時計を見ると、間もなく午後三時半になろうとしていた。三時間近くは眠れたらしい。夕食まではまだだいぶ時間がある。もう一度、お風呂に入ろうか……。

アサルはエジプトで生まれ、外交官だった父親の仕事の関係で世界各地を転々として暮らしてきた。だが、日本での生活が一番、長い。その分、日本の文化にも馴染みが深い。

手拭いを持ち、鍵を閉めて部屋を出た。隣の部屋に寄り、ドアを開けた。二人の男の鼾が聞こえてきた。

部屋はカーテンが閉じられ、蒲団が二つ敷かれていた。明かりも消えている。どうやら田臥とガレリンも、寝てしまったらしい。

夜通し車で走り続けてきて、疲れているのだろう。風呂に行くことを伝えておこうと思ったのだが、起こすのは可哀相だった。

部屋に鍵は掛けたし、三〇分くらいならだいじょうぶだろう……。

アサルはそっとドアを閉じて、部屋を出た。

まだ時間が早いこともあって、風呂にほとんど人はいなかった。最初に入った時に髪も洗ったので、体だけ流して露天風呂に向かった。

風呂からは、日本海が見えた。湯に浸かり、美しい海を眺めながらぼんやりと考える。

温泉なんて、何年振りだろう……。

確か三年か四年前に、父と母が赴任先から一時帰国した時に一緒に箱根に行って以来だ。あの時は、父の姉の伯母と、アサルと歳の近い従姉妹もいた。箱根登山電車やロープウェイに乗ったりして、楽しかった思い出がある。

今回は、あの時とは違う。遊びではなく、〝仕事〟だ。

だが、つい数時間前にあんなことが起きたのに、いまこうしてのんびりと湯に浸かっている自分が信じられない気分でもある。

それにしても、私たちを襲撃してきたのは何者なのだろう……。

あの大型トラックを運転していたのは、確かに二年前に板倉勘司邸で会った髪の長い女だった。自分の直感に、間違いはない。

わかっている限りでは、あの女は〝グミジャ〟と呼ばれる〝北〟の工作員だった。それがなぜ、今回の一件に関係してくるのか……。

田臥によると、今回の一件に〝北〟は関係していないとのことだった。ガレリンは、襲撃してきたのはロシアでもない、といっていたらしい。他に可能性があるとしたら、バックは何者なのか……。

ひとつだけ確かなのは、今回の一件に関しては日本の警察——特に〝本社〟——も、必ずしも味方ではないということだ。田臥にいわれるまでもなく、アサルもそれを肌で感じていた。

だが、〝本社〟が信じられないとするならば、今後は何を頼りに行動すればいいのか……。

誰が敵か味方かは別として、アサルは自分なりに気になっていることがあった。ガレリンが持っている機密情報というのは、いったいどのくらいの価値があるものなのか。その価値によっては、ガレリンを狙う者は無数にいるということになる。

そう考えれば、あの髪の長い女——〝グミジャ〟——が現れたことにも説明がつく。彼女はただ、機密情報を狙う何者かに金で雇われたにすぎないのではないのか……。

そしてまた、アサルの疑問は元のスタート地点に立ち戻る。

私たちを襲撃してきたのは、何者なのだろう……。

露天風呂のドアが開き、誰かが入ってくる気配がした。

振り返る。若い白人の女性だった。女性はアサルの向かい側で湯に浸かり、目が合うとかすかに頬笑んだ。

アサルも、頬笑んだ。一方で、目まぐるしく様々な思いが脳裏を掠めた。

あなたは、どこの国の人？

フランスの人？　オーストラリアの人？　アメリカか、イギリスの人？

なぜ、日本のこんな地方の温泉にいるの？　旅行なの？　アスリートのような体形をしているけど、何かスポーツをやっていたか、特殊な仕事に就いているの？

もしかしたら、私たちを追ってきたの……？？？

まさか、考えすぎだろう。この女性からはまったく敵意のようなものは感じられないし、最近は若い外国人の旅行者を日本の意外な場所で見かけることもある。

アサルはそんなことを思いながら、苦笑した。自分だって、半分は〝外国人〟だ。

腕のGショックを見ると、もう四時を過ぎていた。いけない、考え事をしていて少し長湯をし過ぎたらしい。アサルは湯から上がり、脱衣所に向かった。

長い廊下を歩き、エレベーターに乗り、部屋に戻った。途中で何人かの老人の旅行者に出会ったが、特に異変は感じなかった。

だが、アサルは自分の部屋の前まできてドアを開けようとした時に一瞬、凍り付いた。

鍵が、掛かっていない……。

アサルは、ドアを引いた。框に上がった先の、襖も開いている。二人が寝ていた蒲団は、空になっていた。

「ナオミ……いるの……」

名前を呼びながら、部屋に上がった。

室内を、捜した。だが、部屋の中には誰もいない……。

「ナオミ、どこなの……」

アサルは部屋を出た。隣の部屋に入る。

田臥とガレリンは、まだ眠っていた。ここにも、ナオミはいなかった。

まずい、ナオミが消えた……。

自分が風呂に行っている間に、あの娘に何か起きたのかもしれない。

廊下に出て、走った。

「いったい、何があったの……」

ロビーに下りようと思い、階段の角を曲ったところで人とぶつかった。ナオミ、だった。

「ナオミ、どこに行ってたの……」

「アサルを捜していたの。目が覚めたらあなたがいなかったから、怖くなって……」

ナオミは大きな瞳に、涙を浮かべていた。

「ごめんなさい。もうあなたを一人にしたりしないから……」

アサルは、ナオミの細い体を抱き締めた。

## 7

ガラスの割れた窓から、西日が差し込んでいる。

光は汚れた床から崩れかけた壁に達し、影絵の像と絡んでいた。

だが、その影絵も壁を移動しながら少しずつ小さくなり、間もなく消えてなくなろうとしていた。

〝グミジャ〟はいま、広い廃墟の中にいた。建物の二階に小さな部屋を見つけ、長年の埃が積もった床に寝袋を敷き、その中に包《くる》まっていた。

この建物が何だったのかは、わからない。おそらく何かの会社か、倉庫のようなものだったのだろう。

おそらく一〇年、もしくは二〇年近くは使われた様子がない。それでもかすかに、人の気配の残像と何かの腐臭のようなものが漂っていた。

〝グミジャ〟はバイクで力尽きるまで走り、この廃墟の建物の中に逃げ込んだ。意識が朦朧としていて方角はわからなかったが、三〇キロ以上は走ったはずだ。途中で大きな川か、広大な沼のような風景を見たことを覚えている。

建物の安全を確かめ、バイクを降りた。レーシングスーツを脱ぎ、全身を水で拭い、アルコールで消毒した。便所の割れた鏡を見ながら額の傷を縫い、折れている肋骨と傷めた腕をテーピングで固め、持っていた鎮痛剤と抗生物質を飲んだ。

ここまでは、誰も追ってこない。こうしていれば、体が癒えるまで時間を稼ぐことができるだろう。

〝グミジャ〟は、西日の光を見ていた。壁に投影された影絵が、目の前で消えた。

腕の時計を見ると、もう午後五時を過ぎていた。間もなく、日没を過ぎれば、ここは漆黒の闇になる。

頼れる光は、ウエストバッグの中に入っている小さなLEDライトだけだ。携帯食料は予備のインゼリーがひとつと、プロテインビスケットが少々。水は傷の治療と体を拭うのに使ってしまったので、ペットボトルに三〇〇ミリリットルほどしか残っていない。

だが、それでも〝グミジャ〟は、ここを動くつもりはなかった。闇を怖いとは思わなかったし、子供のころから空腹と渇きに耐えることには慣れていた。部屋は荒れ果てていたが、日当りがいいためか湿気はなく、思ったほど居心地は悪くない。

考えてみれば〝祖国〟の労働党三号厩舎にいたころには、もっと酷い場所で寝泊まりさせられていたこともあった。まるで、豚小屋のようなところに。そこで毎日、上官たちに〝奉仕〟をさせられた。

あのころに比べたら、ここはまだ天国だ。いまの自分が置かれている境遇にも、全身の傷の痛みにも耐えられる。それにここは、安全だ。

〝グミジャ〟は、自分の体力と治癒力には自信があった。このくらいの怪我ならば、明日には何とか少しくらいは動けるようになるだろう。

だが、動けるようになったら、どうするか。逃げるのか、それとも……。

あの時〝ドッグ〟は、私に銃を向けた。

つまりそれは、〝失敗を許さない〟という意味だ。祖国でも、〝ドッグ〟の組織でも同じだ。消耗品は、失敗を犯して不用になれば、殺される。それがこの世界の常識であり、暗黙のルールだ。

だが、あの時、〝ドッグ〟は引き鉄を引かなかった。ただ〝グミジャ〟の顔を見てかすかに笑い、銃の撃鉄を戻した。なぜ、殺さなかったのか……。

〝ドッグ〟は私をどうするつもりなのだろう。許すから戻ってこいという意味なのか。それとも、次に会った時には本当に殺すつもりなのか……。

〝グミジャ〟は、追われている。〝祖国〟からも、日本の警察からも。どっちみち、この国に居場所はない。

それならばもう一度、〝ドッグ〟に接触してみようか。もし私を殺そうとするなら、こちらが先に殺せばいい。それもこの世界の、暗黙のルールだ。

それともこちらから先回りをして、〝獲物〟を始末し、例のロシア人のアイフォーンを手に入れるか……。

あのロシア人の〝S〟のアイフォーンに、何が入っているのかはわからない。その価値も知らない。だが、もしこちらが先に手に入れれば、〝ドッグ〟も私と交渉しないわけにはいかなくなるだろう……。

抗生物質を飲んだせいか、少し熱が上がってきた。鎮痛剤が切れたのか、傷も疼《うず》き出した。

〝グミジャ〟は寝袋を出て、もう一度、鎮痛剤を飲んだ。

残りの水は、二〇〇ミリリットル……。

汗をかいていた。タオルで体を拭い、また寝袋に包まった。

窓の外が黄昏に染まり、その淡い光が急速に奪われていく。やがて〝グミジャ〟のいる廃墟の部屋も、すべての不浄を被い隠すように闇に包まれていった。

意識が遠のきはじめた。何かの気配を感じたが、体が動かなかった。

もう、どうなってもいい……。

そう思った時には、深い谷に落ちるように眠っていた。

その日、〝グミジャ〟は、アボジ（お父さん）と日本人のオモニ（お母さん）が、血の涙を流して泣く夢を見た。

8

田臥は、ガレリンの提案を受けることにした。

〝バード〟のファイルを他のアドレスに送ったいまとなっては、あのアイフォーンに何の価値もない。その無価値なものと引き替えにロシア側の譲歩を引き出せるのであれば、条件としては悪くない。

それにガレリンのアイフォーンは、断続的に電源を入れている。いずれはGPS機能により、こちらの位置情報を〝本社〟、もしくはそれ以外の組織に逆探知される可能性もある。

「私は、その可能性は低いと思うんですけれども……」

部屋で四人で夕食を摂っている時に、アサルがいった。

「なぜ、そう思う」

田臥が、訊く。

「確かに二〇一六年に、総務省は個人情報保護に関するガイドラインを改定して、GPSの位置情報を捜査機関が本人に通知することなく取得できるようにはなりましたけれど……。しかし、それはあくまでもアンドロイドの話で、アイフォーンは技術的に不可能だと聞いています……」

アサルのいっていることは、事実だ。だが、それはあくまでも表向きの見解だ。実際にアップルは、二〇一一年、iOS4のリリースと同時に「アイフォーンとアイパッドはユーザーの位置情報を恒久的に記録している……」ことを認めている。しかも、この情報を記録したデータベースは、アイフォーンのバックアップ機能を利用して保存される。

「相手は〝本社〟だけじゃない。それに何らかの方法で、こちらの位置情報を知られていたことは事実なんだ。用心するに越したことはない」

「確かにそうですね……」

それに今回の一件では裏にアメリカ――〝カンパニー〟(CIA)――が絡んでいる可能性も否定できないのだ。

「ところでガレリン、ロシア側はあれから何といってきているんだ」

田臥がガレリンに訊いた。

「先程、受け渡しの場所と時間を指定してきた。ロシア側の注文は午前一時に、入道崎で。現地には、私が一人でこのアイフォーンを持っていく。もちろんこのオファーを受けるかどうかはタブセ、あなたの判断次第だが……」

ガレリンがそういって、ワインのグラスを空けた。

「つまり、入道崎の近くまで、ロシアの潜水艦が来るということか」

田臥の問いに、ガレリンが頷いた。

「おそらく。まあ、上陸してくるのは艦船のゾディアック(フランス製のゴムボート、ロシア海軍も艦船艇として使用している)だと思うが」

「もし、私がそれを海上自衛隊か内閣府に通報したとしたら?」

ロシアの潜水艦が男鹿半島の沿岸に碇泊しているとしたら、日本の国防上の一大事だ。

「やってみればいい」ガレリンが首を傾げて笑った。「タブセ、おそらく君は英雄にはなれないだろう。もし日ロの間に武力衝突でも起きれば両国の関係は致命的な結果になるし、少なくとも北方領土問題は完全に決裂する。内閣府はこの情報を喜ばないだろうし、報告した君を厄介者扱いするはずだ。そして、情報に蓋をして、子供が割った皿を庭に埋めて隠すように隠蔽するだろう……」

ガレリンの分析は、的を射ている。

おそらく内閣府も防衛省も、自分の肩に止まったスズメバチを息を殺して見守りながら、ただ足を竦ませて震え、飛び去ってくれるのを待つだけだ。

田臥は、時計を見た。いま、午後七時三〇分――。

ロシア側が指定する午前一時まで、まだ五時間半もある。だが、行動を起こすならば早い方がいい。

「ガレリン……」

「何だ」

「ロシア側に返事する前に一度、現地を見に行こう。結論は、それからだ」

入道崎は、このホテルからそう遠くない。

「わかった。それならば早いところ、食事を終えてしまおう」

ガレリンが空いたグラスに残りのワインを注ぎ、それを飲み干した。

9

いま、音楽は鳴っていない。

聞こえるのは草むらで鳴く春の虫――クビキリギス（首切りギス）――の耳ざわりな声だ

けだ。

だが〝ドッグ〟の頭の中では、詩人ランボーが囁く。

〈——四行詩
星は汝が耳の核心に薔薇色に沸《な》き、
無限は汝《な》が頸《うなじ》より腰にかけてぞ真白に巡る、
海は朱《あけ》き汝《なれ》が乳房を褐色《かちいろ》の真珠とはなし、
して人は黒き血ながす至高の汝《なれ》が脇腹の上……——〉

〝ドッグ〟が〝フラットヘッド〟から連絡を受けたのは、六時間ほど前だった。

——ガレリン一行の乗るメルセデスは、男鹿温泉の『ホテル男鹿別邸』の一階駐車場に駐まっている——。

〝ドッグ〟は指定された場所に急行し、黒のメルセデスS550ロングを発見した。ナンバープレートを照合、リアウインドウとトランクに数発の弾痕があることを確認した。

だが、その直後にもう一度、〝フラットヘッド〟から連絡が入った。

——ホテル内での作戦行動は許可できない。騒ぎが起きると、揉み消せなくなる。君とチームも守れなくなる——。

つまり、ガレリンの一行がホテルを出るのを待って、人目に付かない場所で〝殺れ〟ということか。

それも、いいだろう。あのメルセデスにはすでにGPS発信器を取り付け、タブレットで位置情報を追えるようにセットしてある。ここから先は、見失う心配はない。

〝ドッグ〟はいま、合流したチームの二人とホテルの入口が見える空地に駐めた車の中に潜んでいた。〝標的〟のメルセデスまでの距離は、およそ一〇〇メートル。駐車場内の照明が暗いためにいまは目視できないが、動き出せばこの空地の目の前を通る。

「今夜は動かないかもしれませんよ。このまま、待ち続けるんですか」

BMW・X5の運転席に座るスキンヘッドの男が、英語でいった。

男の名は〝トータス〟、助手席に座る女は〝レイディ・バグ〟という。いずれもこのミッションのために付けられた陳腐なコードネームだ。

〝ドッグ〟は二人の本名も、素性も知らない。二人も〝ドッグ〟のことを何も知らないし、興味もないだろう。ただ今回のミッションのために、二人を道具として当てがわれた。二人は〝ドッグ〟の指示に従うように、命令されている。ただそれだけの関係だ。

「とにかく、ここで待つんだ。奴らは間もなく、動き出す……」

「ラジャー……」

〝トータス〟が、まったく感情を表わさずに答えた。

奴らはいまごろ、何をしているのか。食事をしているのか。それとも、のんびりと風呂にでも入っているのか。

助手席にいる〝レイディ・バグ〟が午後三時ごろにホテル内に潜入し、ガレリン一行についてリサーチしてきた。

その報告によると、一行は四人。ガレリンと、その娘のナオミ、タブセという日本の警察庁のガードマン、さらにアラブ系の女が一人、一行に加わっている。

〝フラットヘッド〟からの情報によると、この女も警察庁公安課のアサル・ヤノという捜査官で、銃を所持している。早朝に遭遇した時に、助手席から正確な射撃で応戦してきたあの女だ。つまり、敵の実質的な戦力はタブセとこのアサルの二人だけだということになる。

それならば、焦る必要はない。これから東京に着くまでの間に、いくらでもチャンスはある。

〝レイディ・バグ〟がいうには、アサルというアラブ系の女は蜂蜜のような褐色の肌をした美女だそうだ。あのポルシェ・カイエンのラジエーターに穴を開けられたことは忘れない。

またどこかで会うのが楽しみだ。

〝ドッグ〟はランボーの四行詩の言葉を反芻する。

〈――海は朱き汝が乳房を褐色の真珠とはなし――〉

動きがあった。

八時一五分、ホテルの玄関から男が二人、出てきた。一人はガレリン、もう一人はタブセという警察庁のガードマンか……。

二人は玄関から、一階の駐車場に入っていった。間もなく暗がりで、車のヘッドライトが灯った。その直後に、黒いメルセデスが駐車場から滑り出てきた。

「どうしますか。尾行しますか」

〝トータス〟がいった。

「待て。慌てる必要はない……」

〝ドッグ〟が制した。

だが、なぜ二人なんだ？

あとの二人は、どうしたんだ？

## 10

室井智は〝本社〟公安課の〝サクラ〟別室に詰めていた。

午後になって一度、近くのコンビニへ昼食を買いに行って以来、一度もこの部屋を出ていない。

時計の針は、間もなく午後八時半になろうとしていた。田臥との連絡が途絶えてから、すでに一二時間以上になる。一行に何かが起きたことは最早、決定的だ……。

デスクの上のアイフォーンが一度、振動した。室井はそれを、手に取った。妻の和美《かずみ》からのラインだった。

〈――お疲れさま。今日も遅くなるのかしら？――〉

素っ気ない文面だが、最後に赤いハートの絵文字が付いていた。室井は、ふと息を抜き、笑みを浮かべ、返信を打った。

〈――今夜も帰れそうもない。子供たちによろしく――〉

最後にまた、絵文字だけが送られてきた。アイフォーンをデスクに置こうとすると、また振動した。今度は、電話だ。室井は慌てて電話に出た。

――私だ。まだ庁舎の中にいるのかね――。

公安課長の厚木の声が聞こえてきた。

「はい、まだ〝サクラ〟の別室におりますが……」

――そうか。それで、田臥からの連絡は入っているのかね。彼らはいま、どこにいるのかわかるか――。

「いえ、それが……。もう一二時間以上も連絡が取れなくなっています……。今朝、八時ごろに秋田県山本郡のあたりからメールがあったのが最後で、その後は音信不通になっています……」

厚木は何かを考えているのか、しばらくの間があった。

――他に、何か情報は？――。

「はい……。最後のメールで、田臥は〝能代海岸に近い農道で銃撃を受けた〟といってきています……」

――銃撃だって？　それで、被害状況は――。

「幸いその時点では、全員無事だそうです。その後、秋田市に向かうといってきたのですが、確認が取れていません……」

また、少し長い間があった。

――現地の〝支店〟には問い合わせたのか――。

「はい、問い合わせました。第一報では午前七時ごろに山本郡三種町の農道で大型トラックの横転事故が発生し、車内から咽を刃物で掻き切られた男の死体が発見されたとのことですが……」

――その後の続報は――。

「少なくともその死体は、ガレリンでも田臥でもなかったようです。他にも事故を起こしたトラックの近くに銃弾を受けた高級外車が乗り捨てられていたという情報もあったのですが、再度問い合わせたところ、すべて誤報だったと……」

――誤報だったとは？――。

「はい、銃撃を受けた高級外車は、存在しなかったと。さらに咽を掻き切られた男の死体は割れたガラスによるもので、つまり、トラックの単独転倒事故が一件あっただけだと……」

今度はまた、かなり長い間があった。室井は、厚木の返事を待った。

──今後は、もし何か動きがあったら私の方に報告を入れてくれ。深夜でも、この携帯に電話してくれてかまわない──。

「了解しました。田臥さんと連絡が取れたら、すぐに報告します」

──頼んだよ──。

電話が、切れた。

室井はアイフォーンをデスクの上に置き、溜息をついた。

## 11

月齢はまだ若く、潮の流れは穏やかだった。

男鹿半島の北西の先端、北緯四〇度の日本海に突出した入道崎は、午後九時を過ぎて闇に包まれていた。

岬の入口に並ぶ土産物屋や食堂の明かりも消え、広大な駐車場にも車はほとんど駐まっていない。その車もこの三〇分の間に、一台、また一台と走り去っていく。

いまこの入道崎を照らす光は、十数秒に一度周回する入道崎灯台のレーザービームのような光軸だけだ。その光の中に、海まで続くなだらかな傾斜の草原と、北緯四〇度のモニュメント、さらにまるで墓標のような何本もの石柱の影が浮かび上がる。その先には日本海の荒波に侵食された荒々しい岩場の海岸が続いている。

だが、今夜の日本海は波もなく、静かだ。この美しい観光地の風景の中に、本当にロシアの潜水艦が現れるのだろうか……。

この入道崎からロシアの港湾都市ウラジオストクまでは、わずか七四六キロ。ロシア領土までの最短距離は、七〇〇キロもない。考えてみれば、ロシアや中国の軍用機、駆逐艦が日常的に領空侵犯する近年、潜水艦は来ていないと考える方がおかしいのかもしれない。

「ガレリン、どう思う。ロシアの潜水艦は、本当にここに来ると思うか」

こうして車の運転席に座って暗い海を眺めていても、どうしてもこの風景の中にロシアの巨大な潜水艦が姿を現わすという実感が湧かない。

「彼らは、来るといったら絶対に来る。ロシア人は、日本の〝海軍〟を怖れたりはしない……」

それはそうだろう。ロシア海軍が、日本の海自を怖れる訳がない。

「本当に、一人で行くつもりなのか」

「もちろんだ。彼らは、ナオミの命の安全を保証するといっている」

やはり、自分の命は二の次だということなのか。

「ひとつ、提案がある」

田臥がいった。

「何だ？」

「ここから見ると、あの灯台の右手に森がある。彼らが来る前に、この車をあの森の中に隠す。そして私も、あの森の中に潜伏して事の成り行きを見守る……」

「もし、彼らに発見されたらどうなるんだ。私とナオミの身の安全は、保証されなくなるだろう」

「彼らはまだ、海の中にいる。いますぐに行動を起こせば、見破られるわけがない。もし彼らが約束を守り、あなたとの取引を安全に遂行するならば、私は一切手を出さない。ただ見守るだけだ。あなたはアイフォーンを手渡して、彼らが立ち去るのを待ち、車のある場所まで戻ってくればいい」

「もし、彼らが裏切ったとしたら？」

ガレリンが訊いた。

「この車のトランクには、30－06のライフルが積んである。ナイトビジョン（暗視スコープ）も用意してきている。後は、あなたが判断してほしい」

ガレリンは、しばらく考えていた。灯台のサーチライトが三周ほどする間、ただ黙って暗い海を見つめていた。

「わかった。タブセ、君の提案を受け入れよう……」

ガレリンが自分を納得させるように、数度、頷いた。

話は、決まった。田臥はメルセデスのギアを入れ、土産物屋の前の駐車場から道路を渡ったロータリーの方に移動させた。

目の前に、森の中を抜ける道がある。左前方に、灯台。ここに車を駐めておけば、海側からは絶対に見えない。

「降りて、少し歩いてみよう……」

田臥はガレリンと共にメルセデスを降り、ドアをロックした。小さなLEDライトを点け、森の中を歩く。思ったとおりだった。森を抜けると、目の前に入道崎の全景が開けた。闇の中に、白と黒に塗り分けられた灯台が聳えていた。

灯台までの距離は、およそ一〇〇メートル。その先の建物との間に見えるモニュメントまでは、およそ二〇〇メートル強。いずれにしても、クワンティコのFBIスクールで30-06ライフルのトップスコアを叩き出した田臥が外す距離ではない。

「ここからならば、〝ロシア軍〟がどこに上陸してきても狙えるな」

〝ロシア軍〟といういい方がおかしかったのか、ガレリンが笑った。

「それで、私はどこで彼らを待てばいいんだ」

ガレリンが訊いた。

「あの灯台の手前にしよう。午前一時に、入道崎の灯台の前で待つとロシア側に伝えてくれ」

「わかった。そう伝えよう……」

ガレリンがアイフォーンの電源を入れた。ディスプレイの青白い光に、火傷のケロイドが残る顔が浮かび上がる。

メールを作成し、送信した。キリル文字のメールなので、田臥が見ても意味はわからない。いまは、ガレリンを信じるだけだ。

しばらくすると、ガレリンのアイフォーンにメールの着信音が鳴った。

「誰からだ」

「ロシアのCBPの上司からだ。すべて、承知したといってきた……」

「わかった。それでは一度、宿に戻って、準備をして出直してこよう」

森を抜け、メルセデスに乗り、エンジンを掛けた。

12

〝ドッグ〟はGPSの動きを、車の中で見守っていた。

八時一五分にホテルを出たメルセデスは、およそ一五分後に入道崎を移動。そこでタブレット上のポインターマークが動かなくなったまま、およそ三〇分が経過。さらに一〇〇メートルほど移動したと思ったら、そこで再度動かなくなった。

いったい奴らは、入道崎で何をやっているんだ？

二〇分ほど、そのままの状態が続いた。そしてまた、GPSのポインターマークが動き出した。こちらに、戻ってくる……。

一五分後、黒いメルセデスが〝ドッグ〟たちが車を駐めている空地の前を通過。ホテル一階の駐車場に滑り込み、ヘッドライトの光が消えた。

時計を見た。この時、九時四〇分……。

ガレリンとタブセの二人が駐車場から出てきて、玄関からホテルに入っていった。

奇妙な動きだ。まさか、観光で夜の入道崎を見に行ったわけではあるまい。

その時、〝ドッグ〟の頭にひとつの不安要素が思い浮かんだ。男鹿半島の入道崎沖は、ロシア太平洋艦隊の原子力潜水艦K－322カシャロットの通常哨戒航路だ。まさか奴らは、ロシア政府と何らかの取引をするつもりではないのか……。

「〝トータス〟、ここで待つんだ。奴らは今夜中に、また動き出すはずだ」

「了解しました……」

〝ドッグ〟の頭に、ランボーの言葉が浮かんだ。

〈――正午の海の水浴を待つ間のしばし彼らの精力が落着いていられるように――〉

いまは焦ることはない。〝獲物〟は手中にあるのだ。

## 13

午後一〇時半――。

田臥は準備を整え再度、部屋を出た。

出掛けに、アサルに指示を与えた。

「留守中は部屋に鍵を掛けて、二人とも外に出るな。銃は装弾して、身に付けておけ。ナオミからは、絶対に離れるな」

「はい」

「何かあったら、アサルのプライベートのスマホの方に連絡を入れる。何もなければ、遅くとも午前二時までには戻る。二人とも、すぐに出発できるように準備しておけ。もし午前二時を過ぎても連絡がなく、戻ってもこなかったら、〝本社〟の室井に連絡して指示を仰げ」

「はい！」

アサルが小さく、敬礼をした。

ガレリンはまだ部屋の中で、娘のナオミと抱き合い、小声で何かを話している。ロシア語なので何をいっているのかはわからないが、親子の今際《いまわ》の惜別なのだろう。

そこまでして、命がけの危険を冒してまでなぜロシア側と接触しようとするのか。そうすれば本当に娘の人生に未来が保証されると信じているのか。もしくは、いくらスパイとして他国に亡命しようとしていても、それが祖国に対する忠誠というものなのか――。

「ガレリン、行くぞ」

田臥が、促した。

「わかった……」

二人がやっと離れた。

ナオミは、大きな瞳に涙を浮かべていた。今夜、これから何かが起こることを察しているのだろうか。だが、ガレリンは絶対に、死なせはしない。それが、私の〝仕事〟だ。

ホテルを出て、一階の駐車場に向かう。メルセデスはトランクやリアガラスの弾痕が見えないように、駐車場の一番奥の壁に背を向けて駐めてある。

トランクを開け、もう一度、確認する。ライフルケースの中のホーワM1500ボルトアクションライフルには、すでに調整ずみのATN・ナイトアロー4－WPTIデジタルナイトビジョン（暗視スコープ）が取り付けてある。GLOCK19は9ミリパラベラム弾一五発を装弾して、腰のカーボンホルスターに入っている。その他、数種類のLEDライト、レザーマンのマルチプライヤー、ファーストエイドキット、GLOCK19の予備弾装をすべて身に付け、少し大きめのサイズのM－65タクティカルジャケットで隠した。

「ガレリン、あなたはこれを持っていてくれ」

LEDライトとヘッドランプを渡し、トランクを閉じた。

メルセデスに乗り、エンジンを掛けた。

入道崎に着くと、もう広大な駐車場に車は一台も駐まっていなかった。灯台の光が一周し、シェークスピアの舞台のような入道崎の全景を照らし出す間に、人影らしきものは何も見えない。遠い漆黒の海も、眠るように静かだった。

田臥は、メルセデスを灯台の右手の森の入口に移動させた。ライトを消し、腕の時計を見た。

いま、一〇時五五分……。

舞台の幕が上がるまで、まだ二時間以上もある。

「ここで少し待とう」

田臥がいった。

〝ドッグ〟は動き出したメルセデスを、GPSで追った。

やはり、思ったとおりだった。ガレリンとタブセの乗ったメルセデスのポインターマークは、先程と同じ入道崎で停止した。

「〝トータス〟、奴らとは逆の南側の道から入道崎に向かってくれ。岬が見えてきたらライトを消して、ゆっくり進むんだ」

後部座席から、運転席の男に指示を出した。

「ラジャー……」

BMW・X5が、深夜の道にゆっくりと滑り出す。

〝ドッグ〟はショルダーホルスターからH&K・USPを抜き、チャンバーに初弾が送り込まれていることを確認した。

ガレリンは手の中でアイフォーンXSを玩びながら、ロシアの諺を思い浮かべた。

――カラスは仲間のカラスの目を突いたりはしない――。

たとえカラスであったとしても、〝同じ利益を共有する者はお互いを裏切らない〟という意味だ。

ロシアCBPの対外防諜局極東アジア部長アレクセイ・ウリヤノフと自分は、いま完全に利害関係が一致している。彼は〝バード〟の機密情報の入ったアイフォーンを、自分が失脚しないためにも咽から手が出るほど欲しいはずだ。あの国での失脚は、死を意味する。

逆に自分には、もうあの機密情報は必要ない。欲しいのは、自分とナオミの身の安全だ。そしてもし〝あの男〟が、このアイフォーンがロシア側の手に渡ったことを知れば、私の命を狙う必要もなくなるだろう。

〝あの男〟――。

おそらく今朝、あの黒いポルシェ・カイエンで我々を襲ってきた男は〝サバーカ〟(犬)だ。妻の真澄を殺した、あの悪魔のような男だ。いま、何というコードネームで動いているのかはわからないが……。

だとしたらなおさら、〝バード〟の機密情報はロシア側に返した方がいい。〝サバーカ〟に奪われてはならない。もしあの男の手に渡ったら、〝バード〟の機密情報はすぐさま軍事情報の闇マーケットに売りに出されるだろう。そうなれば、世界の軍事バランスは一夜にして崩れる。

「間もなく、午前〇時になる。そろそろ出ようか」

運転席の田臥がいった。

「私はいつでもいい……」

「それじゃあこのイヤホンを耳に入れてくれ。何かあったらトランシーバーで指示を出す。あとは、打ち合わせたとおりだ」

「わかっている。私は車を降りたらこの森を抜けて、岬の下の漁港に潜む。午前〇時四〇分になるか、もしくはロシア側の上陸を確認した時点で、漁港を離れて灯台に移動する。アイフォーンの受け渡しが無事に済んだら、このメルセデスに戻ってきてタブセと合流する……」

入道崎の地形は、すでにアイフォーンのグーグルマップで調べてある。間違えるわけがない。

簡単なことだ。これまで何度も、自分は遥かに困難で危険なミッションをこなしてきたのだ。だから私は、いまもこうして生きている。

「午前〇時になる。行こう」

田臥がいった。

「二人に、神の御加護を……」

ガレリンは田臥と共に、車を降りた。あとは一度も振り返ることなく、森の中に続く道を進んだ。

〝ドッグ〟はランボーの詩を口ずさむ。

〈――出発
見飽きた。夢は、どんな風にでも在る。
持ち飽きた。明けても暮れても、いつみても、街々の喧噪だ。
知り飽きた。差押えをくらった命。――ああ、『たわ言』と『まぼろし』の群れ。
出発だ、新しい情と響きとへ――〉

ランボーの詩のように、岬に風が出てきた。だがここに街はなく、喧噪とはほど遠く静かだった。差押さえをくらっているのは自分ではなく、ガレリンの命だ。

お前の女房を殺したのは、ただの手違いだった。だが、次はお前だ。そして最後に、お前の娘のナオミを嬲《なぶ》り殺してやる。

〝ドッグ〟は黒いタクティカルスーツの上下を着込み、闇の中を疾った。

車を乗り捨てた場所から、道路に沿って、GPSのポインターマークが示す森の入口を一直線に目指している。

〝トータス〟は海岸線に沿って、岬の先端に向かっているはずだ。〝レイディ・バグ〟は草原の中央を突っ切り、北緯四〇度のモニュメントを目指している。その後は、全員が灯台で落ち合う。

〝トータス〟と〝レイディ・バグ〟に出した命令は、単純明解だ。

ガレリンを発見したら、殺せ。そして、奴の持っているアイフォーンを奪え。

タブセという日本の警察官と出会ったら、その男も殺せ。ナオミとアサルの始末は、その後でゆっくりと楽しめばいい。

灯台のレーザービームのような光軸が、十数秒に一度、回ってくる。

その光の中に入道崎の全景、さらに銃を手に彼方を走る〝トータス〟と〝レイディ・バグ〟の人影が浮かび上がる。

幻想的な風景。ユダの処刑には、もってこいの舞台装置だ。

〝ドッグ〟は間もなく明かりの消えた土産物屋や食堂の並ぶ一角を通り過ぎ、道路を渡り、ロータリーの中に駆け込んだ。木造の公衆トイレの建物の陰に身を隠し、腕の時計を見た。

午前〇時一〇分――。

ガレリンのメルセデスは、まだ動いた気配はない。

目の前に、森がある。〝ドッグ〟はホルスターから銃を抜き、ゆっくりとした足取りで森に向かった。

ライトは一切、持っていない。光は十数秒に一周してくる灯台のサーチライトだけが頼りだ。夜目が効くので、それで十分だ。

しばらく進むと、森の入口に黒いメルセデスS550が駐まっていた。

ビンゴ！

思ったとおりだ。

〝ドッグ〟は両手で銃を構え、慎重にメルセデスに歩み寄る。気配を殺し、灯台の光を背に受ける方角からバックミラーの死角に回り込む。

ちょうど、灯台の光が回ってきた。それに合わせて、車内を覗き込んだ。

誰も乗っていない……。

ブリャーチ（クソ）！

奴らは、どこに行ったんだ？　この森の中に、隠れたのか？　何のために？

いまの内に、この車のブレーキに仕掛けをしておくか。いや、いまは時間がない。それよりも、ガレリンを捜して始末した方が早い。

〝ドッグ〟は灯台の光がもう一周してくる間に、暗い森の中に姿を消した。

田臥は、丘の上の森の中に潜んでいた。

ライフルに装着した暗視スコープで、入道崎の広大な草原を見渡す。

時折、灯台の強いサーチライトの光が回ってくるが、現在の高性能のデジタル式ナイトビジョンは瞬間的に明るさを補正する。多少の眩しさは感じるが、ひと昔前のアナログ式ナイトビジョンのように目が焼ける心配はいらない。

いま、午前〇時二三分――。

岬に、異状はない。静かな海にも、変化はない。だが、その時、奇妙な光景が目に入った。

岬の草原に、人がいる……。

黒っぽい服装の男が、海沿いに岬の先端に向かって走っている。立ち止まり、身を低くして周囲の様子を確認し、また走る。

田臥の位置からの距離は、およそ三〇〇メートル。暗視スコープを一〇倍に設定して、人影を追う。

あの男は、銃を持っている……。

田臥は、口元のヘッドマイクに小声で話し掛けた。

「いま……岬で人影を確認した。人数は、一人。銃を持っているようだ。岬の南側から、先端に向かって移動している……」

間もなく、イヤホンにガレリンからの応答があった。

――了解した。しかし、それはロシア側の使者ではないだろう。彼らならば、単独行動は取らない――。

「わかった。他にも人がいないか、確認してみる……」

田臥はさらに、暗視スコープで岬を見渡した。他に、動くものはいない。だが草原にはいくつもの岩や石柱が蟻塚のように突出しているので、暗視スコープ越しではどれが人間なのか見分けがつかない。

その岩のひとつが立ち上がり、動いた。人間だ……。

人影は腰をかがめるようにゆっくりと進み、モニュメントの陰に身を隠した。

「もう一人、確認した。やはり、銃を持っているようだ。いま、モニュメントの陰に隠れている……」

ヘッドマイクに向かって、小声で呟く。

——了解した。私はいまも漁港にいるが、こちらは異状なしだ——。

ガレリンからの応答があった。

田臥はさらに、暗視スコープで周囲の様子を探った。

先程、海沿いに走っていた男は、いまは岬の草原の先端にいる。そこから、岩や石柱に身を隠しながら灯台の方向に向かっている。

さらに暗視スコープの視界を、岬の向こうの海側に向ける。海は暗く、静かだ……。

だが、灯台の光軸が海を照らし出した瞬間、異様な物が目に入った。いつの間にか、岬の先端から一キロほど沖の海面に、巨大な丸いものが浮かんでいた……。

時計を見た。午前〇時三二分。予定よりも、早い。

「ガレリン、ロシア側の潜水艦を確認した。いま、岬の先端から一キロほど沖合に浮上している……」

——了解した。こちらからも、見えている——。

田臥は、さらに潜水艦の動きを見張った。水面に、長い航跡を残しながら、数人が乗船したゾディアックのゴムボートが陸に向かってきた。

ガレリンは、漁港の漁船の陰から、暗い海を見つめていた。

水平線に、K－322カシャロットの巨大な船体が浮上している。ガレリンも、ロシアの軍港以外でその雄姿を目にすることは初めてだった。

その時、ポケットの中のアイフォーンが振動した。電話だ。

ディスプレイを確認する。ロシアの携帯番号からだ……。

ヘッドマイクを外し、電話に出た。

「ガレリンだ……」

——ミハイル、久し振りだな。元気にやっているか——。

CBPのウリヤノフ極東アジア部長の、低い声が聞こえてきた。

「ああ、娘も私も、何とか元気にやっているよ……」

——まさか君が〝キツネ（スパイ）〟になるとは思わなかったよ。まあ、それはさておき、我々との取引に応じてくれたことに礼をいおう——。

「礼をいうことはないさ。我々はどちらも、同じカラスだということだ」

電話口で、ウリヤノフがかすかに笑ったような気配が伝わってきた。

――では、無駄話は省こう。先程入った連絡によると、我々の使者はすでに所定の海域に着いたようだ。間もなく、日本海の入道崎に上陸する。君は、もう現地に着いているのか――。

「いま、入道崎にいるよ。〝パドロートカ〟(潜水艦)もここから見えている……」

――素晴らしい！　それでは予定どおりに、灯台の下で。上陸するチームの中に〝チュレーニ〟(アザラシ)という男がいる。その男に、例の〝マトリョーシカ〟を渡してくれ――。

〝マトリョーシカ〟は、〝バード〟の情報の入ったアイフォーンを指す。

「ところが、そうはいかなくなった」

ガレリンがいった。

――なぜだ？――。

「どうやらこの入道崎に、我々の取引を嗅ぎつけて招かれざる客が来ているようだ」

――招かれざる客だと？――。

「そうだ。以前、KGBのエージェントに〝サバーカ〟という男がいたのを覚えていないか。ソビエトの崩壊後はウクライナ側で活動していると聞いたが……」

――覚えている。いつもランボーの詩を呟いている奇妙な男だった。しかしあの男は、いまはモスクワか北京にいるはずだが――。

「その情報は信用できない。今朝、私と娘が乗っている車が銃撃を受けた。私の見間違いでなければ、敵の車を運転していたのは〝サバーカ〟だった。そしていま、その〝サバーカ〟

らしき男が、私をこの入道崎まで追ってきたようだ」

――〝サバーカ〟の目的は？――。

「おそらくこの〝バード〟の機密情報だろう……」

あの男がもし〝北京〟と繋がりがあるならば、〝バード〟のファイルの売り先も決まっているということだ。

――敵は、〝サバーカ〟一人だけか――。

ウリヤノフが訊いた。

「いや、いま二人までは姿を確認している。もしかしたら、まだ他に仲間がいるかもしれない……」

――わかった。〝チュレーニ〟に連絡して、まずそいつらの始末をつけよう。取引は、それからだ――。

電話が切れた。

ガレリンはアイフォーンを上着のポケットに仕舞い、口元に笑みを浮かべた。

〝ドッグ〟は森を抜け、周囲を見渡した。

灯台の光が一周するのを待った。

岬の先端に〝トータス〟の影が見えた。〝レイディ・バグ〟は巨大なストーンサークルの石柱のような岩の陰にいる。

だが、ガレリンとタブセの姿が見えない。奴らは、どこに行った……。

〝トータス〟と〝レイディ・バグ〟が、銃を構えながら灯台の方に走ってくる。〝ドッグ〟はそれを見て、森を出た。

自分も灯台に向かおうとした時、どこからかくぐもるようなエンジン音が聞こえた。海上に目をやった。暗い水平線に、巨大な潜水艦の船体が浮かんでいた。

やはり、カシャロットだ……。

灯台の光が回ってくると、水上にもう一隻、小型のボートが見えた。上陸用のゾディアックだ。ボートの船影はやがて岬の先端の陰に消え、エンジン音が止まった。

上陸してくる……。

アイフォーンに、〝トータス〟から電話が掛かってきた。

——何者かが上陸してくるようです。どうしますか——。

〝ドッグ〟は一瞬、考えた。〝トータス〟と〝レイディ・バグ〟には、この件にロシア側が絡んでくることは教えていない。

引き上げるか？

だが、〝バード〟のファイルをロシア側にむざむざ横取りされるわけにはいかない。

ならば、戦うか？

この人数でロシア海軍のスペツナズ（特殊任務部隊）と戦って勝てるわけがない。だが、時間稼ぎにはなる……。

「相手はどうせ三〜四人だ。戦って、殲滅しろ。〝レイディ・バグ〟にもそう伝えるんだ」

——ラジャー！——。

〝ドッグ〟は電話を切った。森の中に戻り、身を隠した。

何が起きるのか、高みの見物といこう。

田臥は森の丘の上から、何が起きるのかを見守った。

ロシア軍の上陸艇は、すでに岬の先端の崖下に接岸したらしい。人数は三人か、それとも四人か……。

一方、岬の草原にいる正体不明の二人は、奇妙な動きをしている。海沿いに走ってきた男と、モニュメントや岩に身を隠しながら移動してきたもう一人——こちらは男か女かわからない——が灯台の下で合流。何かを話していたようだが、また身を低くして岬の先端部分に散開した。まさか、ロシア海軍と〝やる〟つもりなのか……。

時間は、午前〇時四〇分を過ぎた。

田臥はヘッドマイクで漁港にいるガレリンに話し掛けた。

「予想外のことが始まっている。先程の二人が、どうやらロシア海軍と一戦交えるつもりらしい……」

——先程、ロシア側から電話があった。入道崎に招かれざる客がいることは伝えてある。〝掃除〟が終わったら、また連絡が来ることになっている——。

そういうことか。

「わかった。結果を待とう……」

田臥はさらに、暗視スコープ越しに動きを見守った。

草原の二人は、岩陰に身を隠して岬の先端に銃を向けている。どうやらロシア兵が、正面から上陸して崖を上がってくると想定し、アンブッシュを仕掛けるつもりのようだ。

田臥は、暗視スコープの視界を左右に移動させる。灯台の光が回ってきた。その時、新しい人影が視界に入った。

人数は、四人。全員ヘルメットを被り、ぶ厚い軍用のアーマーを身に付けている。サブマシンガンを構え、二手に分かれて二人の背後に回った。

サイレンサー付きの銃の、くぐもった銃声が連続して聞こえた。二人も背後の敵に気付いて応戦し、一人は逃げた。だが、相次いで銃弾を受けて倒れ、草原にころがった。

勝負は、一瞬だった。まるで、映画を見ているような光景だった。

田臥は、その一部始終を暗視スコープの録画機能で撮影した。

ヘッドマイクに、ガレリンの声が聞こえてきた。

――どうやら〝掃除〟は終わったようだ。これから灯台に向かう――。

「まだ生き残りがどこかに潜んでいるかもしれない。気をつけろ」

――だいじょうぶだ。私は、神に守られている――。

ガレリンがいった。

〝ドッグ〟は、田臥から一〇〇メートルほど離れた別の森の中にいた。

木と岩の陰に隠れながら、事の一部始終を見守った。

やはり、あの二人では無理だったか……。

四人のロシア兵の内の二人は、〝トータス〟と〝レイディ・バグ〟の死体——おそらく二人共、死んでいる——を片付けている。残る二人の内の一人は、携帯でどこかに電話を掛けているようだ。もう一人はサブマシンガンを構え、周囲を警戒している。

いまがチャンスだ。死体を片付けている二人のロシア兵が戻ってくる前に、ガレリンを捜せ……。

だが、移動しようとした時、視界の隅を小さな光が掠めた。

人だ。頭にヘッドランプを着けた男が、漁港からの道を上がってくる。

あれは、ガレリンだ……。

ガレリンは携帯で話すロシア兵に、手を振って合図を送り、歩み寄る。ロシア兵も、灯台の前で手を振った。

〝ドッグ〟とガレリンの距離は、およそ一〇〇メートル。ガレリンとロシア兵との距離は、もう五〇メートルもない。

ブリャーチ！

もう、手遅れだ。H&K・USPで銃撃するには、距離がありすぎる。飛び出していけば、今度は自分が殺られる……。

〝ドッグ〟は息を殺して事態を見守った。

〝ガレリンはヘッドランプの光を頼りに、灯台に向かった。手にも、LEDランプを持っている。

前方に、ヘルメットを被ったロシア兵が二人。背後の一人はPP－19サブマシンガンを手にしているが、銃口は下に向けている。手前の男は何も持っていない。

「ドーブライ・ビーチェル（今晩は）」

ガレリンはもう一度、手を上げた。

「ドーブライ・ビーチェル……」

手前の男も手を上げ、頷いた。

「君が、〝チュレーニ〟か？」

ガレリンが立ち止まり、訊いた。

「そうだ。私が〝チュレーニ〟だ。あなたがガレリンか？」

〝チュレーニ〟が、右手を差し出した。

「そうだ。私が、ガレリンだ。〝掃除〟をしてもらって、すまなかった」

ガレリンが、差し出された手を握った。

「別に、礼をいわれるほどのことではない。それよりも、例の〝マトリョーシカ〟は持ってきたのか?」

「ここにある……」

ガレリンは手を離し、上着のポケットからアイフォーンXSを出した。それを、〝チュレーニ〟に渡した。

「暗証番号は?」

「728166だ。顔認証システムは、解除してある。中に〝バード〟というフォルダが入っているので、確認してみてくれ」

「私が見ても、わからない。あなたの言葉を、信用しよう……」

〝チュレーニ〟はアイフォーンをアーマーのポケットに仕舞い、その手でショルダーホルスターからサイレンサー付きのマカロフPMを抜いた。

「なぜ……」

ガレリンは呆然と、銃口を見詰めた。

友好的な会談だ。

少なくとも、うわべはそう見えた。

田臥はガレリンの行動を、暗視スコープで見守った。ヘッドランプを着けたガレリンが、まるで旧友に挨拶でもするように手を上げる。そして、灯台の下にいる二人のロシア兵に歩み寄る。

ロシア兵たちは、サブマシンガンや拳銃を持っている。だが、ガレリンに危害を加える様子はない。

ガレリンと、手前にいるロシア兵が手を握り合った。何かを、話している。ヘッドマイクを通じてガレリンの声が聞こえてくるが、ロシア語なので意味はわからない。

田臥は暗視スコープで、手前のロシア兵を狙った。距離は、およそ八〇メートル。この距離ならば、絶対に外さない。

ガレリンが、ポケットからアイフォーンを出した。それを、手前のロシア兵に渡した。ロシア兵が、それを受け取る。

取引は、予定どおりに進んでいる。途中で邪魔は入ったが、特に問題はない。

だが次の瞬間、思い掛けないことが起きた。

アイフォーンを受け取ったロシア兵が、ホルスターから銃を抜いた。それをガレリンの胸に向けた。

サイレンサーのくぐもった銃声が響き、ガレリンの体が崩れ落ちた。

ガレリンが、撃たれた！

田臥は、躊躇せずにホーワM１５００のトリガーを引いた。

30－06ライフル弾の轟音が闇を裂き、ガレリンを撃ったロシア兵の体が吹き飛んだ。

後方のロシア兵が散開し、田臥のいる森に向かってサブマシンガンを乱射した。周囲の樹木や梢に着弾し、火花が散った。田臥はライフルを持って、弾幕の中を走った。

糞、ガレリンを撃ちやがった！

森を駆け抜け、メルセデスに飛び乗った。エンジンを掛け、ギアをリバースに入れる。V8ツインターボが吼える。

バックスピンターンで方向を変え、フル加速でロータリーを一周した。車止めの鎖を突破して、草原に踊り出た。

ロシア兵が、サブマシンガンを撃ってきた。ステアリングを切り、着弾を躱す。夜露に濡れた草原でタイヤがグリップを失い、大きく蛇行した。

田臥はそれでも、アクセルを踏んだ。ライトをハイビームに切り替え、灯台に向かって突進した。

ギャップを乗り越え、メルセデスの巨体が宙に飛んだ。

14

遠くから、銃声が聞こえた。

幻聴だろうか。

もし入道崎で〝何か〟が起こっても、ここまで銃声が届くはずがない。

だが、アサルは考えた。

もし田臥があのホーワM1500を使ったのだとしたら……。

口径30－06のライフルの銃声ならば、風向きによってはここまで届くかもしれない。

そして、もし田臥があのライフルを使ったのだとしたら、何か〝決定的なこと〟が起きたという可能性もある。

「アサル……。私、怖い……」

ナオミは、アサルの腕の中で震えている。大きな目に、涙を浮かべながら。

「だいじょうぶ。お父さんは、きっと無事に帰ってくるわ……」

アサルは、ナオミの体を抱き締める。ナオミの涙で、アサルの頬が濡れた。

時計を見た。間もなく午前一時になろうとしていた。

田臥とガレリンは、もうロシア側の使者と会ったのか。それとも……。


同じころ、室井も銃声を聞いた。

その瞬間に、飛び起きた。

一瞬、自分がどこにいるのかわからなかった。気が付くと、〝本社〟公安課〝サクラ〟別室のソファーの上だった。

夢、か……。

腕時計を見ると、間もなく午前一時になるところだった。一時間ほどは眠ったらしい。

ソファーから立ち、デスクの椅子に戻った。温《ぬる》くなったペットボトルの日本茶を飲み、ひと息ついた。

携帯と、パソコンを確認した。やはり、田臥からの連絡は入っていない。

ぼんやりと、考える。ここでこうして待っていても、何も解決しない……。

内線の受話器を取り、保管庫の番号を押した。深夜だというのに、呼び出し音が三回鳴ったところで宿直の担当者が出た。

「ああ、公安別室の室井ですが。厚木課長から連絡が行ってると思うんだけど、例のやつ、用意しておいてもらえますか……。そうです、GLOCKです。他に、9ミリパラを二〇〇発……。32ACPも五〇発ほど……。それと、GLOCK用のホルスターをひとつ……」

電話を切り、次に車輌部の内線番号を押した。

「すみません、公安別室の室井ですが。いまから使える車、何かありますか……。そうです、厚木課長から連絡が行ってるはずなんだけど……。はい、車種は何でもいいです。五人乗り以上で、速いやつならば……」

内線を切り、次は自分のアイフォーンを手にして厚木課長の携帯番号に掛けた。

## 15

漆黒のメルセデスS550は、巨人兵ゴリアテのごとく荒れ狂った。

ロシア兵に、突進する。

一人は、倒れていた。もう一人は、マシンガンの弾が尽きて逃げた。だが、残りの二人が岬に駆け上がってきて、田臥のメルセデスに向かって撃ちはじめた。

糞、奴らガレリンを撃ちやがった！

田臥は、メルセデスのアクセルを踏んだ。四・七リッターV8ターボが、怒りの咆哮を上げる。

マシンガンの弾丸を避けるために、ステアリングを左右に振った。メルセデスの車体が、大きくスライドする。

だが、着弾した。連続的に、十数発。ボディの鉄板に着弾音が響き、防弾ガラスに亀裂が疾る。片側のヘッドライトが、粉々に砕け散った。

それでも田臥は、ロシア兵に突進した。ライトとフォグランプの光芒の中に、弾を撃ち尽くしたロシア兵が逃げる。そのロシア兵と倒れているガレリンの間に、メルセデスをスピンターンさせて止めた。

「ガレリン、乗れ！」

体を伸ばし、助手席のドアを開けた。ガレリンがバネ仕掛けの人形のように起き上がり、車に飛び込んできた。

その間も、ロシア兵たちはマシンガンの弾倉を入れ替え、撃ってきた。運転席側のボディとガラスに、無数の弾丸が着弾した。

ガレリンがドアを閉めると同時に、アクセルを踏み込む。メルセデスはパワーターンで方向を変え、草原を疾駆した。

それでも奴らは、撃つのをやめない。リアウインドウと、トランクにも被弾した。

だが、銃声は次第に遠ざかっていった。

「どこを撃たれた⁉」

メルセデスが草原から道路に着地したところで、田臥が訊いた。

「胸の中央……心臓のあたりだ……」

ガレリンが上着の前を開き、息を吐いた。

「傷は」

「だいじょうぶだ……。君のアーマーを借りておいて、助かった。至近距離からマカロフでやられたので肋骨は折れているかもしれないが、アーマーは貫通していない……。メイド・イン・ジャパンは、薄くても優秀だ。ところで、私を撃ったあのロシア兵は射殺したのか？」

「右胸を撃った。あれだけぶ厚い軍用のアーマーを着ているのだから、いくらロシア製でも死にはしないだろう」

30‐06のライフル弾を胸に食らったのだから、しばらくはショックで起き上がれないかもしれないが。

「それを聞いて、安心したよ。ロシアのＣＢＰの人間を殺しても、けっしてよい結果にはならない……」

「いずれにしても、今回のことではっきりしたことがある」

「どんなことが？」

ガレリンが訊いた。

「ロシアのＣＢＰは、あなたのことを生かしておくつもりはないということだ。つまり、〝バード〟の機密情報を渡したとしても、これで終わったわけではない……」

ロシアはけっして、ガレリンを諦めないだろう。いま田臥にできるのは、このまま予定どおりに、ガレリン親子を東京に送り届けることだけだ。

だが、唯一の移動手段であるメルセデスは、傷付いている。防弾処理が施されているとはいえ、すでに数十発は被弾した。至る所から異音を発しながらも、こうして正常に走っていることが奇跡だ。

どこまで走れるかは、わからない。この先のことは、何も読めない。

ホテルに着いて、田臥は一階の駐車場にメルセデスを入れた。

しばらく待ち、異変のないことを確認して車を降りた。

「二人を迎えに行こう」

荷物を積み込んだら、また深夜のドライブだ。

## 16

〝ドッグ〟は森の中で息を潜めていた。

いったい、何があったのか……。

ガレリンと四人のロシア人が接触した。その中の一人に、ガレリンは〝バード〟の機密情報が入ったアイフォーンを手渡した。だが、アイフォーンを受け取ったロシア兵は、その場でガレリンを撃った……。

直後、思いがけないことが起きた。

大口径ライフルの銃声が闇を裂き、ガレリンを撃ったロシア兵が吹き飛んだ。もう一人のロシア兵が森に向けてマシンガンを乱射し、応戦した……。

さらに数十秒後、メルセデスのエンジン音が轟いた。ライトをハイビームにしたメルセデスが岬の草原に躍り出て、駆けつけたロシア兵たちを蹴散らした。マシンガンの弾幕を浴びながら、倒れていたガレリンを救出して走り去った……。

ガレリンは、生きていたのか？

〝バード〟の機密情報は、本当にロシアの手に渡ったのか？

いま、岬の灯台の周囲にいるのは、四人のロシア兵だけだ。ライフルで撃たれた一人も、やっと起き上がった。どうやら、死ななかったようだ。

四人は自分たちが殺した〝トータス〟と〝レイディ・バグ〟の死体を海に捨て、ゾディアックのゴムボートで暗い海をカシャロットに戻っていった。これで岬には、誰もいなくなった。

〝ドッグ〟は森を出て、灯台に向かった。岬は、いま起きたことが夢であったかのように静かだった。だが、草原に点々と落ちている9×18ミリマカロフ弾のカートリッジが、すべての出来事が現実であったことを物語っていた。

それにしてもあの〝タブセ〟という男は、何者なんだ?

とても日本の警察官とは思えない。

〝ドッグ〟はアイフォーンを手にし、〝フラットヘッド〟に電話を掛けた。

「〝私〟だ……」

——遅かったな。連絡を待っていた——。

奇妙な発音の耳障りな英語が聞こえてきた。

「報告がいくつか。まずは悲しい知らせだ。ガレリンが、男鹿半島の入道崎でロシア海軍と接触した。ロシア軍と交戦になり、〝トータス〟と〝レイディ・バグ〟が死んだ。入道崎の灯台の周辺を、〝掃除〟した方がいい」

——承知した。〝掃除〟の件はこちらで手配する。しかし、なぜロシア軍が?——。

「ガレリンが、〝バード〟のファイルの入ったアイフォーンを、潜水艦から上陸してきたロシア軍の兵士に手渡した」

——何だって——。

〝ドッグ〟は相手の頭が冷静になるまで、しばらく待った。

——ガレリンは、生きているのか——。

〝フラットヘッド〟が訊いた。

「生きているはずだ。ロシア兵に撃たれたが、あなたの部下の〝タブセ〟という男が救出した」
またしばらく、間があった。
──ガレリンがあの〝バード〟のファイルをロシア側に渡すわけがない。その取引は、フェイクだ──。
「それならば、どうする？」
──引き続き、ガレリンを追ってくれ。人手が必要ならば、補充を考える──。
「了解した」
〝ドッグ〟は、電話を切った。
冷たい潮風を胸に吸い込むと、ランボーの詩の一節が頭に浮かんだ。
〈──この世が、俺たちの見開いた四つの眼にとって、たった一つの黒い森となる時に、
──二人のおとなしい子供にとって、一つの浜辺となる時に、
──俺たちの朗らかな交感にとって、一つの音楽の家となる時に、
──俺は、あなたを見附けるだろう──〉
〝ドッグ〟は広大な入道崎の草原を横切り、ＢＭＷ・Ｘ５に乗った。エンジンを掛け、オーディオのスイッチを入れた。

ワグナーの旋律に耳を傾けながら、タブレットに表示されたＧＰＳ発信器のポインターマークの位置を確認した。

# 第三章　荒野で叫ぶ者

## 1

国道一〇一号線から国道七号線を南下し、深夜のセルフスタンドでガソリンを満タンにした。

スタンドのキャノピー灯の明るい照明の下で見ると、メルセデスは正に満身創痍だった。あの黒く美しかったボディーは、スズメバチの群れに襲われたように穴だらけだ。防弾ガラスも、無数の蜘蛛の巣が張ったように亀裂が入っていた。

それでも無口な戦士は、坦々と走り続けている。車体のあちらこちらから、苦痛の悲鳴を上げながらも。

被弾したメルセデスを店員や他の客に見られる前に、スタンドを出た。

田臥は、長距離トラックが行き交う深夜の国道をひた走った。秋田市を通過し、さらに海沿いを南下する。このメルセデスがまだ走れるうちに、少しでも距離を稼いでおきたかった。

由利本荘まで来た時に、田臥は内陸に向かう国道一〇八号線へと逸れた。これで長らく並走してきた日本海とも、お別れだ。

「どこに向かうんだ」

リアシートのガレリンが訊いた。

「これから鬼首峠を越えて、太平洋側に出る」

「何か、当てがあるのか」

ガレリンも、このメルセデスがいつまでも走り続けられないことはわかっているはずだ。

「もし仙台まで無事に辿り着ければ、シェルターがある」

そうだ。シェルターだ。

〝あいつ〟ならば、我々のシェルターになってくれるだろう。

一〇八号線に入ると、間もなく対向車も、前後にも車がいなくなった。メルセデスの残ったひとつのヘッドライトの光芒の中に、眠った街の影が浮かび上がる。しばらくするとその街の風景も周囲から消えて、道は峠に向かう山道になった。

道は曲がりくねり、尾根や渓を越え、険しい。街灯もなく、暗い。銃撃で片目を失い、フロントガラスに亀裂の入ったメルセデスでは、ペースが上がらない。

田臥はステアリングを握りながら、メルセデスのデジタルメーターの画面に気を配る。先ほどから、赤いコーションランプが点滅しはじめた。メルセデスに、何か異変が起きているのだ。

水温計の温度が、少し高い。電圧計の数字も、エンジンの回転計も喘ぐようにぶれている。メルセデスが、苦痛を訴えている。

このまま走り続けても、峠を越えられるかどうかわからない。仙台に行き着く前に、メルセデスは息絶えるだろう。

「アサル、車を停めて休める場所を探してくれ」

「はい……」

助手席のアサルが、地図を見る。

「この先に、湯沢に入る手前に〝清水の里・鳥海郷〟という道の駅があります……」

「距離は？」

「まだ一五キロほど先です」

「わかった。何とかそこまで行き着こう」

道の駅までどうにか辿り着いた。和風の建物の土産物屋と食堂がある、比較的大きな道の駅だった。だが、車は他にトラックが一台、駐まっているだけだ。

トラックはエンジンが掛かっている。中で運転手が仮眠を取っているのだろう。

アサルがタクティカルジャケットの下の銃を握り、車を降りて周囲の安全を確認する。ガレリンとナオミを休ませ、田臥はメルセデスのボンネットを開けた。

LEDライトを片手に、エンジンルームを覗き込む。警察学校やクワンティコのFBIスクールで車の基本的なメカニズムは学んだが、そちらはあまり得意とはいえなかった。特に近年のコンピューター化されたメルセデスのエンジンなどは、まったくわからない。

だが、その田臥でも、いくつかの〝異変〟には気が付いた。

まず、ラジエーターの側面からクーラントが滲み出ていた。ボディーを貫通した弾丸が、ラジエーターかホースのどこかを掠り、傷付けたのだろう。それほどひどい漏れ方ではないが、このままではオーバーヒートする。

「アサル、水はないか」

「ペットボトルの水なら……」

五〇〇ミリのミネラルウォーターが、二本余っていた。

「それでは足りない。あの自動販売機で、あと一〇本ばかり買ってきてくれ」

田臥はサブタンクのキャップにウエスを被せ、回して開けた。熱い蒸気が吹き出す。サブタンクの中は、空だった。

蒸気が吹き出すのを待って、ミネラルウォーターを入れた。五〇〇ミリのペットボトルが、四本分入った。空いたペットボトルに水道水を詰めて、予備に持っていた方がいいだろう。

さらに、エンジンルームの中を点検する。カバーに隠れた配線コードのうちの何本かが、やはりボディーを貫通した弾丸で傷付いていた。切れなかったのは、せめてもの幸運だった。

工具箱の中を探し、ビニールテープとガムテープを見付け、切れかかっているコードに巻いた。応急処置だが、これでしばらくはもつはずだ。

田臥はさらに地面に横になり、メルセデスのボディーの下を覗き込んだ。走っていると、下回りから異音が聞こえる。サスペンションか何かが傷付いているのかもしれない。

やはり、そうだ。リアのスタビライザーのボルトが吹き飛び、外れている。これは応急処置のやりようがない。

だが、その時、田臥はメルセデスのバンパーの裏に異様な物を見付けた。

何だ、これは……。

両面テープで固定されている小さな箱のような物を、毟《むし》り取った。GPS発信器だった。

東京を出る時に、この車は完璧にクリーニングがされていた。竜飛崎を発つ前にも簡単な点検を行ったが、その時にもこんな物はなかったはずだ。

どこで、やられたのか。考えられるとしたら、男鹿半島のホテルの駐車場だ。

いったい、誰がやったのか……。

田臥はGPS発信器を持ち、エンジンを掛けたまま駐まっているトラックに向かった。ドアをノックし、運転手を起こした。

「警察だ」

窓から顔を出して運転手に、〝本社〟の警察手帳を見せた。

「はぁ……」

運転手が、まだ寝ぼけているような顔であくびをした。

「こんなところで寝ていると、浮浪罪で逮捕するぞ」

そんな法律は、一九四八年に廃止されている。

「いや……そうなんですか……。すみません……」

「どこに行くんだ」

「はい、酒田です……」

酒田は、田臥が向かう仙台とは逆方向だ。ちょうどいい。

「今回は見逃してやるから、早く行け」

「はい、ありがとうございます……」

運転手が運転席に座り、エンジンを掛けた。田臥はトラックのキャビンと荷台の間にGPS発信器を貼り付けた。何も知らない運転手は、そのままトラックで酒田方面に走り去った。

「さて、先を急ごう」

田臥もメルセデスに乗り、エンジンを掛けた。

2

深夜のドライブは、素敵だ。

闇と光のトンネルを抜けながら、地獄の底まで落ちていくような錯覚がある。

車のエンジンの正確無比な鼓動とかすかな風の音は、地獄に誘《いざな》う悪魔の囁きにも聞こえる。

〝ドッグ〟は、ランボーの詩の一節を呟く。

〈――風は、隔壁にオペラのような孔《あな》をあけ、
――腐った屋根屋根の迫持台《せりもちだい》を混ぜかえし、
――家々の境界を追い散らし、
――ガラスの窓々に月蝕を作る――〉

風は雲を動かし、月を被い、心の中に闇を作る。

深夜の国道にBMW・X5を駆りながら、〝ドッグ〟は時折、タブレットでGPS発信器のポインターマークの位置を確かめる。およそ一〇キロの距離を空けて、メルセデスを追跡した。

奴らの動きは、手に取るようにわかる。男鹿半島を出てからしばらくは日本海沿いを南下していたが、由利本荘市で突然、方向を変えた。国道一〇八号線に入り、内陸に向かった。いったい、どこを目指しているのか。

それにしても、奴らのペースが遅い。時速六〇キロ前後を保ちながら、車に無理をさせないように走っている印象だ。先程の入道崎でのロシア人との銃撃戦で、あのメルセデスが何か重大なダメージを負ったのか。

いずれにしても奴らに追いつくのは簡単だ。この先、道路が山の中に入れば、いくらでもチャンスはある。

しばらくすると、タブレットの地図上でGPSのポインターマークが止まった。つい先程、奴らは国道七号線のガソリンスタンドで停車したばかりだ。あれから、一時間も経っていない。

また、休息か？

奴らは、何をのんびりしているんだ？

〝ドッグ〟は自動販売機のある小さな空地に車を停め、しばらく待った。だが、タブレットのポインターマークはいつまで経っても動かない。

何か、トラブルが起きたのか。それならば、ここで追いついて片を付けるか。

いや、一人ではリスクがある。それならば、〝トータス〟と〝レイディ・バグ〟を生かしておくのだった。

〝ドッグ〟は車を降り、自動販売機でブラックの缶コーヒーを買った。それを飲みながら、少し外の空気を吸った。

時間は午前三時を過ぎた。だが、明るくなるまではまだ間がある。

コーヒーを飲み終え、車に戻った。タブレットを確認する。地図上のポインターマークが、動いていた。

おかしい。奴らは先に進むのではなく、こちらに戻ってきている……。

なぜだ。何か起きたのか？

〝ドッグ〟は車の明かりを消し、待った。ポインターマークが、道路に沿ってこちらに向かってくる。

道路の前方が、ヘッドライトの光で明るくなりはじめた。車だ。間もなくこの空地の前を通る。

山影から、車が出てきた。どんどん、こちらに近付いてくる。奴らの車か――。

だが、通り過ぎたのは、パネルバンのトラックだった。他に車はいない。

タブレットを、確認した。いつの間にか、ポインターマークも通り過ぎていた。

〝ドッグ〟は、笑った。自分の間抜けさが、おかしくて仕方なかった。どうやら奴らに、一杯食わされたようだ。

まあいいだろう。GPS発信器がなくても、奴らの動きはある程度、予測できる。

国道一〇八号線で古川インターに出て、東北自動車道で東京に向かうのか。もしくは高速は使わず、国道四号線を南下するのか。どちらのコースを選んでも、〝フラットヘッド〟のネットワークでいくらでも捕捉できる。

それとも、仙台に立ち寄るつもりなのか……。

いずれにしても、一刻も早く〝兵隊〟の補充が必要だ。

〝ドッグ〟はアイフォーンを手にし、少し考え、〝イヴ〟に電話を入れた。だが、呼び出し音が一〇回鳴っても、誰も出なかった。

眠っているのか。それとも、死んでしまったのか……。

仕方なく、メールを入れた。

〈――イヴ、無事なのか。
心配している。もし無事なら、至急連絡をくれ。愛している。
ドッグ――〉

もし生きていれば、これで〝イヴ〟は連絡してくるだろう。

3

メルセデスは走り続けていた。

田臥は国道一〇八号線で湯沢市を抜け、深夜の鬼首峠の険しい山道を越えた。鳴子温泉で国道四五七号線――羽後街道――に行き当たり、陸羽東線の線路と並走しながら池月まで下った。そこで国道四五七号線へ左折し、さらに国道三九八号線へと方向を変えた。

北に向かえば、仙台へは遠回りになる。だが、敵には途中までのコースを知られている。ここで方向を変えたからといって、安全を確保できたとは思わない。だが、多少の時間稼ぎにはなる。

ラジエーターの水を補給し、休みやすみ走りながら、途中で国道四号線、東北自動車道を越えた。さらに県道や市道を走りながら東北新幹線の高架を潜ったあたりで、夜が明けはじめた。

田臥は、伊豆沼という広大な沼の畔《ほとり》の駐車場に車を入れた。オオハクチョウの日本一の越冬地として知られ、ラムサール条約にも登録される野鳥観察の聖地だ。五月のこの時季にはすでにほとんどの渡り鳥が飛去しているが、それでも駐車場には何台か地元ナンバーの車が駐まり、バードウォッチングを楽しむ人々が望遠レンズ付きのカメラを沼に向けていた。

田臥は駐車場の人目に付かない場所に傷だらけのメルセデスを移動し、少し待ってエンジンを切った。ここでまたエンジンルームを開け、ラジエーターの水を補給した。

ラジエーターの水の減り方が、早くなってきている。仙台まで、何とかもってくれればいいのだが……。

時間は、午前五時四五分——。

間もなく、六時になる。野鳥が飛び交う広大な沼の水面と葦の原は、目映《まば》ゆい朝日に輝きはじめていた。

〝あいつ〟は、起きているだろうか。いや、寝ているだろう。いずれにしても、アイフォーンの電源を入れなくては連絡の取りようがない。

田臥は考えた末に、アイフォーンを起動させた。室井からのメールと着信履歴が、何本も入っていた。〝連絡先〟を開き、〝本郷麻里恵《ほんごうまりえ》〟の名前を探した。携帯の番号をクリックし、電話を掛けた。

呼び出し音が鳴った。

一度……二度……三度……。

一〇回鳴らしても、出なかった。やはり、寝ているらしい。だが、切ろうと思った時に、電話が繋がった。

——はい……。こんな時間に、どうしたの……——。

かつての妻の、不機嫌そうな声が聞こえてきた。

「起きてたのか……」

——寝ていたわ。あなたからの電話なんて、何年振りかしら。元気にしていた？——。

「あいかわらずだ。まあ、何とか生きてはいる」

——それで、何かあったの——。

「ああ、ちょっとな。実はいま、仙台の近くにいる。仕事の関係で、トラブルに巻き込まれている。それで、助けてほしい」

——どういうことなの——。

「詳しくは、会ってから話す。これから四人でそこに行くから、匿ってほしい」

——ちょっと待って。いきなり四人で行くから匿ってくれといわれたって——。

「他に、行く場所がないんだ。頼むよ……」

しばらく、間があった。彼女はいつも、慎重だった。考え、自分が納得するまでは、返事をしない。

——全員、男の人？——。

「いや、男が二人に女が二人だ。一人はおれの〝本社〟の部下で、あとの二人は保護しているロシア人の親子だ」

部下が女だということは、いい忘れた。

——仕方ないわね。何か、いろいろと事情がありそうだから。でも、広い家じゃないから客間かリビングに雑魚寝になるけど。それでもよかったら、来てもいいわ——。

「すまない。これから、向かう。九時ごろには着けると思う」

——私のマンションの場所は、わかってるの?——。

「前に一度行ったことがあるし、住所は知っているよ……」

電話を切った。ふと、吐息が洩れた。別れた女房と話す時は、どうしてこんなに緊張するのだろう。

車に戻って、エンジンを掛けた。メルセデスの心臓は、まだ動いていた。

振り返ると、ガレリンと彼の娘が不安そうに田臥を見詰めていた。彼らを今日朝までに東京に届けることになっていたが、そんな約束は糞喰らえ、だ。

周囲の安全に気を配っていたアサルも、助手席に乗った。彼女は、自分のやるべきことを理解している。本当の意味で、頼りになる。

「さて、行くか……」

だが、その時、アイフォーンのマナーモードが振動した。

電話だ。電源を切るのを忘れていた。

アイフォーンをポケットから出し、ディスプレイを確認する。

「誰からですか」

アサルが訊いた。

「室井からだ……」

少し考え、電話に出た。

「田臥だ……」

――田臥さん、いったいどこで何をやってたんですか!――。

電話口からいきなり、室井の大声が聞こえてきた。

室井はそのころ、東北自動車道の岩手県内にある前沢サービスエリアにいた。

深夜の東京を車で発ち、ひたすら北に向かって走り続けてきたところだった。

あと二〇キロほど走ると、北上ジャンクションから秋田自動車道に入る。その前にガソリンを満タンにして、自販機のコーヒーを飲んで少し休んだところだった。

車に乗り、サービスエリアを出る前に、もう一度田臥に電話を入れてみた。どうせ、無駄だろうと思っていた。ところが予想に反して、電話が繋がった。

「田臥さん、いったいどこで何をやってたんですか!」

思わず、大声を出してしまった。

――あれからしばらく男鹿半島に潜伏して、何時間か前にロシア軍とやり合った。一応、全員無事だ——。

「ロシア軍とやり合ったって、何を寝ぼけたことをいってるんですか。いま、どこにいるんですか。なぜ、携帯が通じなかったんですか。なぜ、連絡をくれなかったんですか。心配してたんですよ！」

一方的に、まくし立てた。

——まあ、落ち着け。携帯の電源を切っていたのは、どこからかこちらの動きを完全に読まれて先回りされていたからだ。だから、連絡もできなかった。いま、何とか敵をまいて、宮城県の登米市にいる——。

「登米市って……私、いま近くにいますよ……」

ほんの二〇分ほど前に、近くを通ってきたばかりだ。

——近くって、どういうことだ。東京にいるはずじゃないのか——。

田臥が訊いた。

「だから、心配だったんですよ。それで居ても立ってもいられなくなって、深夜に〝本社〟を飛び出してきたんです。田臥さんたちが消息を立った秋田県の能代市に向かって……」

すでに能代市の〝支店〟とは連絡を取り、今日の午前中には着くと伝えてある。

——〝足〟は、新幹線なのか。それとも、車なのか——。

「こんな時間に新幹線があるわけないじゃないですか。車ですよ。能代で何かあったなら弾の予備も必要じゃないかと思って、９ミリパラと32ＡＣＰを〝本社〟の保管庫に掛け合って用意してきたんです……」

しばらくして、田臥がいった。

――わかった。合流しよう。これから仙台に向かうので、先に行って待っていてくれ。こちらから、連絡する――。

電話が切れた。まったく、自分勝手な男だ。

室井はシートベルトを締め、〝本社〟の車輌部から借り出してきたランドクルーザーのギアを入れた。

4

〝フラットヘッド〟は、苛立っていた。

深夜に〝ドッグ〟から連絡があり、ガレリンが持っていた〝バード〟の機密情報がロシア側に渡ったことを知った。自分が用意した、〝トータス〟と〝レイディ・バグ〟の二人も死んだ。いったい〝ドッグ〟は、何を考えているのか。

その〝ドッグ〟から、いましがたまた連絡があった。

――〝獲物〟は秋田県から宮城県の仙台方面に向かった。国道四号線と東北自動車道で、網を張ってほしい。人手の補充も、早急に手配してほしい――。

無理な話だ。いくら警視庁の事実上のトップとして闇社会に顔が利いたとしても、使い捨ての兵隊を次から次へと補充できるわけがない。

それならば〝ドッグ〟を切るか？

だが、〝ドッグ〟を切れば、自分には何も実入りがなくなる。これまで掛けてきた資本金や、背負ったリスクの分は丸損になる。

いずれにしても、胸を撫で下ろして喜ぶのは内閣府の連中だけだ。もしこのまま〝バード〟の機密情報がロシア側に戻り、ガレリンも何者かに消されてすべてがうやむやになるとすれば……。

来たるべき九月のウラジオストクでの日露首脳会談で、日本側はロシア側の怒りを買う決定的なリスクが解消したことになる。プーチンに、恩を売ることができる。もちろん今回の一件が、アメリカ側の耳に入らなければの話だが……。

午前七時……。

間もなく〝本店〟の迎えの公用車が来るころだ。

「おい、そろそろ出掛けるぞ。用意をしてくれ……」

〝フラットヘッド〟は妻の君子《きみこ》に背広と鞄を持ってくるように命じ、テーブルの上の冷めた紅茶を飲み干した。

## 5

仙台は、久し振りだった。

以前、プライベートの旅行で来て以来だから、もう四年振りになる。

そのころ田臥は捜査中に〝犯人〟を射殺し、〝サクラ〟を半追放状態で埼玉県の〝支店〟の交通課に出向させられていた。時間を持て余し、行く当てもなく、車でふらりと東北を訪れた。東北は東日本大震災からまだ四年後で、その被災地の姿をしっかりと目に焼き付けておきたいという気持ちもあったのかもしれない。

三泊四日の旅の途中で、仙台にも立ち寄った。一人で過ごす都会の旅の夜が人恋しくて、仙台に住んでいる別れた妻の麻里恵を思い出し、連絡した。呼び出して、一緒に食事をして酒を飲み、その夜は麻里恵のマンションに泊まった。

彼女と会うのも、それ以来だ。

通勤ラッシュの時間帯を外し、午前一〇時になるのを待って市内に入った。

国道ではなく、北から県道二六四号線を使って市内の中心部に向かった。だが、それでも渋滞に巻き込まれた。

被弾して穴だらけになったメルセデスは、目立ちすぎる。少なくとも、平和な仙台の市内の風景に似つかわしい車ではない。

信号待ちの間、隣に並んだ車の運転手が奇異な目でメルセデスを見つめていた。すれ違う車の運転手や、バスの乗客たちもみな振り返る。市内に入る前にコンビニでプリンター用紙とマジックを買い、大きく〝撮影車〟と書いてボンネット、ドア、トランクに貼ってはきたが、そんなことで効果があるのかどうか。

麻里恵のマンションは、市内の宮城野区にある。仙台駅や官庁街に近い一等地に建つ一四階建ての高層マンションで、部屋はその一〇階だ。外観を見ただけでも、高級マンションであることがわかる。

なぜ麻里恵がそんなに羽振りがいいのかはわからない。素直に信じるならば、彼女が国分町でやっているナイトクラブの経営がうまくいっているということだろう。例の東日本大震災以来、東北一の歓楽街である国分町は、ゼネコン各社が大挙して押し寄せて復興景気に沸き続けている。

建物にも、周囲の風景にも記憶があった。マンションに地下駐車場があることも憶えていた。

田臥は裏通りから、傷付いたメルセデスをパーキングの入口に滑り込ませた。誰にも、見られていない。狭いループ状の坂を地下一階まで下り、公共の駐車場と同じように入口でカードを取った。

ゲートが開くのを待って、駐車場の奥へと進む。一画に、部屋番号が書かれていない駐車スペースが何台分かある。そのひとつに、メルセデスを駐めた。

「降りよう。自分の荷物は持っていってくれ」

田臥は車を降り、トランクを開けた。自分の小さな手荷物と、ホーワM1500一式が入ったライフルケースを下ろす。さらにメルセデスのボディーカバーを出して、広げる。

「カバーを被せるのを手伝ってくれ」

「はい」

「私たちも手伝おう……」

アサル、ガレリン、それに娘のナオミも手伝って、穴だらけのメルセデスに素早くカバーを被せた。

「よし、部屋に上がろう」

田臥は自分のリュックを背負い、重いライフルケースを持った。拳銃用のケースは、アサルが運んだ。GLOCK19とSIG・P230は、昨日からずっと二人のホルスターに入ったままだ。

地下入口のインターフォンの前に立ち、一〇〇七の部屋番号と〝呼〟のボタンを押した。

――はい――。

「おれだ」

――いま開けるわ――。

解錠される小さな金属音が響き、エレベーターホールの自動ドアが開いた。

「いまの女の人の声、誰なんですか」

エレベーターを待つ間に、アサルが訊いた。

「おれの、前の女房だ」

別に、隠す必要はない。アサルもそれ以上は訊かなかった。

エレベーターで、一〇階に上がった。ここまで、誰にも会わなかった。今日は、運がいい。

一〇階に着き、絨毯が敷いてある廊下を歩いた。まるで、高級ホテルのような造りだ。

一〇〇七号室の前に立って、チャイムを押した。なぜか、緊張した。彼女と会う時は、いつもそうだ。

重いドアが開いた。

麻里恵は、ガウン姿だった。髪をまとめ、化粧はしていない。ドアの中から田臥と他の三人を一瞥《いちべつ》した。

「入って」

まずアサルが先に中に入り、ガレリンと娘のナオミが続いた。最後に田臥が入ると、麻里恵が廊下を見渡して誰にも見られていないことを確認してドアを閉めた。

「すまない。助かるよ。一日か二日で、出ていく」

田臥がいった。

「それはいいけど、その大きな長い〝箱〟はいったい何なの？」

麻里恵が訊いた。

「ライフルだ。車の中に置いておけないんでね……」

「それじゃあ、拳銃も?」

「ああ、ここにある」

田臥が上着の上から、腰をぽんと叩いた。麻里恵が呆れたように、溜息をついた。

広い——おそらく二〇畳くらいはありそうな——リビングに入ると、麻里恵は全員にソファーに座るように勧めた。

「いま、お茶を淹れるわ。ゆっくりしていて……」

四人は部屋の隅に荷物を置き、ソファーに座った。麻里恵は一人、キッチンに立って、お茶の用意を始めた。

その立ち居振る舞いは、ガウンを着て化粧をしていなくとも美しかった。四年前と、いや田臥と夫婦だったころとほとんど変わっていない。もう四十代の半ばになるはずだが、年齢よりも若く見えた。

彼女はおそらくまだ女として現役で、良いパートナーがいるのだろう。前回に来た時も感じたが、この部屋にはどこか男の影のようなものがある。元亭主としては、何もいわずに嫉妬を楽しむしかない。

彼女が、ティーポットとカップを運んできた。黒スグリのジャムの付いた、ロシアンティーだった。

ガレリンと、ナオミの顔がほころんだ。田臥がロシア人の親子を連れて行くといったので、用意したのかもしれない。強い女だが、彼女にはそういう細やかなところがある。

麻里恵は四人にお茶とクッキーを配り、自分はスツールに座った。お茶を味わいながら、簡単に自己紹介が始まった。

ガレリンはいつになく紳士的で、敬語を使って流暢な日本語で麻里恵の美しさを称えた。そして手の甲にキスをした。だからロシア人は、信用できないのだ。

ナオミは例のごとく、カーテシーのお辞儀をした。アサルは手を差し出して握手をしたが、笑顔が強張っていた。勘のいい麻里恵は、それで田臥とアサルの関係を察しただろう。

貴族のようなお茶会の後で、麻里恵が部屋の中を案内した。

「リビングとダイニングは、自由に使ってちょうだい。冷蔵庫の中にあるものと、バーにあるお酒も。お風呂とトイレはここ。お湯は二四時間出るから、好きな時間にお風呂もシャワーも使えるわ。タオルは、ここ……」

田臥も、麻里恵の案内に従った。まるでホテルのように、すべて揃っていた。突然、早朝に電話を掛けてから三時間ほどの間に、どうやってこれだけ準備したのだろう。

麻里恵が案内を続けた。

「他の部屋は、こちらよ。ここは私の寝室だから、絶対に入らないこと。それからこの部屋も、私の書斎だから立入禁止。次の部屋が客間だから、皆さんはここを使ってちょうだい……」

客間は、六畳間だった。すでに蒲団が三組、用意してあった。

「もし狭かったら、あなたはリビングのソファーで寝てもらうわ。確かこの前も、そうだったでしょう」

麻里恵が、田臥にいった。

確かに、そうだった。この部屋には泊めてもらったが、彼女のベッドに招待されたわけではなかった。

「あなた、ちょっとこっちに来て」

他の三人が客間に荷物を運んでいる間に、田臥だけが麻里恵に呼ばれた。二人で書斎に入り、彼女が後ろ手にドアを閉めた。本と服、靴の箱とアンティークが山積みになっている奇妙な書斎だった。

「いったいどういうことなの。詳しく説明してちょうだい」

「電話でいっただろう。〝仕事〟でちょっとしたトラブルに巻き込まれている。それで、敵に追われている……」

「それじゃあ説明になっていないわ。あのロシア人の親子は、いったい誰なの」

「君の手にキスをしたあのガレリンという男は、ロシアのスパイだった。ある機密情報をロシア側から持ち出して、北海道で娘のナオミと共に亡命を願い出た。おれと部下のアサルは、二人を護衛しながら東京まで送り届ける途中だった。しかし、敵に襲われて、ここまで何とか逃げてきた。いま話せるのは、それだけだ」

「ちょっと待って。敵っていったい、誰なの。あなたは警察庁の警視なんでしょう。任務の途中で敵に襲われたのなら、なぜ警察庁に助けを求めないのよ」

「敵の正体は、わからない。ロシアかもしれないし、アメリカかもしれないし、日本政府と警察庁の中にも敵の仲間がいるのかもしれない。そういうことだ……」

「そんな危険な状態で、私のところにころがり込んできたの。銃を持って、ロシア人のスパイを連れて……」

「他に、行く所がなかったんだ……」

「呆れた……」

麻里恵は本当に呆れたように視線を逸らし、大きな溜息をついた。

「それで、私は何をすればいいの」

麻里恵が訊いた。

「ひとつは、情報を収集するまでここで休ませてほしい。もうひとつは、知り合いに信頼できる自動車のメカニックかレース関係者がいたら、紹介してほしい」

仙台には、菅生《すごう》サーキット（スポーツランドSUGO）がある。学生時代の彼女は、レースクイーンだった。田臥と知り合う前の恋人は、そこそこ名の知れたレーサーだったと聞いたことがある。

「わかった。何とかしてあげるわ……」

麻里恵がそういって、また溜息をついた。

# 6

〝グミジャ〟は、長い夢を見ていた。

重く、熱く、それでいて凍えるように冷たい夢だった。

自分がどこにいるのか、最初はわからなかった。気が付くと、そこは〝祖国〟の労働党三号厩舎だった。見覚えのある建物が、灰色の空に聳えていた。

〝グミジャ〟は、裸だった。いつの間にか、建物の床一面に虫が蠢く暗い部屋にいた。金縛りにあったように、体が動かなかった。

周囲には何十人もの餓鬼がいた。餓鬼たちは〝グミジャ〟の上にのし掛かり、手足を押さえつけ、濡れた舌で全身を舐め回す。乳房にも、尻にも、腹にも、口の中にも、あらゆるところに舌が這い回る。そして何本もの長いペニスが、〝グミジャ〟を犯した。

悲鳴を上げ、嗚咽を漏らす。だが、声が出ない。

やめて！　やめて！　やめて！

助けて！　助けて！　助けて！

いくら叫んでも、誰にも聞こえない。

いつの間にか、体が軽くなった。手足が、動いた。あたりが明るくなりはじめ、気がつくと周囲から餓鬼の姿が消えていた。

どこからか、心地好い風が吹いたような気がした。

そっと、目を開けた。

見慣れない風景……。

自分が廃虚の中に逃げ込んで眠ってしまったことを思い出すまでに、少し時間が掛かった。寝袋のジッパーを開け、ゆっくりと体を起こす。全身に、鉛の臭いのするような汗をかいていた。傷の痛みも、残っていた。だが、昨夜飲んだ鎮痛剤と抗生物質が効いたのか、熱は下がっていた。

ペットボトルに僅かに残っていた水を飲み干し、寝袋を出た。汗を拭い、下着を着けた。体の芯が、濡れていた。

寝袋の上に座り、アイフォーンの電源を入れた。時間は、午前一〇時を過ぎていた。かなり眠ったらしい。

メールが一本、入っていた。

〝ドッグ〟からだ……。

〈――イヴ、無事なのか。

心配している。もし無事なら、至急連絡をくれ。愛している。

ドッグ――〉

心配している……。
愛している……。
胸が熱くなり、涙がこぼれてきた。
生まれてから、いままで、誰かにそんな優しいことをいわれたことはなかった。
〝グミジャ〟は、メールを返信した。

〈――ドッグ様。
私は無事です。少し怪我をしましたが、もうだいじょうぶです。もしお役に立てるなら、どこにでも参ります。
イヴ――〉

すぐに、返信が来た。

〈――それならば、仙台に来てくれ。向こうで落ち合おう――〉

〝ドッグ〟が、あの人が私を必要としてくれている……。

〈――了解しました。すぐに仙台に向かいます――〉

〝グミジャ〟は、立ち上がった。痛む体をコルセットで締めつけるように革のレーシングスーツを着込み、ジッパーを首まで上げた。

寝袋を片付け、額の傷の痛みに堪えながらフルフェイスのヘルメットを被る。

BMW・F700GSに跨がり、エンジンを掛けた。

# 7

ひと眠りした後、田臥は一人で麻里恵のマンションを出た。

表通りでタクシーを拾い、運転手に告げた。

「青葉城へ……」

仙台城址として知られる青葉山公園は、仙台駅の西側にある。駅の周辺は渋滞していたが、それでも宮城野区のマンションから車で二〇分ほどの距離だ。

バス停の前でタクシーを降り、公園内を歩く。仙台観光の象徴として知られる伊達政宗騎馬像を仰ぎ見て、仙台城址へと上る。

慶長年間に伊達政宗が修築した名城も、明治から大正にかけて陸軍用地となり、大半の歴史的建築物が解体された。さらに太平洋戦争中の昭和二〇年七月にアメリカによる空襲を受けて、いまはかつての面影もない。残っているのは、整然と積まれた巨大な石垣だけだ。

仙台城址の石垣に上り、眼下を見下ろす。仙台市内と、その合間を縫うように流れる広瀬川の川面が、雲間から差す午後の陽光に煌《きら》めいていた。おそらく、この雄大な風景を、かつては独眼竜伊達政宗も片目で眺めていたのだろう。

空いているベンチを見つけ、腰を下ろす。間もなく、午後三時になる。約束の時間の少し前に、サングラスを掛けた男が一人、田臥の横に座った。

「なぜ、こんな所に私を呼び出したんですか。まるで、犯罪者にでもなった気分ですよ」

室井が、田臥の方を見ずに溜息をついた。

「まあ、そういうな。いろいろあったんだ。いまは、警戒するにこしたことはない。ここに来るまで、誰かに尾けられなかったか」

「まさか。こう見えても私だって〝サクラ〟の一員なんですから。車に乗っている時も、ここに歩いて来る間も、尾行なんてされていませんよ」

「車は、何を借り出してきた。メルセデスか」

〝本社〟には、まだ予備のメルセデスS550がある。その車は防弾仕様ではないが、部品取りには使える。

「〝本社〟のランドクルーザーですよ。ディーゼルの……」

「何でそんな鈍臭い車で来たんだ！」

「仕方ないじゃないですか。〝本社〟の車輛部に〝速くて五人乗り以上の車〟と指定したら、ランクルが出てきたんだから。それより何が起きたのか、ちゃんと説明してください！」

先程は麻里恵に説明しろといわれ、今度は室井だ。面倒なことだ。

「我々の行動が逐一、敵に筒抜けになっている……」

田臥は順を追って、説明した。

竜飛崎を発ってから八時間後、能代海岸に沿った広域農道で敵に待ち伏せされ、銃撃を受けたこと。その後、男鹿半島に逃げ込み、深夜に入道崎でロシア側と接触したこと。そこでガレリンが機密情報の入ったアイフォーンをロシア側に渡したが、またしても銃撃を受け交戦したこと。そして日本海側から仙台に向かう途中、車にGPS発信器が取り付けられているのを発見したこと——。

「GPS発信器ですか……。そんなもの、どこで仕掛けられたんでしょうね」

室井が首を傾げる。

「わからない。あのメルセデスは東京で完全に〝クリーニング〟したはずだ。竜飛崎を出る前に点検した時にも、そんなものはなかった。いろいろと考えてみたんだが、有り得るとしたら、男鹿半島で休んだホテルの駐車場かもしれない」

「仕掛けたのは、ロシアですか」

室井が訊いた。

「いや、それもわからない。しかし、その可能性は、低いだろう。ガレリンがロシア側と連絡を取ったのは男鹿半島に入ってからだが、我々の動きはそれ以前から敵側に筒抜けになっていた」

「ロシア側は、どうやって入道崎に来たんですか」

「潜水艦から、ゾディアックに乗って上陸してきた」

〝潜水艦〟と聞いて、室井が呆れたように口笛を吹いた。

「それで、〝交戦〟というのはどの程度の銃撃戦だったんですか」

「敵はロシア海軍の四人で、その内の三人はサブマシンガンを乱射してきた。おれはライフルで一人吹き飛ばしてやった」

室井がまた、口笛を吹いた。

「それじゃあ、メルセデスは……」

「穴だらけだ。もしあのメルセデスが防弾処理されていなかったら、おれもガレリンも蜂の巣にされていただろう……」

実際に、田臥もガレリンもあの場で死んでいておかしくなかった。

「それで、私にできることは」

室井が訊いた。

「まず秋田県警に問い合わせて、今日の未明に入道崎で銃撃戦があったという報告が入っていないか確認してみてくれないか」

あれだけ派手にやり合ったのだから、何らかの通報が入っているはずだ。現場には、無数の空薬莢が散乱しているはずだし、もし県警がそれを隠蔽しようとするなら、今回の一件の裏には〝本店〟か〝本社〟が絡んでいるということになる。

「わかりました。他には」

室井が、昔ながらのやり方で手帳にメモを取った。

「あと、我々の動きがどこから漏れているのか、探ってくれ。このアイフォーンの位置情報から、こちらの移動経路と特定されている可能性も含めて、だ」

「つまり、〝本社〟の中に内通者がいるということですか」

「そうだ」

考えてみれば今回の〝仕事〟は、最初からおかしかった。

「しかし、アイフォーンから移動経路を特定されるということはないと思いますけれどね。もし有り得るとしたら、田臥さんから私に送られてきたメールの内容かもしれないな……」

「メールの内容だって？」

「そうです。田臥さん、竜飛崎を出てから最初のうち、現在位置と情況を頻繁に私に知らせてきましたよね。もしあのメールを、誰かに読まれていたとしたら……」

「そんなことできるのか」

「できますよ。田臥さんがメールを送ってきたのは、私の職務用のパソコンのアドレスです。〝本社〟のサーバーにアクセスするパスワードを知っている上層部の者なら、誰でも読むことが可能です」

それか……。

たとえばこの〝仕事〟を田臥にまかせた、公安課長の厚木範政。もしくは、厚木に田臥を使うように命じた警視庁刑事部長の大江寅弘。両方なのか、そのどちらかなのかは別として、あの二人ならばサーバーにアクセスして室井のパソコンを見ることができる。

「今回のこと、誰か〝上〟に報告しているのか」

田臥が訊いた。

「一応、厚木課長には。私が田臥さんを追うことも、伝えてはあります」

「仙台にいることは」

「それは、まだ。田臥さんと会った後に、情況を報告しようと思ってましたが……」

「その報告は、入れないでいい。しばらく厚木課長との連絡は断とう。もし課長の方から何かいってきたら、田臥とは会えなかったといっておけばいい」

「わかりました……。それで、田臥さんはこれからどうするんですか。いま、ガレリンやアサルはどこにいるのか……」

「ガレリンやアサルは、安全なシェルターにいる。心配しなくていい。おれはこれから、メルセデスを修理する。走れるようになったら、東京に向かう」

「それなら私が乗ってきたランドクルーザーを使えばいいじゃないですか」

「あんな遅い車じゃ無理だ」

しかも防弾処理されていない車では、全員蜂の巣にされる。

「わかりました。私も市内にビジネスホテルでも取って、待機してます。ところでガレリンが持っていた〝機密情報〟というのは、いったい何だったんですか」

「F－35に関することだ。いまは、それしかわからない。用があったら、こちらから連絡する……」

田臥はそういって、ベンチを立った。

高い空を舞うトビを見上げながら、石垣を下った。

8

〝ドッグ〟は都会の雑踏を歩きながら、夕刻の空を見上げた。

〈──心やさしい旅人が、世の見苦しい銭金沙汰から身を引いて、一人立迷う夕まぐれ、巨匠の手は、草原の翼琴《クラヴサン》をかき鳴らし、人は、女王様や恋しい女を喚《よ》ぶという鏡の池の底深く、歌留多《かるた》を遊び、西空には、聖女や面帕《かずき》や楽人や伝説の色を読むという──〉

だが私は、心やさしくはない。ここまできて、銭金沙汰から身を引くつもりもない。そしてまた、ランボーの詩を呟く。

〈──旅人は、狩とさすらいの小径《こみち》に佇み身を顫《ふる》わす──〉

ポケットの中で、アイフォーンが震動した。〝ドッグ〟は、歩きながら電話に出た。

――私だ。〝フラットヘッド〟だ――。

耳障りな訛りのある英語が聞こえてきた。

「それで、〝獲物〟の足跡は追えたのか」

〝ドッグ〟が訊いた。

――東北自動車道や国道四号線のカメラには、まったく〝獲物〟の痕跡は見つけられなかった――。

やはり、そうか。奴らは、主要道路を避けている。

「他に、情報は?」

――興味深い情報がある。今日の午前中、仙台市内を銃弾で穴だらけになったメルセデスが走っているのを目撃したという通報が、何件か所轄に入っている。いま、県警を通じて詳細を確認中だ――。

それだ!

思ったとおりだ。奴らのメルセデスは、傷ついている。

「了解した。もしもまた仙台市内で〝獲物〟を見かけたという情報が入ったら、知らせてくれ」

電話を切ろうと思ったが、〝フラットヘッド〟が話を続けた。

――もうひとつ、知らせておくことがある――。

「何だ？」

――今日の一八時五二分仙台着の新幹線で、いまそちらに向かっている。ホテルに着いたら、また連絡する――。

「こちらに？　いったい、どういうことだ？　我々は、この〝仕事〟が終わるまで一切顔を合わさない約束ではなかったのか？」

――わかっている。しかし、もうそんなことをいっていられないだろう。とにかく我々は、直接会って話をするべきだ――。

電話が切れた。

〝フラットヘッド〟が、こちらに来る。まあ、いいだろう。それならそれで、煩わしい問題を片付ける好機だということだ。

〝フラットヘッド〟は新幹線の中にいた。

ありふれたグレーのスーツを着ていた。多少、目つきが鋭いことを除けば、ごく普通の中年のビジネスマンにしか見えない。

だがスーツの内ポケットには警視監の警察手帳が入っていたし、手錠で繋がれたアルミのアタッシュケースの中には刑事部特殊事件捜査係用のベレッタM92と9ミリパラベラム弾五〇発が用意されていた。通常は護衛として部下が最低でも二人は帯同するのだが、今日は一人だった。

〝フラットヘッド〟は、考えた。あの〝ドッグ〟という男は、信用できない……。

最初は、付き合いのある官房長官の秘書から、米国務省の人間と称する男を紹介された。アンソニー・ベルという男だった。そのベルから、ロシアのスパイと機密情報に関する話を持ちかけられた。

――先日、ある重要な機密情報を手にして日本に亡命を申し出たイゴール・ミハノヴィチ・ガレリンというロシア人スパイの件で、米国務省は頭を悩ませている。ついては〝裏のルート〟による機密情報の入手と、ガレリンの〝掃除〟に手を貸してもらいたい――。

その直接の担当者が、〝ドッグ〟というコードネームの男だった。

〝フラットヘッド〟は〝ドッグ〟に直接会っていない。お互いにコードネームだけを知らされ、プライベートの携帯番号で連絡を取り合っているだけだ。米国務省のベルという男が係っていることから、当然〝ドッグ〟はカンパニー（ＣＩＡ）の関係者だと思い込んでいた。

だが、カンパニーが絡んでいるなら、なぜ日本政府と直接交渉しなかったんだ？

米国務省なら、ロシア人スパイ一人とその機密情報を手に入れることくらい、それほど難しくないはずだ……。

考えてみれば、今回のオファーは何もかもが不自然だった。

ガレリンの車での移動、〝ドッグ〟という男への警察内部の情報や車、〝兵隊〟の提供。何か問題が起きた時の、完璧な揉み消し。そしてベルから提示された、一〇〇万ドルという破格の協力報酬。その報酬の一部――二〇万ドル――は、すでに自分のケイマン諸島の個人口座に振り込まれている。

何かがおかしい。そもそも、あのアンソニー・ベルという男は何者なのか。官房長官の秘書の紹介なので疑いもしなかったが、あの男は絶対に米国務省の人間などではない。

〝フラットヘッド〟は、考える。自分はいま、これまでのキャリアをすべて失うような、何かとてつもないことに巻き込まれているのではないか……。

それならば、ここで手を引くか。問題は、報酬の残りの八〇万ドルが、機密資料が手に入った場合の成功報酬だということだ。それを諦めたら、これまでに投資した分がすべて回収できなくなる。

ともかくいまは、〝ドッグ〟という男に会ってみるべきだ。そして、正体を突き止めてやる。その上で今回の一件にこれ以上協力するかどうかを決めればいい。

時計を見た。いま、一五時五五分。新幹線はすでに大宮を出て、いまは栃木県内を走っていた。

あと一時間もしないうちに、仙台に着く。

9

麻里恵の紹介の自動車工場は、やはりSUGOサーキット（スポーツランドSUGO）に近い柴田郡の村田町にあった。

積載車で運ばれる傷付いたメルセデスは、まるで担架に載せられた負傷兵のようだった。田臥はその積載車の後を、麻里恵が運転するアウディA3の助手席に乗ってついていった。後部座席にはガレリンが座っていた。

アサルとナオミは、麻里恵のマンションの部屋に残してきた。市内を連れ歩くよりも、安全だ。それに田臥の目が届かない場所では、ガレリンとナオミ、アサルの三人だけにしたくはなかった。

いまでも、ガレリンを完全に信じているわけではない。スパイは、仲間だと信じさせておいて、それを裏切るプロだ。

街道沿いにレーシングカーやタイヤなどを飾ったショールームがあり、その裏手が工場になっていた。中庭や工場の内部にも、何台かツーリングカーレースのレースカーが置いてあった。

工場のオーナーは長身で年齢は五〇前後、いかにも元レーサーという雰囲気の男だった。麻里恵は田臥のことを自分の〝前の夫〟と紹介したが、男のことは工場のオーナーの〝千葉《ちば》さん〟と名前だけしかいわなかった。

この男が麻里恵の学生時代の恋人だったのかどうかはわからない。ただ田臥を一瞥した時の視線と手を握った時の力の込め方に、意味深長なメッセージのようなものを感じた。だがこの手の男の方が、いざという時には信用できるものだ。

千葉と、ツナギを着たもう一人の職人風情のメカニックがメルセデスのカバーを外し、作業に取り掛かった。穴だらけのボディーを見ても、二人とも驚く表情も見せずに冷静だった。だがエンジンを掛け、ボンネットを開けたところで溜息をついた。

「よくこの状態で走ってこられたもんだべなぁ……」

初老のメカニックがいった。千葉が頷き、すぐにメルセデスのエンジンを切った。

次にメルセデスをリフトで上げた。千葉とメカニックが、作業ライトを手に下回りを覗き込む。そこでまた、溜息が洩れた。

小声で話し込む千葉とメカニックに、田臥が声を掛けた。

「どうだ、どんな具合だ」

千葉がメルセデスを見上げながら、説明する。

「ボディーの穴はパテで埋めれば隠せる。亀裂の入った防弾ガラスはどうにもならない。ラジエーターはバラしてみないとわからないが、小さな穴ならハンダで塞げるかもしれない。問題は、電気系統だ。後でテスターを使って調べてみるが、おそらくハーネスを交換しないとだめだろう。どこかの線が切れたり、ショートしたらそこで終わりだ。他にエンジンからも異音が出ているし、足回りもスタビライザーやダンパーがいかれている……」

「何とかなりそうか」

「何ともいえない。問題は、パーツの入手だな。正規のルートで手配するのは不都合なんだろう」

やはり、この男はわかっている。

「そうだ。正規のルートを使うのは、まずい……」

「仲間内を当たろう。とにかく、ハーネスだけでも手に入れないとな。まあ、やれるだけのことはやってみる」

「恩に着るよ……」

修理できるにしても、応急措置だ。いずれにしても、丸一日以上は掛かる。今日のところはメルセデスを預けて、一度マンションの部屋に戻ることにした。

麻里恵の運転するアウディに乗り、仙台市内に向かった。思ったとおり、途中から夕刻の渋滞が始まった。

「あのメルセデスは、修理できそうか」

後部座席のガレリンが訊いた。

「まだ、わからない。〝神〟に祈るのみだ。もしだめなら、他の手段を考える」

田臥が〝神〟といったのがおかしかったのか、ガレリンが笑った。

「ロシアにはこんな諺がある。すべての者は神の下で歩き回っている。どんなことでも起こり得るということだよ」

そうかもしれない。もし、この世に本当に神がいるとするならば。

だが、あのメルセデスよりも重要なことがある。いまは田臥のアイフォーンの〝バード〟の機密情報が〝本物〟かどうかだ。それによっては、今後の方針も変わってくる。

田臥は何度かガレリンがメールで送信してきたURLを開き、内容に目を通してみたが、まったく理解できなかった。キリル文字は読めないし、コピペしてある英語の部分でさえ難解だ。もし戦闘機の五面図やミサイルのイラストが入っていなかったとしたら、これがF-35について書かれていることすらわからなかったろう。

専門家に分析させてみるか。たとえば〝本社〟の〝科警研〟の誰かか、防衛省のF-35の担当者に。

いや、だめだ。もし〝本物〟だとしたら、その時点で大騒ぎになるだろう。田臥がそれを持っていることを知られれば、それこそ自分たちの命が危うくなる……。

何か、良い方法はないか。せめて、何が書かれているのかさえわかれば。この情況では、不可能なのか……。

いや、ひとつだけ方法がある。あの男ならば、もしかしたら……。

「ガレリン、ひとつ訊きたいことがある」

「何だ」

「例の〝バード〟のことだ。あの〝資料〟を、第三者に見せてもかまわないか。その相手は私の友人で、絶対に信用できる人間だ。我々を裏切ることはない」

「理由は?」

「〝バード〟の〝資料〟の中身を確認しなくてはならない。それだけだ」

「君が信用できる人間だと保証するなら、私はかまわない」

ガレリンがいった。

「わかった。その男に連絡してみよう」

田臥はアイフォーンの電源を入れ、〝連絡先〟を開いた。その中からある男の携帯の番号を探し、電話を掛けた。

呼び出し音が鳴った。だが、先方が出ない。一〇回以上鳴らして掛けなおそうとした時に、やっと繋がった。

「久しぶりだな。元気か」

——田臥さんじゃないですか。はい、元気にやってますが、何かあったんですか——。

そうだろう。警察庁の人間から、たとえ冤罪であれ一時は殺人罪に問われていた者が電話を受ければ、誰だって〝何かあった〟と思うだろう。

「いや、たいしたことじゃないんだ。実はいま、ロシア語で書かれたある〝資料〟が手元にある。これに何が書いてあるか、わからなくて困っている……」

——ロシア語の資料ですか。でもロシア語ならば、警察庁の外事情報部にいくらでも翻訳できる人間がいるでしょう——。

「それがそうもいかないんだよ。うちの部署の極秘資料でね。他の部署に出回ると、大変なことになるんだ……」

——なるほど、事情はわかりました。つまりその〝資料〟を、私に翻訳してほしいということですね——。

さすがにこの男は、話が早い。

「翻訳とまではいわない。ただ、何が書いてあるのか。その内容に信憑性があるのかどうか。いまはその程度のことがわかるだけでいいんだ」

──しかし、ロシア語ということはキリル文字ですよね──。

「そうなんだ。何とかなるかな……」

──私はキリル文字はまったくだめです。でも、萌子《もえこ》にその〝資料〟を見せていいのであれば。あいつはいま、大学で第二外国語にロシア語を専攻してるはずです──。

そうか。萌子という手もあった。いずれにしてもあの親子ならば、何とかなるだろう。

「わかった。萌子に見せてもかわまない。ただ、極秘資料なので、絶対に口外したり人に見せたりしないようにいっておいてくれ。読んで分析し終わったら、消去すること」

──わかりました。萌子にそう伝えておきます。それでその資料というのは、どこにあるんですか──。

「このスマホの中に入っている。いまからURLでそちらのスマホに送るよ」

──お待ちしてます──。

田臥は一度、電話を切った。アイフォーンの中の〝バード〟というホルダーを開き、そのURLにメッセージを添えて男の携帯の番号にショートメールで送った。便利な世の中になったものだ。

「送ったのか」

後部座席のガレリンが訊いた。

「ああ、いま先方に送ったよ。あとは結果を待つだけだ」

「神の御加護を……」

車の渋滞が、少し流れはじめた。長いやり取りの間、田臥は〝機密文書〟ではなく〝資料〟という言葉を使ったが、麻里恵にも普通ではないことはわかっただろう。だが彼女はひと言も口を挟まず、ただ黙ってアウディのステアリングを握り続けていた。

彼女はやはり、いい女だ。

## 10

石川県輪島市――。

笠原武大《かさはらたけひろ》は朝市通りの外れ、塗師屋《ぬしや》造りの家が並ぶ工房長屋の路地裏にある『小谷地《こやち》漆器工芸』の塗師蔵にいた。

ちょうどこの日の漆塗りの仕事を終えて作業場を片付け、塗師蔵を出ようとしていた時だった。久々に警察庁の田臥から電話を受けた。

奇妙な内容の電話だった。

――ロシア語で書かれた資料の内容が知りたい――。

何か、深い事情があるようだった。電話を切ってしばらく待つと、今度はショートメールで短いメッセージ付きの資料のＵＲＬが届いた。

〈——笠原様。
先程お話ししたロシア語の資料を送ります。極秘資料です。くれぐれも内密に。笠原さんと萌子さん以外の者の目に触れぬように。よろしくお願いします。
田臥——〉

それだけだ。

笠原は、URLを開いてみた。表紙の冒頭に『The secret of BIRD』（鳥の秘密）と英語でタイトルが入り、その下にジェット戦闘機のような、線画のイラストが描かれている。それだけだ。

二ページ目を捲る。ここにはキリル文字がびっしりと並び、やはりジェット戦闘機の線画のイラストと何らかのグラフ。その下に英語の説明文が入っている。

読み辛い資料だ。英語の部分にも、専門用語や略式記号、数字が多い。だがその中に、笠原は意外な記号を見つけた。

〈——F‐35——〉

まさか、これは……。

〝F－35〟という記号は、それ以外にも複数出てくる。英文の中だけでなく、キリル文字のロシア語の部分にも。どうやらこの資料は、アメリカの最新鋭ステルス戦闘機F－35に関する機密資料らしい。

こんなものを娘の萌子に見せて、だいじょうぶなのだろうか……。

笠原は東大の経済学部出身のエリートだった。卒業後は経済産業省に入省。一貫して〝原発〟を担当した。

だが二〇〇五年、原発の裏側に広がる暗黒の利権構造を知り、辞職。以後はジャーナリストとして原発絡みの汚職を告発する側に回った。

ところが、この〝原発村〟に対する告発が原因で命を狙われ、結果として妻も両親も殺された。そして自分は妻殺しの嫌疑を掛けられ、冤罪で千葉刑務所に収監されるという過去があった。

その後、IQ一七二という能力を発揮して千葉刑務所を脱獄。経済産業省の極秘資料を公表することにより〝原発村〟の利権構造を暴いた。何人もの政治家や利権関係者、関連企業の実名を暴露して自分の汚名を晴らし、名誉を回復した。だが、あれから何年もの時が過ぎても、完全に傷が癒えたわけではない。

娘の萌子も、同じだ。

萌子は一連の事件で、実の母親を失った。さらに父親の笠原が殺人犯として逃げている中で利権関係者らに誘拐され、死の恐怖を味わった。当時、まだ中学生だった萌子は、笠原以上に重いトラウマを抱えていることだろう。

その萌子に、このロシア語の機密資料を授けることに、笠原は父親として違和感を覚えた。もしかしたら萌子を、また危険な目にあわせてしまうのではないか……。

だが、萌子ももう大学生だ。いまは自分の目で人生を見据え、自分の道を歩きはじめている。そして現在も、様々な手段で〝原発村〟をはじめとする社会悪と闘い続けている。

まあ、萌子ならだいじょうぶだろう。好奇心の強いあの子のことだ。IQも一七〇以上はあるし、この難解なロシア語の資料を見ても経験値としてプラスにこそなれ、マイナスになるわけがない。

それに彼女は、あらゆる意味で強くならなければならない。自分たち親子は、常に〝敵〟に命を狙われている。強くなければ、生きていけない。

笠原は少し迷った末に、田臥から送られてきたURLを萌子のスマートフォンに転送した。そのメールに、こんなメッセージを添えた。

〈——元気か？

大学生活を楽しんでいるかな。

実は今日、警察庁の田臥さんから興味深いものが送られてきた。どうやらロシア語で書かれたアメリカの最新鋭ステルス戦闘機F－35に関する機密資料らしい。田臥さんはこの資料を萌子に読んでもらい、何が書かれているのか内容を教えてもらいたいといっている。

ただし、この件は極秘だそうだ。やってみるか？
とりあえずその資料を転送する——〉
笠原はアイフォーンの〝送信〟マークをタップし、塗師蔵を出た。

## 11

『金沢大学』は一九四九年の学制改革の折、新制大学として誕生した国立大学である。その名のとおり石川県金沢市に本部とキャンパスを置き、当初は〝金大《きんだい》〟の略称で親しまれ、旧六医科大学のひとつとして知られていた。だが、現在は六カ所のキャンパスに三学域一七学類八研究科を設置し、総合研究大学として位置づけられている。

笠原萌子はいま、その金沢大学の人間社会学域・人文学類の二年生として金沢市角間町の角間キャンパスに通っている。専攻はフィールド文化学。ここでは自分で興味のあるテーマを決め、自由に研究することができる。

萌子は原子力発電を中心にエネルギー問題に視点を当て、その人間社会や自然界に与える影響について研究している。外国語も自由に学ぶことができるので、一年生の時には英語と、原発の本場であるフランス語を選択。だがＩＱが一七〇以上ある萌子はどちらもほぼ一年で完璧に修得してしまったので、二年になった新学期からはキリル文字を基本にして、ロシア語とウクライナ語を学んでいる。いずれ、一九八六年に起きたチェルノブイリ原発事故と、その後の人間社会への影響について研究しようと思っているからだ。

「笠原君、まだ帰らないの。ぼくはバイトがあるから、もう帰るよ」

六時を過ぎても研究室に残る萌子に、同じ人間社会学域の二年生の南條《なんじょう》君が声を掛けた。南條君は滋賀県の琵琶湖に面した古いお寺の息子で、萌子の金沢大学附属高等学校時代からの同級生だった。

「もうこんな時間なんだ。私もジムに行くから、そろそろ帰らなくちゃ……」

萌子は高校時代に始めたキックボクシングを大学に入っても続け、いまも火・木・土の週に三回、金沢市内のジムに通っている。

自分のノートパソコンと資料を大急ぎで片付け、5・11《ファイブイレブン》のリュックの中に仕舞った。それを肩に掛けて研究室を出ようとした時に、手に持っていたアイフォーンが震動した。メールだ。

「どうしたの」

南條君が訊いた。

「お父さんからメールが来たみたい……」

立ち止まってメールを開いた。奇妙なメールだった。

〈――元気か?

大学生活を楽しんでいるかな――〉

メールには、お父さんが〝極秘〟とする何かのURLが貼り付けられていた。アメリカの最新鋭ステルス戦闘機F－35に関する機密資料らしいが、萌子にはあまり興味がなかった。

「お父さん、何だって」

南條君も、萌子のお父さんのことはよく知っている。

「何でもない。変なメールなの。いま返事を送るから、ちょっと待ってて……」

萌子はお父さんに、返信した。

〈――今日は忙しいから後で見るね――〉

「お待たせ。行きましょう」

萌子はリュックを担ぎなおして南條君と一緒に研究室を出た。外はまだ、少し明るかった。

キャンパスの中庭を抜けて、駐輪場まで走った。

白いバイク――HONDA・PCX――に飛び乗り、ヘルメットを被る。

セルを回し、エンジンを掛けた。

# 12

〝フラットヘッド〟は、『ウェスティンホテル仙台』にチェックインをすませた。市内一の高層ビル、仙台トラストタワーの二五階から三七階に入っているホテルだ。〝フラットヘッド〟は自分でこのホテルに予約を入れた。

部屋は三一階にある四四平米のデラックスルームだった。広い窓からは黄昏の光に染まった仙台市内と、遠く太平洋までが一望できた。だが〝フラットヘッド〟は窓からの眺めを楽しむ間もなく、アイフォーンを手にして〝ドッグ〟に電話を入れた。

「私だ。〝フラットヘッド〟だ。いま、仙台のホテルにチェックインした……」

――どこのホテルだ――。

「ホテルメトロポリタン仙台イーストにいる。一時間後、午後七時五〇分にこのホテルのロビーで待っている……」

〝フラットヘッド〟は、違うホテルを指定した。部屋を知られたくないし、人の多いロビーで会った方が安全だ。警察の人間ならば、誰だってそれくらいは頭が回る。

――わかった。一時間後に、そのホテルのロビーに向かう――。

〝ドッグ〟がそういって、電話が切れた。

このホテルからホテルメトロポリタンまでは、歩いても一〇分少々の距離だ。時間はまだ、たっぷりとある。

〝フラットヘッド〟はスーツを脱ぎ、用意してきたジーンズと大きめのサイズのスプリングコートに着替えた。さらにキャップを被り、薄い色のサングラスを掛けた。

だが、歳も五〇を過ぎ、腹も出て完全な中年体形になっているのでまったく似合わない。それでも多少の変装にはなるだろう。仙台には〝フラットヘッド〟の顔を知る者も多いので、スーツを着て歩くよりは安全だ。

銃はどうしようかと思ったが、部屋に置いていくことにした。今日のところは、〝ドッグ〟の顔を確認して直接、話をするだけだ。警察手帳もいらない。

〝フラットヘッド〟は手荷物をすべて部屋に残し、少し早めに部屋を出た。

約束の二五分前に、ホテルメトロポリタン仙台イーストのロビーに着いた。相手より早く現場に入ることは、この手のことでは鉄則だ。現場に着いたらまず出入口やエレベーターの配置などを確認し、周囲に不審者がいないか観察する。

〝フラットヘッド〟はソファーに座り、薄いサングラスの中から周囲に気を配った。もし〝ドッグ〟がここに現れるとしたら、おそらく外国人だろう。声の質からすると、四十代か五十代か。白人だが、体はそれほど大きくないはずだ。

一〇分ほど、待った。だがそれらしき男は、まだ姿を現さない。その時、後ろからふいに肩を叩かれて英語で声を掛けられた。

「警視庁のオオエさんですね。お待たせしました」

驚いて振り返った。

そこに、米国務省のアンソニー・ベルが立っていた。ジーンズにポロシャツというラフな服装だった。

「ベルさんではないですか。どうしてこんなところに……」

〝フラットヘッド〟――大江寅弘――は多少、頭が混乱していた。なぜベルが、自分がここに来ることを知っていたのか――。

「〝ドッグ〟があなたに会うというので、慌ててここに来たんです。私も〝バード〟の件で、仙台にいたものですから」

ベルがいった。

それでもまだ、大江は事情が吞み込めなかった。なぜベルが、仙台にいたんだ……。

一五分後、大江はベルが運転するシルバーのＢＭＷ・Ｘ５の助手席に乗り、仙台市内を走っていた。

この車は、大江が付き合いのある反社会的勢力――指定暴力団――から、いわゆる〝金融モノ〟を格安で手配したものだ。もう一台のポルシェ・カイエンもそうだった。

この手の車は、何かが起きても〝足〟が付かない。本当の所有者はすでにこの世にいないか、夜逃げして行方がわからなくなっている。警視庁刑事部の幹部ならば、非合法組織にこの手の車を用意させるくらいのコネはある。

だが大江は、いま乗っているＢＭＷ・Ｘ５が自分が手配した車であることを知らなかった。

二人の〝兵隊〟と共に、付き合いのある非合法組織に丸投げで用意させたものだからだ。

車内には低い音量で、ワグナーの『ワルキューレの騎行』が流れていた。会話の邪魔になるほどではない。いずれにしろ人に聞かれたくない話をするには、走行中の高級車の室内ほど適した空間はない。

「オオエさん、あなたが直接〝ドッグ〟に会うのはまずい。最初から会わない約束でした。もし会えば今回の作戦に支障をきたすし、今後あなたのキャリアに傷を付ける怖れもあります……」

ベルがいった。

「しかしベルさん、あの〝ドッグ〟という男は信用できない。やり方が荒すぎるし、これまでに何ひとつ結果を出していない。それでいて、消耗が激しすぎる……」

これまでに〝金融モノ〟とはいえ高級車を二台、外国人の〝兵隊〟を三人も消費しているのだ。大江の取り分に対して、損失が大きすぎる。

「私から〝ドッグ〟に伝えます。オオエさん、あなたはこの先、我々に何を望みますか。いってみてください」

外国人らしい、回りくどい話し方だ。

「これ以上の消耗は、こちらではカバーできない。もし今度も問題が発生するなら、作戦は中止するべきだ。もしくは、私はこの件から手を引かせてもらう……」

大江がいった。

「作戦は中止できません。あなたに手を引かれても、こまります」

「それならば今後は、〝ドッグ〟を私の監視下に置く。その上で、もし〝バード〟の機密資料が手に入った場合の私の取り分を増やしてもらいたい」

どうせ、この件に片が付くのもあと一日か二日だろう。それに大江には、もうひとつ重要な目的がある。

「わかりました。〝ドッグ〟に伝えておきます。私も考えておきましょう……」

ベルがオーディオの音量を少し上げた。そしてロシア語で、ランボーの詩の一節を呟いた。

「……出発は見合せだ。——また、足元の径《みち》を辿り直すとしようか、この身の悪魔を背負って……」

「何ですって？」

大江が訊いた。

「いえ、独り言です。何でもありませんよ……」

ベルがいった。

〝ドッグ〟はBMW・X5のステアリングを握りながら、腹の中で笑った。

この日本の警察幹部のオオエという男は、間抜けだ。よくこれで内閣の相談役が務まるものだ。

私がアンソニー・ベルであり、〝ドッグ〟でもあることにまだ気が付いていない。

主よ、この愚かな僕《しもべ》の魂を救いたまえ。

## 13

夜は静かに過ごした。

麻里恵は国分町の自分の店に出掛け、食事はナオミとアサルのリクエストでピザーラのピザを注文した。

酒やその他の飲み物は、麻里恵の部屋のバーにふんだんに揃っていた。ガレリンはワインを飲み、アサルとナオミはお茶を飲み、田臥はビールを飲んだ。

食事の後には、おそらくウイスキーが飲みたくなるだろう。任務の最中のアルコールは厳禁だが、こんな時には飲まなきゃやっていられない。

食事の後、ナオミとアサルはリビングに移動し、DVDの映画を見はじめた。田臥はキッチンのバーカウンターに移り、竹鶴の一七年の封を切った。

「ガレリン、君も飲むか」

田臥が訊いた。

「いただこう」

ガレリンもカウンターに移ってきた。

田臥は二つのバカラのロックグラスに氷を入れ、竹鶴を注いだ。ひとつをガレリンに渡し、グラスを合わせた。

ウイスキーを、口に含む。疲れた脳の痼《しこり》が融けていくような、甘く心地好い香りと熱が口の中に広がった。

「日本の製品は素晴らしい。私の命を救ってくれたあの薄っぺらなアーマーも。そしてこの、悪魔に命を売り渡してもいいと思わせるほどのウイスキーも」

ガレリンが、グラスの中の琥珀色の液体をうっとりと眺めた。

「そして日本の女性も」

田臥の言葉に、ガレリンも頷いた。

「私の妻も、日本人だった。向日葵のように光り輝き、情熱的で、素晴らしい女性だったよ。今年、亡くなったがね……」

「アサルから聞いたよ。君の娘のナオミが彼女に話したらしい……」

田臥の言葉に、ガレリンが頷いた。

ガレリンの妻の真澄は、今年の二月三日にモスクワで亡くなった。交通事故だった。だが、その事故は仕組まれたもので、真澄は殺された可能性がある――。

「彼女は、私の身代わりとして殺された。すべて、私の責任だった……」

ガレリンがそういって、グラスのウイスキーを空けた。今度は自分で氷を入れ、グラスにウイスキーを注いだ。

「立ち入ったことを訊いてもいいか」

「何でも。君は、私の友人だ」

「もしかしたら今回の亡命も、奥さんの事故が理由なのか」

田臥の問いに、ガレリンが頷いた。

「ひとつはそうだ。妻の一件が、トリガー(引き鉄)になったことは事実だ。しかしそれ以前から、銃にパウダー(火薬)は込められていた……」

ガレリンはウイスキーのグラスを傾けながら、訥々と話し続けた。

元々ガレリンの正式な身分は、CBP(ロシア対外情報庁)のエージェントだった。二〇〇一年ごろから分析・情報局の対日本課に配属。翌二〇〇二年にはMID(ロシア外務省)のアジア第一部(東アジア)の日本課の職員というカバー(仮の身分)を得て、在日本大使館員として来日した。

来日して間もなく、ガレリンは在札幌ロシア連邦総領事館に着任した。任務は、北海道内の陸・海・空自衛隊の情報収集と戦力分析。他に青森県三沢基地の航空自衛隊とアメリカ空軍の情報分析と監視だった。

そのころのガレリンはまだ若く、心身共に充実していた。日本での生活も、何もかもが新鮮だった。そしてガレリンを最も夢中にさせたのが、中川《なかがわ》真澄という一人の日本人女性との出会いだった。

当時の彼女はまだ北海道大学の学生で、ロシア総領事館でアルバイトをしていた。ガレリンが着任し、まず札幌の町を案内してくれたのが彼女だった。

真澄は、素晴らしい女性だった。ガレリンはそれまでの人生で、真澄ほど純真な女性に出会ったのは初めてだった。可憐で、優しく、何よりも誠実だった。

二人は、出会ってすぐに恋に落ちた。いや、実のところ、ガレリンの方が夢中になって熱烈に求愛したという方が正確かもしれない。ともかく二人は翌年の六月に結婚し、一年後にはナオミが生まれた。

その後のガレリンの人生も、順調だった。CBPとMIDの両方に身分を持つエリートとして地位を固め、札幌とモスクワの両方に家を持ち、その時々の赴任地によってロシアと日本を行き来した。温かい家庭を持ち、人生そのものが充実して、幸せだった。

ガレリンの人生に翳《かげ》りが見えはじめたのは、日ロの間で北方領土問題が再燃しはじめた二〇一五年から一六年ごろからだった。当時、CBPや札幌領事館の同僚の間でも「クリル列島(千島列島)をどうするべきか……」という議論は日常的にあった。ほとんどの同僚が「一島も譲渡するべきではない」と考えている中で、ガレリン一人は「せめて二島返還には応ずるべき」という考えを主張した。

根底には、真澄から学んだ〝北方領土〟の歴史があった。

千島列島は一九世紀にすでに日本の領土だった。それを一九四五年八月のポツダム宣言受諾後、わずか二週間の間に当時のソ連が不正に侵攻し、日本から武力で略奪したのだ。国際法に照らし合わせてみても、これは犯罪だ。二島のみならず本来は四島すべてを返還するのは、当然ではないのか――。

だが、こうした思想がCBPやMIDを通じて政府の上層部にも報告され、いつの間にかガレリンは危険分子とみなされるようになった。そして今年、二〇一九年の一月に決定的な出来事が起きた。二二日に安倍首相が訪ロして通算二五回目に当たる日露首脳会談を実施。その時に、ある機密情報が日本の外務省に洩れていたことが明らかになった。

「誰が密告したのかはわからないが、私がスパイだということになった。もちろん私はその情報を知り得る立場にいたし、疑われる可能性のある人間の一人だった。しかし、私が〝犯人〟ではなかった……」

「それが、亡命を決意した本当の理由か」

「そうだ。私は確実に命を狙われる立場にあったし、そうでなくともいずれ失脚してシベリアに送られることになっただろう。そして迷っている間に、真澄が殺された。だから私は手元にあった最も重要なカード、〝バード〟の機密情報を持って、ナオミと共に日本に逃げてきた……」

ガレリンの話を聞いて、初めて事情が理解できた。〝バード〟の機密情報を持ち出したのも、金が目当てではなかったということだ。だから、田臥にそれを授けた。

「誰が密告したか、わかっているのか」

田臥が訊いた。

「おそらく元CBPの〝サバーカ〟というコードネームの男だ。ロシア語で〝犬〟という意味だ。その男は以前、私に二重スパイを告発され、恨んでいた。おそらく真澄を殺したのも、その男だろう……」

「なぜ、私にそこまで話すんだ」

「君が、日本人の友人だからだ。真澄もそうだった。私の目を見て話す日本人の友人は、絶対に信頼できる……」

田臥はグラスを空けた。そしてガレリンと自分のグラスに氷を入れ、ウイスキーを注いだ。

「ところでタブセ、君はどうしてマリエと別れたんだ。彼女は、素晴らしい女性だ」

「まあ、人生いろいろあるさ」

「そうだな。実は私も、結婚は二度目だった……」

二人でグラスを目の高さに掲げ、合わせた。

いつの間にかアサルとナオミは、ソファーで眠っていた。

その夜、田臥とガレリンは、ウイスキーのボトルが空になるまで語り合った。

## 14

空間が歪んで見えた。

闇に浮遊する車のテールライトの光が何重にも重なり、滲んでいる。

〝グミジャ〟は、疲れ果てていた。

朝から休みやすみ走り続けて、やっと仙台に着いた。指定された駅前通りのコンビニの前にバイクを停めて、エンジンを切った。

ヘルメットを脱いで、周囲を見渡す。巨大なビル。大通りを走る無数の車と騒音。まるで自分が誰からも見えていないかのように、歩道を行き交う人々。都会の喧噪と、ざらざらした息苦しさに押し潰されそうだった。

コンビニの店内に入り、トイレを探した。空いている個室に入ってドアを閉めると、やっと息ができるようになった気がした。

レーシングスーツを下ろし、便器に座った。ポケットからアイフォーンを出し、〝ドッグ〟に電話を入れた。

「……〝グミジャ〟です……。いま仙台に着きました……」

──遅かったな。心配したぞ──。

優しい声だった。〝心配した〟というひと言に、自尊心をくすぐられた。

「……それで……私は、どうしたらいいですか……」

──ここに来なさい。駅前のホテルメトロポリタンの一二〇一号室だ。アンソニー・ベルの名前で泊まっている──。

「はい、すぐに行きます……」

〝グミジャ〟は、電話を切った。便器を水で流し、レーシングスーツを着てトイレを出た。

仙台駅西口の駐輪場にバイクを入れ、サドルバッグから着替えを出した。物陰でレーシングスーツとブーツを脱ぎ、白い薄手のスプリングコートとパンプスを身に着けた。頭の傷はヘアバンドで隠し、淡い色のルージュを引いた。

これならば街中を歩いても、不審者に思われないだろう。脱いだレーシングスーツとブーツをバイクのサドルバッグに放り込み、コーチの小さなハンドバッグだけを肩に掛けてホテルに向かった。中には化粧道具とスパイダルコのナイフ、9×19ミリパラベラムのH&K・USPコンパクトが一丁入っている。

ロビーを横切り、エレベーターに乗った。一二階で降りて、長い廊下を歩く。中国人の観光客らしきカップルとすれ違ったが、〝グミジャ〟のことなど気にも留めていない。

廊下の突き当たりの一二〇一号室のドアの前に立ち、チャイムを鳴らした。

カーペットの上を歩く、かすかな気配。ドアロックを外す音がして、ドアが開いた。〝グミジャ〟は部屋の中に体をすべり込ませ、〝ドッグ〟の顔を見上げて微笑んだ。

「〝イヴ〟その頭の傷はどうしたんだ」

〝ドッグ〟が〝グミジャ〟の唇にそっと触れるように、キスをした。

「はい、ガラスで切りました……」

「だいじょうぶなのか」

「はい、問題ありません……」

〝グミジャ〟が片言の英語で答える。

「それならばまずはシャワーを浴びなさい。そして、そこにある服に着替えなさい」

「はい……」

ベッドの上に、女物の服と下着、靴が一式置いてあった。

「着替えたら、このホテルの部屋に行きなさい。〝フラットヘッド〟が〝ナカムラタダシ〟という偽名で泊まっている」

〝グミジャ〟の顔から笑みが消えた。

〝ドッグ〟はアイフォーンを手にし、〝フラットヘッド〟に電話を掛けた。

「私だ。〝ドッグ〟だ」

〝ドッグ〟はKGBで〝サバーカ〟と呼ばれていたころから、何種類もの声色や言語で話すことを得意としてきた。電話でウラジーミル・プーチンの声色を使って、MID（ロシア外務省）の幹部やペトロ・ポロシェンコ（第五代ウクライナ大統領）を欺いたこともある。先程ロビーで〝フラットヘッド〟と会った時にはアンソニー・ベルの声を使ったが、いまは〝ドッグ〟の声色で話している。

「ミスター・ベルから聞いたよ。今日、仙台に来ているそうだな。しかし、残念ながら、私はあなたに会うことはできない。そのかわり、私の身代わりとしてこれから〝イヴ〟をその部屋に行かせる。その女を、好きにしていい……」

〝ドッグ〟は服を脱ぐ〝グミジャ〟の体を眺めながら、口元に笑いを浮かべた。

〝フラットヘッド〟――大江寅弘――は、アイフォーンから聞こえてくる〝ドッグ〟の声にいい――。

耳を傾けた。

――私の身代わりとしてこれから〝イヴ〟をその部屋に行かせる。この女を好きにしていい――。

「つまり、〝人質〟ということか」

大江はガウンの下の丸い腹をさすりながらいった。

――そう考えてもらってかまわない。〝イヴ〟といれば、いつか私と会えるだろう。それまで楽しめばいい。ミスター・ベルもそういっている――。

悪くない条件だ。

「来るようにいってくれ。ホテルと部屋番号は……」

――わかっている。ミスター・ベルに聞いている――。

電話が切れた。

大江はスーツケースの中からピルケースを出し、青い錠剤を一錠、口に放り込んだ。

それをベッドサイドテーブルの上の缶ビールで呑み下した。

15

時計を見ると、もう午前〇時を回っていた。

萌子はパソコンのディスプレイから目を離し、両肩をストレッチで伸ばした。

ちょっと、疲れた……。

今日は大学の帰りにキックボクシングジムで二時間ほど汗を流し、市内でいつも行く定食屋さんで食事をすませ、自分の部屋に帰ってきてからはずっとパソコンの前に座って〝仕事〟をしていた。

萌子のいまのアルバイトは、英語やフランス語のソフトウェアの翻訳と分析、バグの修正などだ。英語の方は競合する相手が多いが、フランス語に関してはほとんどライバルがいない。特にいま萌子が手掛けているのは『フランス環境・エネルギー制御庁』(ADEME)が日本の『新エネルギー・産業技術総合開発機構』(NEDO)に推奨する「脱炭素・環境配慮型モデルに関するプログラム」のソフトなので、フランス語の語学力以外に高度な専門知識が要求される。極端な話、いまこの仕事ができる人間は萌子以外に日本に数人しか存在しない。

だから〝仕事〟は、やる気になればいくらでもある。一日に数時間のアルバイトでも、一般社会人の数倍の収入が得られる。いま萌子が住んでいる金沢市内の1LDKのマンションの家賃も、その他の生活費も、今年の春休みに取った自動車免許証の教習所の費用も、ゴールデンウィークに行ったフランス旅行の旅費も、すべてそのアルバイト代でまかなっていた。

でも、今日はもう止めよう。明日も大学に行かなくちゃならないし、その前に少しランニングもしたい。

もう寝ようと思って最後にスマホをチェックした時、そういえば〝お父さん〟から奇妙なメールが来ていたことを思い出した。あれは、何だったんだろう……。

萌子は〝お父さん〟のメールを探した。

あった、これだ。

メールに貼り付けてあるURLを開く。

タイトルは『The secret of BIRD』となっていた。

ジェット戦闘機の線画のイラスト。その下に〝F−35〟という文字が入っている。

私だってF−35くらいは知っている。アメリカの最新鋭のステルス戦闘機だ。日本の航空自衛隊もこれを使っていて、確か四月九日だかに三沢基地から飛び立った機体が太平洋上で墜落事故を起こして大きなニュースになった。知っていることは、そのくらいだけれども。

萌子はとりあえずURLを自分のパソコンに移し、大きなディスプレイで開いてみた。表紙を捲り、2／6ページ目を見た。冒頭にそれほど長くないキリル文字の文章が書かれていた。ロシア語を勉強しはじめて間もない萌子でも、何とか読めそうだった。

〈──序文
昨今の各国における軍事兵器開発競争は、止まることを知らない。中国の国防予算は二〇二〇年までに年間一兆二〇〇〇億元（一二兆ルーブル）に達しようとしているし、アメリカ帝国も世界征服を目論むかのように、日本から莫大な資金を供出させて大量破壊兵器その他の開発、生産を推進させている。
各国の軍事力推算の一方の基準となる〝イストリビーチリ〟――〉

萌子は〝イストリビーチリ〟の意味がわからなかったので、辞書で調べた。そうか、〝戦闘機〟か……。

さらに読み進める。

〈――各国の軍事力推算の一方の基準となる戦闘機の開発も、その例外ではない。我が国はSu－30でアメリカのF－15、F－16に対抗、さらに第五世代のステルス機Su－57の開発も順調に進み、現在は試験飛行を行いながら一部運用するに至っている。

これに対してアメリカ帝国は――〉

萌子はここでペットボトルのお茶を口に含み、ひと息入れた。

ロシア語はまだ覚えて間がないので、やはり読むのに時間が掛かる。それに、疲れる。でも、ロシアがアメリカのことを〝帝国〟（インペリア）といったり、〈――日本から莫大な資金を供出させて――〉と考えていたりするところはとても面白い。確かにそのとおりではあるけれども。

続きを読んだ。

〈――これに対してアメリカ帝国は、新型戦闘機Ｆ－35によって、我が国に対抗しようとしていることは知ってのとおりだ。

ここでまず、Ｆ－35について簡単に説明しておこう。

Ｆ－35はアメリカ帝国の軍事産業ロッキード・マーティン社が開発、生産する単座の多用途ステルス戦闘機である。Ａ型とＢ型、さらに艦上戦闘機のＣ型があり、二〇一九年一月の時点でおよそ四五〇機を生産。一機一億ドル前後ときわめて高価であるにもかかわらず、これまでにアメリカ帝国の他、日本、イスラエル、韓国などが正式採用を決定。各国で試験飛行、パイロットの訓練、一部運用が始まっている。

このＦ－35の性能はＭ《マッハ》一・六の高速で飛行し、航続距離は二二〇〇キロにも及び、行動半径は一二三九キロに達する。単体重量一三二九〇キログラムから一五七八五キログラムの機体にはＡＩＭ－１２０ＡＭＲＡＡＭ空対空ミサイル、ＡＧＭ－88Ｅ空対地ミサイル、ＪＳＭ巡航ミサイルと空対鑑ミサイル、ＬＲＡＳＭ巡航ミサイル、Ｍｋ82／Ｍｋ83／Ｍｋ84通常爆弾など考えうるあらゆる攻撃機材が搭載可能で、最大離陸重量は三〇トンを超える。

さらにＦ－35はＶＨＦ（低周波）ステルスシステムが組み込まれ、機体の塗装に新開発のＺ13オーバーコートが採用されることにより、以前のＬＯ（低観測）戦闘機よりもステルス性は数倍向上している。しかもＦ－35は全機にＡＧＣＡＳ（自動墜落回避システム）を装備する。そしてこれはアメリカ側も明言していないが、キルチェーンの第二段階で敵にロックオンされると同時にＡＭＳ（自動ミサイル回避システム）が作動する。もしこれらの性能がすべて事実ならば、Ｆ－35は撃墜が不可能な戦闘機であり、我が国としても対処不可能な脅威となることを認めないわけにはいかない――〉

難しい専門用語が多くて、よくわからなかった。理解できるのは、どうやらＦ－35は凄い戦闘機らしいということだけだ。

でも、もし自動墜落回避システムを装備しているなら、なぜ三沢基地に所属するＦ－35は墜落してしまったのだろう……。

萌子は首を傾げながら、キリル文字とアルファベットが混在する難解な文章を読み続けた。そして、最後の数行を読んで、驚きのあまり息を呑んだ。

〈――だが、心配はいらない。なぜならＦ－35には、技術的に解決不可能な決定的欠陥があるからだ。そして我々は、その欠陥を正確に把握している。つまりロシア空軍は、旧型のＳｕ－30ＳＭを用いたとしても、このアメリカ帝国が誇るＦ－35を簡単に撃墜することができるのだ。

以下にそのＦ－35の欠陥と、撃墜の方法を解説する――〉

序文を読み終え、萌子は息を吐いた。

いったい、どういうことなの……。

まず、ロシア空軍の〝Su－30SM〟について検索してみることにした。するとこれは〝スホーイ30〟と呼ばれる戦闘機で、一九八九年に初飛行に成功。一九九七年三月に運用が開始され、現在までに六三〇機以上が生産された一世代前の旧型多用途戦闘機であることがわかった。

萌子は兵器に関して、ほとんど知識がない。だが、三〇年も前に開発された旧型機で、最新鋭ステルス機のF－35を撃墜できるというだけで異常なことだとは理解できる。なぜなら戦闘機の制御に使われているコンピューターの性能だけを考えてみても、現在と三〇年前とでは天と地ほどの差があるのだから。

そして萌子は、こんなことを考えた。

先月、墜落した三沢基地のF－35は、本当に訓練飛行中の事故だったの？

F－35は、自動墜落回避システムを装備しているはずなのに？

まさか……。

近年、ロシア機が頻繁に領空侵犯していることは萌子だって知っている。その回数は中国に次ぎ、年間二〇〇回以上にものぼる。

もしやと思い、パソコンで調べてみた。やはり、そうだ。三沢基地のF－35が墜落した太平洋上の事故現場は、ロシア空軍の通常の領空侵犯経路と重なっている……。

萌子は、『The secret of BIRD』のページに戻った。

あとは時間を忘れて、その驚愕の内容に読み耽った。

# 16

マンションの一〇階の部屋から眺める仙台市内の風景は、どんよりと沈んでいた。間もなく朝の八時になるというのに、夜明け前のように暗い。

田臥はフレンチブレンドの濃いコーヒーの入ったマグカップを片手に窓辺に立ち、ぼんやりと外を眺めていた。

眼下の通路には玩具のようなバスや乗用車が走り、歩道に足早に人の群が行き来している。だが街の音は、ここまでは届かない。

昨夜は少し、飲み過ぎたようだ。ビールとワインで始まり、ガレリンとウイスキーを一本空け、麻里恵が店から戻ってからまたワインの封を切った。おかげで頭は鉛のように重く、心はこの仙台の風景のように暗い。

「ガレリン、頭は痛くないか」

背後のソファーでコーヒーを飲むガレリンに声を掛けた。

「だいじょうぶだ。ロシアの安物のヴァドカ（ウォッカ）を飲み過ぎた朝よりも上等な気分だ。このコーヒーを飲み終えたら、テーブルの上の美味そうな朝食を食べる気になるだろう……」

麻里恵は田臥たちと最後まで付き合っていたはずなのに、朝七時に起きてきてみるともう四人分のベーコン・アンド・エッグスとパン、そして鍋に入ったボルシチが並んでいた。どんな魔法を使ったのかはわからない。アサルとナオミはもう食事を終えたが、まだテーブルの上に二人分の朝食が残っている。

田臥はコーヒーを飲みながら、片方の手でアイフォーンの電源を入れた。深夜にメールが一本、入っていた。室井からだ。

メールを開いた。

〈――遅い時間に失礼します。

例の件、秋田県警に問い合わせてみました。さんざん焦らされて、逆にこちらの腹の内を探られましたが、一応回答は得ました。昨日の未明、男鹿半島の入道崎で地元の暴走族同士のちょっとしたいざこざはありましたが、その他に大きな事件はなかったとのことです。つまり、ロシアの潜水艦は幻だったし、ロシア兵も上陸しなかったし、まして銃撃戦など起きなかったということです。

以上、報告まで。起きたら連絡をください。よろしく――〉

あの銃撃戦がなかっただって?

入道崎の草原にはメルセデスの轍や、百数十発分の9ミリマカロフ弾の空薬莢が散乱していたはずだ。その事実をすべて隠蔽するのは、県警レベルでは不可能だ。やはりバックで、〝本社〟か〝本店〟が動いたということだろう。

もしくは、内閣府か……。

だが〝本社〟か〝本店〟、もしくは内閣府が県警に圧力を掛けてまで情報を隠蔽する理由があるとすれば、何なんだ？

やはりあの〝バード〟の機密情報がそれほど重要だということなのか。

田臥はもう一度アイフォーンを確認した。だが笠原武大からは、あれからメールも着信履歴も入っていない。

田臥は室井に返信した。

〈——秋田の支店の件は了解した。厚木課長には報告したのか——〉

室井からすぐに返信が来た。

〈——課長には報告してません。しかし、支店の方から課長や本店の大江の方に話が回っている可能性はありますね。それは止めようがないですから——〉

当然だろう。

〈――了解した。そのまま仙台で待機していてくれ――〉

田臥はアイフォーンを閉じ、窓辺を離れた。テーブルにつくと、アサルが鍋のボルシチを温めてくれた。麻里恵は四人分の朝食を作ってまた寝てしまったのか、姿が見えない。

「さあ、ガレリン。飯を食っちまおう。今日もいろいろとやることがある」

田臥がいうと、ガレリンがマグカップを片手にソファーから立った。

「そうだな。日本人は〝腹が減っては戦はできぬ〟というんだろう。ロシアには〝食欲は食事の時に湧く〟という諺がある。いまがその時だ……」

ガレリンがそういって、ボルシチに口を付けた。冷めたベーコン・アンド・エッグスは呑み下すのに苦労したが、ボルシチとクルミの入ったパンは美味かった。

八時を過ぎても、麻里恵は起きてこなかった。疲れているのだろう。だが、メルセデスはどうなったのか……。

アイフォーンが振動した。

電話だ。ディスプレイを見たが、知らない番号からだった。少し迷ったが、電話に出た。

「はい……」

――田臥さんの電話で間違いないかな――。

男の低い声が聞こえてきた。

「そうだ、田臥だが……」

――千葉だ。例のメルセデスの件で、ちょっと話したい――。

昨日、車を預けた村田町の工場のオーナーからだ。

「ちょうど連絡しようと思っていたところだった。部品は手に入ったのか――」

田臥が訊いた。

――ハーネスは手に入った。それ以外のパーツも、何とかなりそうだ――。

「それで」

――新車同様に戻してくれといわなければ、今日の夕方までに何とか走れるくらいにはできるだろう――。

つまり、徹夜で作業をしてくれていたということか。

「すまない。できるだけ早く、そちらに行くよ」

電話を切った。

「例のメルセデスの件か。どうなった?」

ガレリンが食事をしながら訊いた。

「今日の夕方までには走れるようになるそうだ。それならば、今夜にはここを発《た》てる。食事が終わったら、工場に行こう」

「わかった。それならば早くこの食事を片付けちまおう」

「そうしよう」

田臥は冷えたベーコン・アンド・エッグスを口に放り込み、苦いコーヒーで荒れた胃袋に流し込んだ。

麻里恵が起きるのを待ち、ガレリンと二人でタクシーで工場に向かった。

今日は、車のことに専念しなくてはならない。夕方には終わるといっても、何時になるかわからない。それにあの千葉という男との、二人だけの話もある。

工場に着くと、メルセデスは酷い有様だった。タイヤは四本とも外され、割れたフロントガラスと前後のライトはなくなり、巨大なV8エンジンとラジエーターも下ろされていた。銃弾の穴だらけだった漆黒のボディーには灰色のパテがまだらに盛られ、それをツナギを着た若いメカニックがサンダーで磨いている。どこから見てもただの車の残骸で、これが今日の夕方までに走れるようになるとはとても思えなかった。

「これがハーネスだ。新品が手に入った。そしてこれが新しいフロントガラスと、ラジエーターだ。仲間の解体屋が同じ型のメルセデスの事故車を持っていた。フロントガラスは防弾ではないが、割れたままよりはマシだろう」

千葉が、メルセデスの周囲を歩きながら説明する。

「まるでスクラップだな。これが本当に、あと数時間で走れるようになるのか」

田臥が訊いた。

「心配しなくていい。おれたちは、予戦でクラッシュしたレースカーを翌日の決勝までに間に合わせるような作業に馴れてるんだ。ここにいるメカニックは全員、そのためのプロなんだよ」

作業は昨日もいた初老の職人風の男と、他に若いメカニックが二人。今日は千葉もツナギを着て油まみれになっていた。

全員が手際よく動いているのはわかるが、そのひとつひとつが何を意味するのかはわからない。あえていうならば、辣腕の外科医のチームが重病の患者の外科手術を行っているのを見ているようだった。田臥は手を出すこともできず、口も挿《はさ》まずに、ただ眺めているしか術はなかった。

「本当に、このメルセデスは走れるようになるのか」

ガレリンが小声で訊いた。

「彼は、だいじょうぶだといっている。いまは信じるしかないだろう」

田臥が、自分にいい聞かせるように答えた。

それでもメルセデスは、刻一刻と変化していく。いまは広いエンジンルームに新しいラジエーターが組み込まれ、上からチェーンブロックで吊られたエンジンが下ろされた。少しずつ、フランケンシュタイン博士が死体の手足を繋ぎ合わせるように車の形に戻っていく。

千葉が作業の手を休め、田臥とガレリンの方に歩いてきた。

「ところで、色はどうする。このままのブラックでいいのか」

「色……どういうことだ？」

「パテの研磨が終わったら、どっちみち全塗装しなくてはならない。白とかの薄い色は無理だが、ガンメタやピースコンくらいなら、好きなように塗れる。どうせ、手間は同じだ」

「これから塗って、夕方までに乾くのか」

田臥が訊いた。

「だいじょうぶだよ。うちの工場には大型のヒートガンが何台もある。二時間もあれば乗れる程度には乾く。まあ、仕上りは期待しないでほしいけどな」

千葉がそういって、作業に戻ろうとした。

「ちょっと待ってくれ」

田臥が、呼び止めた。

「何だ」

千葉が、振り向く。

「なぜ、おれたちにここまで協力してくれるんだ。麻里恵に、何といわれたんだ」

「別に。ただ協力してくれといわれただけさ。彼女の店に、ツケが溜まってるんでね」

千葉が口元に笑いを浮かべ、歩き去った。

その時また、ポケットの中でアイフォーンが振動した。

電話だ。おそらく室井だろう。

そう思ってディスプレイを見たが、〝非通知設定〟と表示された。

一瞬考え、電話を繋いだ。

「はい……」

だが、相手は無言だった。

「誰だ？」

——あなた……警察庁のタブセさんね——。

奇妙なイントネーションの女の声が聞こえてきた。

「あんた、誰なんだ」

だが、電話が切れた。

17

〝グミジャ〟は両手に一台ずつのアイフォーンを持ち、裸でソファーに座っていた。

右手に持つアイフォーンに、耳を傾ける。

——あんた、誰なんだ——。

男の声がそういった直後に、電話を切った。そして口元に笑いを浮かべた。

これでガレリンを護送しているのは警察庁の〝タブセ〟という男で、使っている携帯の番号もわかった。きっと〝ドッグ〟は私のことを誉めてくれるだろう。

〝グミジャ〟は右手に持ったアイフォーンで、すぐに〝ドッグ〟に連絡を入れた。

「〝イヴ〟です……。はい、いまやっと〝フラットヘッド〟から聞き出せました……。はい、ガレリンを護送しているのは警察庁公安の〝タブセ〟という男で、携帯の番号は080－3553－×××……。はい、そうです……。

それから、もうひとつ。〝フラットヘッド〟のアイフォーンにメモが入っていたのですが、この〝タブセ〟の別れた妻が仙台に住んでいるようです。住所は仙台市宮城野区榴岡《つつじがおか》××××……仙台シティータワーレジデンシャル一〇〇七号室……ホンゴウマリエ……」

〝グミジャ〟は元妻の住所と名前を告げた。

「この後、私はどうしたらいいですか……。はい、そちらに戻ります……」

電話を切った。やはり〝ドッグ〟は、私のことを誉めてくれた。

「ありがとう。〝ドッグ〟はとても喜んでいたわ。あなたに、よろしくって……」

〝グミジャ〟は、ベッドの上に裸で横たわる〝フラットヘッド〟にいった。スパイダルコのナイフで掻き切った咽の傷が、大きな口を開けて笑っているように見えた。

〝グミジャ〟はバスルームに向かい、血飛沫を浴びた体を熱いシャワーで流した。額の傷に染みるのを我慢して、シャンプーで髪も洗った。濡れた髪をドライヤーで乾かし、入念に化粧を施した。

時計を見た。もう、午前一〇時半になる。

〝グミジャ〟は、服を着た。ハンドバッグの中に自分と〝フラットヘッド〟の二つのアイフォーン、そしてこの男には用のなくなった身元を証明するすべてのものを放り込んだ。そしてハンドバッグを肩に掛け、〝フラットヘッド〟の銃の入ったアタッシュケースを手に提げ、ドアノブに〝Don't Disturb〟のプレートを掛けて部屋を出た。

〝ドッグ〟は窓辺の椅子に座り、仙台駅前の風景を見下しながらコーヒーを飲んでいた。

詩人ランボーはいった。

〈──彼を知った女たちは、すべて殺された。

狩や、飲食の後、彼は従うものをすべて殺した。

──だが、皆彼のあとを追った。

高価な動物の喉を割って楽しんだ──〉

だが、殺されたのは女ではない。喉を割られたのは、高価な動物ではない。喉を割られて殺されたのは〝フラットヘッド〟──あの豚のような男だ──。

本来ならば、もう少し利用価値のある男だった。だが、いずれは処理しなくてはならない男でもあった。予定は少し狂ったが、その分だけ手間は省けたということだ。

問題は、これからの方法だ。やり方を変えなくてはならない。

〝ドッグ〟はアイフォーンを手にし、〝連絡先〟の中からある男の緊急連絡先の電話番号を探した。

モスクワはいま、午前四時半だ。だがこの番号を知っているのは、ウラジーミル・プーチンとごく少数の者だけだ。ベルが鳴れば、〝奴〟は温かいベッドの中から起きてくるだろう。

電話の呼び出し音が鳴った。一回……二回……三回……。やはり七回鳴ったところで電話が繋がった。

——はい……ウリヤノフだ——。

ロシアCBP対外防諜局極東アジア部長アレクセイ・ウリヤノフの眠そうな声が聞こえてきた。

「アレクセイ、久し振りだな。私が誰だかわかるか」

〝ドッグ〟がロシア語でいった。

——お前は誰だ？——

「おれの声を忘れたのか。〝サバーカ〟だよ……」

——〝サバーカ〟……。まだ生きていたのか……。

それにしてもこんな時間に、何の用だ——。

「あなたの部下のガレリンが〝バード〟の機密情報を持ち逃げしたことは知っている。そのガレリンを、あなたが追っていることも知っている……」

——そんなことを、誰から聞いたんだ——。

「情報源のことなどどうでもいい。私はいま、そのガレリンの居場所を知っている。重要なのは、あなたが私に協力する意思があるかどうかということだ」

——条件は——。

「私はいま、日本の東北地方の仙台にいる。ガレリンも、近くにいる。しかし奴には、日本の警察庁の護衛が付いている」

——それで——。

「至急、専門のチームを派遣してもらいたい。人数は二人でいい」

——わかった。手配してこちらから連絡する——。

電話が切れた。

さて、奴らの居場所をどう捜すかだ。まず市内の自動車工場を当たるか。もしくは〝タブセ〟という男の元妻を当たるか……。

必ず、見つけ出してやる。

## 18

萌子は大学の研究所にいた。

だが、自分の研究はそっちのけで、ずっとF‐35について調べていた。

昨夜は一睡もしていない。でも、眠くない。おかげでF‐35に関する知識は、世界中のネット上に氾濫する軍事オタクや評論家並みにはなった。

いま萌子は、防衛省が事故の直後に発表したニュースをもう一度、パソコンで読み返していた。

〈――防衛省は空自の不明F－35を墜落と断定
10日、防衛省は太平洋上で消息を絶った航空自衛隊三沢基地（青森県）の最新鋭ステルス戦闘機F－35Aの捜索で、同機がレーダーから消えた現場海域で垂直尾翼の一部と見られる浮遊物を発見し、回収。不明機のものと確認した。F－35Aはレーダーに映りにくいステルス性能を持つが、訓練中は機体から位置情報が発信され、飛行を把握できる仕組になっている――〉

萌子が注目したのは、文中の〈――訓練中は機体から位置情報が発信され、飛行を把握できる仕組になっている――〉という部分だ。つまり事故当時のF－35Aは、ステルス機ではあってもレーダーに映る状態であったということだ。それは航空自衛隊の内部だけではなく、ロシアの戦闘機Su－30や潜水艦のレーダーも含めてという意味だ。

そして事故から一カ月が過ぎた昨日、大手各紙にこんな記事が載った。

〈――F－35墜落から一カ月
航空自衛隊三沢基地所属の最新鋭ステルス戦闘機F－35Aが墜落して一カ月が過ぎた。防衛省などによると不明機の捜索は米軍、海洋研究開発機構（JAMSTEC）の協力を得て異例の態勢で行われているが、フライトレコーダーの一部とみられる部品は回収されたものの、機体は発見されていない。F－35はアメリカを含め九か国が共同開発した最新鋭戦闘機で、いわば軍事機密の塊だ。墜落したのが公海ということもあり、もし機体がロシアや中国の手に渡れば大変なことになる――〉

萌子は、この記事にも首を傾げた。〈――フライトレコーダーの一部――〉というのは、どういう意味だろう……。

フライトレコーダーは通称〝ブラックボックス〟、正確には〝フライト・データ・レコーダー〟（FDR）と呼ばれる。機能としては航空機の電子システムに送信された命令を記録する機器で、そのデータから航空機の性能、飛行の状態、安全性の問題、乗務員の習慣などを記録する。その記録されたデータは、事故調査の際にも原因の分析と特定に使われる。

またFDRは事故調査においてきわめて重要なパーツであることから、高加速度の衝撃や高温の火災にも耐えられるように慎重に設計される。現代のFDRは、ステンレスとチタンの二重構造となっている。つまり、F－35がマッハ一・六の最高速度で海面に激突しても、〝壊れるはずがない〟のだ。

それなのになぜ〈――フライトレコーダーの一部――〉なのか。

しかも、フライトレコーダーのような小さな部品が回収されたのに、機体そのものが発見されていないこともおかしい。

本当はフライトレコーダーは無事で、データを公表できないので壊れたことにしているのではないか。それとも、本当にミサイルか何かで機体もろともバラバラに吹き飛ばされてしまったのか――。

元々F－35は、問題の多い戦闘機であったことは事実だ。今日のニュースにも、こんな記事が見つかった。

〈――中国メディア米F－35の欠陥暴露

中国の軍事紙の『新浪軍事』は、「米F－35には重大な欠陥がある」と主張する記事を掲載した。記事によるとF－35は「三日に一度しか出動できず、メンテナンスに二日かかるとしている。前線の戦闘機は一日に一・五回、月に四五回の出動を求められるが、F－35は多くても一〇回しか出撃できない――」〉

でも、こんなことは本来のF－35の持つ欠陥の内には入らない。アメリカの軍事情報を扱うニュースサイト『Defense News』は、F－35は一一の問題点を抱えていると指摘している。ひとつひとつが深刻な問題で、たとえ飛行できたとしても、F－35が実戦では使い物にならない戦闘機であることは素人の萌子にでもわかる。

日本はなぜこんな役にも立たないF－35を、一機一一六億円で一四七機もアメリカに買わされるのか。機体の購入費だけで一兆七〇五二億円。三〇年運用する維持費を加算すれば、アメリカに支払う金額は総額六兆二〇〇〇億円を超える。考えただけでも腹が立つ。

だが、いま萌子が持っている機密資料に書かれていることは、こうした公表されている問題や噂される不具合とは次元が違う。もっと、決定的な欠陥だ。

なぜならロシアの情報部は、Ｆ－35は簡単に撃墜できるといっているのだ。いや、撃墜ですらない。ミサイルなどの武器を使わずに、ちょっとした切っ掛けを作ってやるだけで、Ｆ－35は〝勝手に墜ちる〟と断言しているのだ。

そしてその方法を、この機密資料の中で詳しく解説している。Ｆ－35に関してにわか仕込みの知識しか持たない萌子にも理解できるほど、簡単かつ明確に。そしてこの方法が正しいことを、〈――近く実験を行い証明する――〉とまでいっている。

この機密資料が作成されたのは、データの日付からすると今年の一月ごろだろう。だとするとその〝実験〟というのは……。

四月九日に起きたあの三沢基地のＦ－35の事故は、やはりロシアが撃墜したのだ。この機密資料の中に書かれている方法を使って。そう考えれば、すべてに辻褄が合う。

機体はすでに、墜落地点に待機していたロシアの潜水艦が回収してしまった。だから米軍にも発見できないのだ。

運良く回収したＦＤＲには、Ｆ－35がロシア空軍に撃墜されたことを証明するデータが克明に記録されていたのかもしれない。もしその内容を公表したら、Ｆ－35の価値がなくなってしまう。アメリカの軍事的、経済的な損失は計り知れないし、日本もそんな無価値な戦闘機を一四七機も購入することを正当化できなくなる。だから日本もアメリカも、三沢基地の

F-35がロシアに撃墜されたことを隠蔽しようとしているのだ……。

萌子は自分が想像していることに気付き、怖ろしくなった。でも、いま手元にあるロシア語のF-35に関する機密資料と、これまでに起きていることのすべての情況証拠を繋ぎ合わせれば、そう考えることが最も合理的なのだ。

そもそも四月九日のあの日、なぜ三沢基地のF-35はロシア空軍の通常の飛行経路に当たる太平洋の公海上で訓練を行っていたのか。なぜ自動墜落回避システムを持つF-35が、墜落してしまったのか。F-35は、飛行中にパイロットが気絶しても絶対に墜落しないはずなのに……。

萌子の頭の中で、目まぐるしく様々な情報が交錯した。やがてひとつの結論が、導き出されていく。そしてパソコンに向かい、ものすごい勢いでキーボードを叩きはじめた。

F-35に関する機密資料を日本語に要約した報告書は、一時間ほどでき上がった。もちろん萌子は、そこから導き出される三沢基地のF-35の事故との関連性についても、ひとつの推論として書き加えた。

報告書のURLをメールに貼り付け、〝お父さん〟のスマホに送った。時計を見ると、もう午後一時を過ぎていた。

何か、食べよう……。

そう思った瞬間に、デスクに突っ伏して眠っていた。

笠原武大は、いつものように輪島市の工房長屋の塗師蔵にいた。

ちょうど昼休みを終え、師匠の小谷地宗太郎《そうたろう》と共に作業に戻ったところだった。

小谷地は笠原の以前の妻、尚美《なおみ》の父親である。尚美は数年前にある事件に巻き込まれて殺されてしまったが、笠原はいまも師弟として、小谷地とは親子のような関係を続けている。

作業に戻ってすぐに、ポケットの中のアイフォーンが何かのメールを受信したのがわかった。だが、漆塗りの作業は、始めてしまうと中断することができない。手をポケットに入れることすらできない。

まあ、いい。三時の休憩の時にでも見よう。

笠原は手元に気を集中し、椀の木地に漆を塗る作業を続けた。

## 19

メルセデス・ベンツS550ロングは、美しく生まれ変わった。

四本のタイヤはすべて新品のランフラットタイヤに交換した。

ヘッドライトとテールランプ、フロントウインドウ、ラジエーターはリビルド品だが、見た目は新品と変わらない。サイドウインドウの防弾ガラスはさすがに手に入らなかったが、弾痕と亀裂はレジンで埋めてリペアした。さすがにレーシングカーの工場だけあり、手馴れたものだ。

ボディーは、シルバーに塗った。ちょうど千葉がオーナーのレーシングチームの車のカラーリングがシルバーベースなので、ウレタン塗料の在庫があったからだ。いまはメカニックが総出で塗装をヒートガンで温め、乾かしている。

「あとはボディーを磨き上げたら終わりだ。新車同様とはいわないが、とりあえず東京くらいまでは心配なく走れるだろう。他に電装系やラジエーターのホース回り、エアサスやコンピューターの周囲には鉄板でガードを入れてある。防弾になるかどうかはわからんが、まあないよりはましだろう……」

千葉が自分の〝作品〟を目の前にして、満足そうに説明する。

完璧な仕事だ。この男は間違いなく、職人だ。

「何から何まで、済まない。この礼は、どうしたらいい」

田臥が訊いた。本来は金額を訊くべきなのかもしれないが。

「麻里恵の店のツケを払ってくれればいい。金額は、彼女に訊いてくれ」

「わかった。その条件で承知した」

この男が麻里恵の店にいくらツケを溜めているのかは知らないが、その金額がこのメルセデスの新車価格と同等だったとしても〝本社〟に払わせてやる。

午後四時半――。

すべての作業が終了した。

田臥とガレリンはメカニックの一人ひとりと握手をして、最後に千葉に礼をいった。

「世話になった」

「別に、どうということはない。おれたちにとっては、これが日常だ。麻里恵によろしく伝えてくれ」

「わかった。伝えておく」

田臥はガレリンと共に、メルセデスに乗り込んだ。

セルボタンを押して、エンジンを掛ける。四・七リッターV8ツインターボの力強いエンジン音が蘇った。オートマチックミッションをDレンジに入れる。

「それじゃあ」

田臥は小さく、敬礼した。千葉が、頷く。アクセルに足を乗せると、シルバーのメルセデスは滑るように道路へと走り出した。

「どこかでガソリンを入れていこう」

田臥がいった。

麻里恵のマンションに着いた時には、もう時計は午後六時を回っていた。

外は、まだ明るかった。だがあと二時間もすれば、出発するのにちょうどいい時間になるだろう。

地下駐車場の前日と同じ場所にメルセデスを駐めて、インターフォンを鳴らした。

――いま開けるわ――。

前日と同じように麻里恵の声が聞こえた。解錠され、自動ドアが開く。このマンションのセキュリティーは完璧だ。

エレベーターで一〇階まで上がり、一〇〇七号室のチャイムを鳴らす。チェーンロックを外す音が聞こえ、麻里恵がドアを開けた。

「遅かったわね」

麻里恵がいった。

「少し、手間取った」

田臥がガレリンと共に、部屋に入る。

「それで、あのメルセデスは」

麻里恵が訊いた。

「何とか走れるようになった。そのことでちょっと、話がある」

「二人で?」

「そうだ。二人でだ」

田臥がそういって、麻里恵の寝室のドアに向けて眴《めくば》せを送った。

二人で寝室に入り、麻里恵が後ろ手にドアを閉めた。

「何なの。旅に出る前に、契りを結ぼうとでもいうの?」

麻里恵が口元に笑いを浮かべた。

「悪くないな。しかし、残念だが、いまは時間がない。話というのは、メルセデスの件だ。千葉に修理代金を訊いたら、かわりに君の店のツケを払ってくれといわれた」

「あら、ありがたいお話……」

「それで、そのツケの金額と振り込み先の口座番号を教えてほしい」

「ちょっと待ってね……」麻里恵が自分のアイフォーンを開いた。「金額は一二七万円。一二〇万円でいいわ」

〝一二〇万円〟と聞いて、田臥は口笛を鳴らした。

「口座番号は後でメールで送るわね」

麻里恵がまた、口元に笑いを浮かべた。

最後の晩餐のかわりに麻里恵が作ったシーフードのパスタで軽い夕食をすませ、午後七時半に部屋を出た。

室井には、出発の一時間前に連絡を入れてあった。もう、マンションの駐車場の出口の路上にランドクルーザーを駐めて待っているはずだ。

四人で手分けして荷物を運んだ。最後に、ホーワM1500が入ったポリマー樹脂のライフルケースをトランクに積み込み、出発の準備を終えた。

麻里恵が、地下駐車場まで送りにきた。

「いろいろと世話になった。それじゃあ、行くよ。元気で……」

田臥が、運転席に乗り込む。

「気をつけて。これ諏訪神社の御守り、持っていって。あなたに何かあると、ツケが取れなくなっちゃうから……」

麻里恵がいった。

田臥が窓から御守りを受け取り、小さく頷いた。

メルセデスを発車させた。外は、もう暗かった。後ろから、室井が運転するランドクルーザーがついてきた。

「私のなまはげと合わせて、これで御守りが二つになった。力を合わせれば、きっと無事に東京に着けるだろう」

リアシートのガレリンがいった。

「そうだな。そう願っているよ」

これからまた、深夜の長いドライブが始まる。

20

麻里恵は田臥と仲間たちを見送り、ふと息をついた。

踵を返し、暗い地下駐車場をエレベーターホールに向かって歩く。

周囲には、誰もいない。張り詰めていたものが切れたようで、急に疲れを感じた。

どうしてあの人は、いつもああなんだろう。急に連絡してきたと思ったら、厄介事を持ち込む。さんざん私を振り回して、嵐のようにいなくなる。そしてまたしばらく……時には何年も……連絡してこない。

離婚してからもう何年も経つというのに。それをいつも受け入れてしまう私も私なのだけれども……。

田臥のことは、少し忘れよう。

時間はもうすぐ八時になる。自分もそろそろ店に行く時間だ。女の子たちには少し遅れるとはいっているけど、今日は大切なお客様が来る。

エレベーターホールに着き、電子キーをキーシリンダーに差し込む。キーを回すと、自動ドアが開く。特に意識することもない、日常の習慣……。

だが、エレベーターホールに足を踏み入れた瞬間に、ちょっとした異変が起きた。

「ちょっと待って……」

後ろから麻里恵の横をすり抜けるように、白いコートを着た女がエレベーターホールに飛び込んできた。

このマンションの住人ではない。髪の長い、綺麗な女だった。だが、頬に大きな傷がある。きっと、どこか知り合いの部屋にでも行くのだろう。麻里恵は特に気にすることもなく、エレベーターに向かった。その時また、声を掛けられた。

「あなたホンゴウマリエさんね」

「え?」

振り返った瞬間に、顔に小さなスプレーのようなものを吹き付けられた。薬品の匂いを嗅いだ瞬間、空間が歪んで、意識が飛んだ。

麻里恵は床に崩れ落ちた。

21

マップランプの小さな光の下で、アサルは地図を見ていた。

まず地図帳で大まかなルートを調べ、次にナビで現在位置と細かい道順を確認する。

楽しい作業だった。まだ学生時代、外務省の職員だった父がベルギーの大使館にいたころ、よく家族でヨーロッパ各地をドライブしたものだ。

その時、父が運転するトヨタの助手席に座って地図を見るのは、いつもアサルの役目だった。アイポッドで音楽を聴きながら。

あのころのことを思い出す。父も母もまだ若かったし、私は純真だった。

あれから一〇年――。

大学を卒業し、職をフランス国家警察、日本の警察庁と転々とする中でいろいろなことが変わった。父は二年前に外務省を定年になり、自分は身も心も汚れ、そして上着の下にはアイポッドの代わりに三二口径のSIG・P230が入っている。

「どうだ、アサル。いいルートは見つかったか」

都会の雑踏を抜け、滑るように走るメルセデスを操りながら田臥が訊いた。

「はい……。東北自動車道も常磐自動車道も回避するのであれば、やはりどこかで国道六号線に出た方がいいと思います。順調に走れれば、明日の夜明け前までには〝本社〟に着けます……」

国道六号線は、かつて東京の中央区と宮城県の仙台を結ぶ太平洋側の大動脈だった。だが、二〇一一年三月一一日の東日本大震災と福島第一原子力発電所の事故により寸断。特に福島原発から半径二〇キロ圏内の双葉郡富岡町の新夜ノ森と同浪江町に検問所が置かれ、約三〇キロが通行不能になっていた。

二〇一四年九月一五日にこの通行規制が解除。以来、自動車に限り（徒歩、自転車、バイクは不可）通行できるようになった。だが、現在も日中に地元の人間か復興工事の関係車輛が通るだけで、夜間は交通量が極端に少なくなる。

「よし、六号線を行こう。どこから入ればいい？」

田臥が訊いた。

「もうしばらくすると、この道は国道四号線に合流します。そこから六キロほど行くと、岩沼市の末広の先で六号線に分岐します。あとはそれを真っ直ぐです。それで、福島原発周辺の被災地はどうしますか。他のルートで回避するか、それとも突破するか……」

「そのまま六号線で抜けよう。その方が安全だ。室井にもそう伝えてくれ」

「了解しました」

アサルはアイフォーンを手にし、室井に電話を入れた。呼び出し音が四回鳴ったところで電話が繋がり、ヘッドセットのマイクに話す声が聞こえてきた。

――はい、室井で〜す――。

どこか、のんびりとした声だった。

「ルートが決まりました。その先は国道四号線から六号線に入ります。そのまま南下して、双葉町と大熊町の帰還困難区域も六号線で通過します」

――了解で〜す。付いて行きま〜す――。

本当に、のんびりしている。このまま東京の〝本社〟に着くまで、何も起こらなければいいのだけれど……。

だが、妙な胸騒ぎがした。

室井は電話を切り、ふと息をついた。

ランドクルーザーのステアリングを握りなおす。別に緊張しているわけでもないのに、手の平に汗が滲んでいた。

気になることが、ひとつ。

今日の午後三時のニュースで、仙台市内のホテルの一室で身元不明の男の遺体が発見されたという報道があった。年齢は五〇歳前後。遺体に刃物による傷が残っていたことから、警察は何らかの事件に巻き込まれたものとして捜査中――。

自分たちが滞在する仙台で起きた〝事件《ヤマ》〟であることを除けば、特に珍しくもないありがちなニュースだった。だが、奇妙なことに、この〝事件〟に関連する〝続報〟が午後五時からの各局のニュース番組でまったく流れなかったことだ。全国ニュースだけでなく、地方局の枠でもだ。

不審に思った室井は、この〝事件〟に関して県警本部に問い合わせてみた。すると、信じられないような回答が返ってきた。

今日の仙台市内のホテルで起きた〝殺し〟に関する報道は誤報。昨夜から今朝にかけて同ホテルでは宿泊客の病死が一件あっただけで、これは事件性は認められない。他に該当する事実は存在しない――。

またしてもだ……。

一昨日の朝、秋田県山本郡の農道で起きたトラックと高級外車二台が関係する銃撃戦。昨日未明、同じ秋田県男鹿半島の入道崎で起きたロシア軍絡みの銃撃戦。そして今日の朝、宮城県仙台市のホテルの一室で起きた身元不明の男の被害者の殺人事件。次々と、大きな〝事件〟が消されていく。

仙台の〝事件〟が今回の一件に関連しているのかどうかはわからない。まったく無関係なのかもしれないし、県警のいうとおりただの誤報だった可能性もある。いや、やはり、今回のガレリン護送の一件と関連付けて考える方が自然か……。

室井は、いろいろなことを考え込む性格だ。一度、職務中に腹を刺されて死にかけてから、何事も悪い方へ悪い方へと考える癖が付いた。そんな時ほど、人に対してわざと屈託なく装うのだが……。

いまもその悪いスパイラルに入り込んでいる。今度こそは生きて帰れないのではないかと、悪い予感がする。

だが、今回は自分から望んでここまで田臥を追ってきたのだ。いまさら、逃げ出す訳にはいかない……。

室井は右手で、ヒップホルスターに入れたGLOCK19にそっと触れた。

そしてまた、汗ばむ手でランドクルーザーのステアリングを握りなおした。


ガレリンはスピーカーから流れるドビュッシーの『月の光』を聴きながら、運転席と助手席の二人の会話に耳を傾けていた。

会話が途切れたところで、訊いた。

「福島原発の近くを通るのか」

「その予定だ」

運転席の田臥が、応じた。

「ロシア人もチェルノブイリで原発事故を経験している。我々から見れば、いまの日本政府のセシウムやストロンチウム、ヨウ素などの核汚染の基準はデタラメだ。まるで人体実験をしているようなものだ……」

旧ソビエト領のチェルノブイリで世界最大級レベル7の原発事故が起きたのは、一九八六年四月二六日のことだった。その後一九九一年にソビエトが崩壊してチェルノブイリはウクライナ領になり、事故後三〇年以上が経ったいまも、被災者は次々と命を落とし、甲状腺癌などの健康被害に悩んでいる。事故当時のソビエト政府と現ウクライナ政府の対応に問題があると批判されるが、二〇一一年三月一一日の福島第一原発事故後の日本政府のやり方に比べれば、両国のやり方は遥かに良心的だ。

「ガレリン、わかっている。本当に危険な区間は、国道六号線の僅か三〇キロほどだ。このメルセデスのウインドウと外気導入口をすべて閉じて走れば、問題はない。三〇分ほどで通過できるだろう」

「タブセ、私はあなたのことを信頼している。我々親子は一度あなたに命を預けると決めたのだから、やり方はまかせる。しかし、私の娘はまだ一五歳なのだということは、忘れないでほしい……」

「ガレリン、心配するな。私たちは命懸けであなたたち親子の命を守る。それが我々の仕事だ」

田臥がいった。

ガレリンはナオミの手を握り、ロシア語で囁いた。

「ナオミ、心配はいらない。私たちがこれ以上、不幸に見舞われることはない……」

「パパ、私はだいじょうぶよ。天国でママも見守ってくれているから……」

「そうだな。ママが私たちを守ってくれるだろう……」

ガレリンはそっとナオミの肩を抱いた。

田臥は運転に集中していた。

メルセデスの鼓動は、正確だった。エンジンは若いマラソン選手の心臓のように力強く、その走りは絹のように滑らかだった。

何も心配はいらない。我々はこのまま国道六号線に入り、深夜に福島第一原発の二〇キロ圏内を通過し、夜明けまでには東京の〝本社〟に着けるだろう。あとはガレリン親子をどうするか、外務省と内閣府の連中が決めればいい。

その時、ポケットの中でアイフォーンのバイブレーションが作動した。電話だ。

室井が用ならば、アサルの携帯に電話をしてくるはずだ。それとも、麻里恵からか……。

そんなことを考えているうちに、電話が切れた。

まあいい。後で車を停めた時に、確認してみよう。

間もなく車は、国道四号線に入った。六号線の分岐点までは、もうすぐだ。

この時また、ポケットの中でアイフォーンのバイブレーションが作動した。電話だ。いったい誰なんだ……。

だが、バイブレーションは一〇回作動し、止まった。

# 22

〝ドッグ〟は電話を切った。

どうやら奴らは忙しいらしい。

それならば、後でまたゆっくりと電話をすればいい。

アイフォーンをポケットに仕舞い、顔を上げた。目の前のルーク——戦車——の前には、二人のナイト——騎士——が立っている。

コードネームは〝リシッツァ〟(狐)と〝クローリク〟(兎)。本名は知らないし、興味もない。

二人ともカザフスタン系のロシア人だろう。〝リシッツァ〟は長身で、〝クローリク〟は背が低い。特に〝クローリク〟は北東アジア系の血が濃いのか、見た目は日本人と変わらない。カザフスタン系の男は勇敢で、金のためならば死を怖れず、ルースキエ(東スラブ系ロシア人)よりも命の値段が安い。このような〝仕事〟には理想的なナイトだ。

その横には、革のレーシングスーツに身を包んだクイーン——〝イヴ〟——が立っていた。彼女もまた、戦士の一人だ。犬のように忠実に、ある時にはその身を投げ出し、チェックメイトを阻止する術を心得ている。

そしてこのチェスのキングは、私だ。すでに敵側のクイーンは手に入れた。ロープで縛り、車の荷台に放り込んである。あとはそれを餌に敵を誘き寄せ、相手のキング――ガレリン――にチェックメイトを掛ければこちらの勝ちだ。

〝ドッグ〟は心の中で、ランボーの詩を唱えた。

〈――俺たちが、うんと強ければ、

――尻込みする奴があるものか。

うんと陽気なら、

――どじを踏む奴があるものか。

俺たちが、うんと狡猾なら、

――手出しをする奴があるものか。

おめかししろ、踊れ、笑え。

――俺には、『愛』を窓から、うっちゃる事は出来まいよ――〉

そして周囲を見渡した。

「さて、出掛けよう。そろそろ狼が眼を覚ます時間だ」

〝ドッグ〟の声を合図に、すべての駒が動き出した。二人のナイトは東京から乗ってきたジープ・ラングラーに乗り込み、〝イヴ〟はBMW・F700GSに跨り、エンジンを掛けた。

今夜はこれから、血の祝祭が始まる。

## 23

平穏な一日だった。

笠原武大はいつものように午後六時に塗師の仕事を終えて、輪島市内の自宅のマンションに戻った。

風呂上がりに缶ビールを一本飲み、妻の有美子と共に夕食を楽しんだ。いまはまたウイスキーのハイボールを片手にテレビを見ていた。

その時、テーブルの上のアイフォーンがメールを着信した。確認すると、娘の萌子からだった。

〈――お父さんさっきの私のメール読んだの?――〉

たったそれだけだ。

そうだった。ちょうど午後の休みの時間に輪島塗の大店の仕入れ担当が作品を見に来ていたので、萌子のメールのことをすっかり忘れていた。

〈――すまん、忘れていた。これから読むよ――〉

萌子に返信し、すぐに昼間のメールを探した。これだ。メールと、それに貼り付けてあるURLを開いた。

例のロシア語の機密資料の日本語訳と、その解説だ。笠原はウイスキーを飲みながら、それを読みはじめた。

〈――鳥（F-35）の秘密

序文

昨今の各国における軍事兵器開発競争は、止まることを知らない。（中略）戦闘機の開発も、その例外ではない。我が国はSu-30でアメリカのF-15、F-16に対抗、さらに第五世代のステルス機Su-57の開発も順調に進み、現在は試験飛行を行いながら一部運用するに至っている。

これに対してアメリカ帝国は、新型戦闘機F-35によって、我が国に対抗しようとしていることは知ってのとおりだ――〉

笠原はここまで読んで、テレビのスイッチを切った。

「あら、あなた……ニュースは見ないんですか」

有美子が訊いた。

「ああ……ちょっと萌子から大事なメールが来ててね。いまそれを読んでるんだ……」

上の空でそう答えた。ウイスキーを口に含み、続きを読む。

〈――（中略）なぜならF－35には、技術的に解決不可能な決定的欠陥があるからだ。そして我々は、その欠陥を正確に把握している。つまりロシア空軍は、旧型のＳｕ－30ＳＭを用いたとしても、このアメリカ帝国が誇るF－35を簡単に撃墜することができるのだ――〉

何だって？

あとはもう、文字を追う目が止まらなかった。萌子が分析した推論まで、一気に読み切った。

読み終えた時には、ウイスキーを飲んでいたはずなのに口の中が乾いていた。

これは、大変なことになる……。

笠原はすぐにアイフォーンを手にし、田臥に電話を入れた。呼び出し音が鳴った。だが、誰も出ない……。

## 24

また、電話だ。

田臥はポケットの中のアイフォーンを取ろうとしたが、また切れてしまった。

車はちょうど国道六号線に合流し、阿武隈橋で阿武隈川を渡ったところだった。

「アサル、このあたりに車を停められる所はないか」

助手席のアサルに訊いた。

「この先しばらくは道の駅のようなものはありません。コンビニかガソリンスタンドを探しますか……」

「いや、だいじょうぶだ」

ちょうど前方の左手に、コンビニの看板の光が見えてきた。田臥は速度を落とし、メルセデスを駐車場に入れた。

「休むのか」

ガレリンが訊いた。

「そうだ。この先〝フクイチ〟が近くなるとコンビニもなくなる。ここで飲み物と食料を補給しておこう」

アサルが先に車を降りて、周囲の安全を確認する。続いて室井が運転するランドクルーザーも駐車場に入ってきた。二人の合図を待ち、ガレリンとナオミも車を降りてコンビニの店内に入っていった。

田臥は車の外に出て体を伸ばした。ポケットからアイフォーンを出し、確認する。

着信履歴が三件、入っていた。一件は、笠原からだった。他に、笠原からメールが一通。

おそらく例の〝バード〟の機密情報の件だろう。

他に、連絡先に登録されていない携帯の番号からの着信履歴が二件。どちらも同じ番号からだった。

田臥はまず、笠原のメールを開いてみた。

〈——田臥様。

電話が取れないようなので、メールを送ります。まずは貼り付けたURLを確認ください。例の資料に関する萌子からのレポートです。よろしくお願いします——〉

本文はそれだけだ。

田臥はURLを開こうとした。だが、その時、またアイフォーンのマナーモードが作動した。

電話だ。例の着信履歴が二件入っていた、登録されていない携帯番号からだった。

電話に出た。

——ミスター・タブセの電話かね——。

午前中に非通知設定の電話から掛かってきた時の女の声ではなかった。男だ。聞き馴れない英語の声が聞こえてきた。

「そうだ、田臥だ。あなたは、誰なんだ」

相手が誰だかわからない。探りを入れるように、英語で応じた。

――いまは〝ドッグ〟ということにしておこう。失礼は承知だが、大切な用件で電話をさせていただいた――。

「どんな用件だか、いってみてくれ」

嫌な予感がした。

――わかった。端的にいおう。私はいま、あなたの元ワイフのマリエという女性を、ここに預かっている――。

全身に悪寒が這い上がってくるような感覚があった。それでも、冷静を装って訊き返した。

「何といったんだ。もう少しわかりやすく説明してくれないか」

電話の向こうから、くぐもるように笑う気配が伝わってきた。

――マリエという美しい女性を私が手に入れたということだよ。彼女は〝眠れる森の美女〟のように昏々と眠っている。つまり、現時点ではまだ息をしているということだ。しかし、私は、いつまでも彼女を生かしておくほど慈悲深くはない――。

「条件を聞こう……」

――最も簡単なのは、あなたがいま手元に持っているカードと交換することだ。しかし、あなたは応じないだろう――。

つまり、ガレリン親子と〝バード〟の機密情報との交換か。

「応じられないな。私も、この道のプロフェッショナルだ……」

また、ぐもるような笑う気配が伝わってきた。

——それならば、チェスで勝負を決めよう——。

「チェスだって?」

——そうさ、チェスだよ。あなたはチェスが得意かな。お互いに知恵を駆使して戦うゲームだ。あなたが勝てばクイーンを取り戻せるし、私が勝てばそちらのキングはチェックメイトを掛けられて命を取られる——。

いつの間にかガレリンが店を出てきて、両手に紙コップのコーヒーを持って立っていた。怪訝そうに、田臥の顔を覗き込む。

田臥がガレリンに頷き、電話を続けた。

「場所と時間は?」

——場所は〝地獄〟にて。チェスのゲーム開始時間は今夜、午前〇時に。詳しくはまた連絡する——。

電話が切れた。

「何かあったのか?」

ガレリンがコーヒーをひとつ田臥に手渡した。

「いや、何でもない……」

田臥はコーヒーカップを受け取った。

「何でもなくはないだろう。いまの電話は、誰と話していたんだ」

田臥は熱いコーヒーを口に含んだ。少し、気持ちが落ち着いた。

〝敵〟から電話があった。どうやら麻里恵が拉致されたようだ……」

「何だって、マリエが……」

「いま、確認してみる」

田臥は麻里恵の携帯の番号に電話をかけた。だが、圏外になっていた。仙台市内にいて、携帯が圏外になることは有り得ない。

「どうだった」

「麻里恵は電話に出ない。どうやら〝敵〟のいったことは、事実のようだ……」

「それで、〝敵〟は何といってるんだ」

ガレリンが訊いた。

「麻里恵とこちらのキングを賭けて、チェスをしようといってきた。ゲーム開始は、今夜午前〇時……」

〝キング〟の意味は、あえて説明する必要はないだろう。

「場所は」

「〝敵〟は〝地獄〟でといっている。正確な場所はまだわからない」

「それで、そのゲームを受けるつもりなのか」

「いや、受けるつもりはない。もし受けるなら、いまの〝仕事〟を終えた後に私一人でゲームの場所に向かう……」

田臥はそういって、苦いコーヒーを口に含んだ。自分のいったことが何を意味するかは、理解しているつもりだった。

「その時には、マリエは死んでいる。その〝敵〟というのは、いったい何者なんだ」

「わからない。少し訛りのある英語で話し、〝ドッグ〟と名告《なの》っていた……」

「〝ドッグ〟だって？」

「そうだ。〝ドッグ〟だ。知っているのか」

「〝ドッグ〟は〝サバーカ〟だ。やはり、あの男か……」

「どうして〝ドッグ〟と〝サバーカ〟が同一人物だとわかるんだ」

田臥が訊いた。

「〝サバーカ〟はロシア語で〝犬〟という意味だ。奴は、どこでも同じ意味のコードネームを好んで使う。シリアで活動していた時にはアラブ語で〝カルブ〟と名告っていた」

「そうか、敵はやはり〝サバーカ〟という男か……」

「だとしたら、私もそのチェスのゲームに参加しないわけにはいかなくなる。なぜなら〝サバーカ〟は、私の妻の真澄を殺した男だからだ」

「ガレリン、それは無理だ。私は、あなたとナオミを、東京まで無事に届けなくてはならない」

「いや、無理ではない。タブセ、あなたはいま、私の気持ちを理解できるはずだ」

その時、アサルとアイスクリームを持ったナオミが戻ってきた。

「後で話そう。とにかくここを移動した方がいい」

田臥はメルセデスに乗り、エンジンを掛けた。

## 25

どこからかワグナーの『ワルキューレの騎行』が聞こえてくる。

私は、どうなったのだろう……。

麻里恵は朦朧とした、断片的な意識の中で考えた。

体が揺れているのは、何か乗り物に乗せられているからなのかもしれない……。

手足が動かないのは、ロープのようなもので縛られているからなのかもしれない……。

あたりが暗闇で、息苦しいのは、目も口もガムテープのようなもので塞がれているからなのかもしれない……。

頭が割れるように痛い……。そして吐き気がする……。

私は、どうなるのだろう……。

記憶がなかった。田臥たちを見送ったことまでは何となく覚えているのだが、その後のことを何も思い出せない。なぜ自分がこうなったのか、わからない……。

ただ、ひとつだけ、これだけはわかる……。

自分はきっと、死ぬのだ……。殺されるのだ……。

そう思ったら悲しくて涙が溢れてきた。

混濁した意識の中で、田臥の顔が浮かんだ。

あの人と係り合うと、ろくなことにならない……。

## 26

〝ドッグ〟は常磐自動車道を南下した。

右手でBMW・X5のステアリングを握り、ワグナーの旋律に合わせて左手を指揮棒のように振りながら、アクセルを踏み込む。

後方からは二人のナイトが乗るジープと、我らがクイーンが駆るバイクのライトがぴったりと付いてきている。

さて、時間は九時半になろうとしている。チェスの試合開始までは、あと二時間半だ。

そろそろ、コロシアムの場所を決めなくてはならない。願わくば人の邪魔の入らない、広大な荒野。数多《あまた》の血を吸うに相応しい、地獄――。

〝ドッグ〟はランボーの詩を口ずさむ。

〈――時よ、来い、
ああ、陶酔の時よ、来い。

よくも忍んだ、
覚えもしない。
積る恐れも苦しみも
空を目指して旅立った。
厭な気持に咽喉は涸れ
血の管に暗い蔭がさす。

ああ、時よ、来い、
陶酔の時よ、来い――〉

その時、〝ドッグ〟の頭に素晴らしい考えが閃いた。

そうだ、あの場所だ。あの場所ならば誰の邪魔も入らない。正に数多の血を吸うに相応しい地獄だ。

〝ドッグ〟は南相馬鹿島サービスエリアの標識を見つけ、速度を落とした。本線から、入口に逸れる。ナイトのジープとクイーンのバイクも後に続いて入ってきた。

閑散とした駐車場の外れにBMW・X5を停め、助手席のタブレットで地図を開いた。やはり、そうだ。ロシア語で書かれた地図の車の海岸線上に、チェルノブイリ原発と同じ赤黒い〝×〟印が記されている。

〝フクシマ〟原発だ。そう遠くない所を通過することは知っていたが、思ったよりも近い。いま我々がいるこのサービスエリアからでさえ、四〇キロほどしか離れていない。

しかもその周囲には、広大な立入禁止区域の荒野が広がっている。特に夜間は、ほとんど無人だ。ここからなら常磐自動車道の浪江インターチェンジで下りれば、一時間も掛からない。先手を取ることができる。

〝ドッグ〟は口元に笑いを浮かべた。

チェスのゲームを楽しむには、理想的なコロシアムだ。

〝ドッグ〟は車を降り立ち、周囲にナイトとクイーンを集めた。そして告げた。

「コロシアムが決まった。ここから南東に四〇キロ先の、無人の荒野だ……」

原発事故による放射性物質の汚染を怖ろしいとは思わなかった。自分は長年、ウクライナで暮らし、チェルノブイリの放射性物質を体に浴びている。

全身を癌に蝕まれながらも、こうして生きているのだ。

## 27

常磐線の坂元駅は、宮城県の最南に位置する駅である。

旧坂元駅は二〇一一年三月一一日に発生した東日本大震災の大津波で消失し、現在は高架の上に新しい駅舎が建っている。周囲には広いロータリーと、駐車場も整備されていた。だが、間もなく午後一〇時になろうとするこの時間は、駅は閑散として人気がない。

駐車場には、数台の車が駐まっていた。その中の一台は、シルバーのメルセデスだった。

田臥はメルセデスを降り、駐車場と広いロータリーを横切る。駅の階段を上り、反対側に下りて、その前の路上に駐まっている白いランドクルーザーの助手席に乗った。

車内には、すでに室井、アサル、ガレリン、ナオミの全員が集まっていた。

「田臥さん、それで、場所は決まったんですか」

運転席の室井が訊いた。

「いま〝ドッグ〟から連絡が入った。ここでやるそうだ……」

田臥がアイフォーンにショートメールで送られてきた地図を見せた。地図上の福島原発の位置を中心として国道六号線の東側、浪江町、双葉町、大熊町、富岡町の一部が赤く塗られ、〝Ｃｈｅｓｓ Ｂｏａｒｄ〟（チェスボード）と書かれている。

〈——本日深夜〇時にこのデッドゾーンにて待つ。第三者の侵入を確認した場合には、ゲームセット。あなたのクイーンには最も残酷な方法で制裁を与える。

ＤＯＧ——〉

本文はそれだけだ。

「ここは、原発事故の帰還困難区域じゃないですか……」

室井がいった。

「そうだ。敵の〝ドッグ〟という男は、ここに深夜〇時に来いといっている……」

田臥が溜息をつく。

「どうするつもりですか」

「まったく、ノーアイデアだ」

「無理をせずに〝本社〟に応援を頼みませんか。その方が安全ですよ」

「〝本社〟というのは日本の警察庁のことかな。だとしたら私は賛成できない」

ガレリンはすでに、〝本社〟が警察庁を意味する隠語であることを知っている。

「なぜだ」

田臥が訊いた。

「私は〝サバーカ〟のやり方をよく知っている。あの男がマリエを最も残酷な方法で殺すというなら、そうするだろう」

そういうことだ。もしマリエを諦めるならば、このまま〝ドッグ〟という男を無視して東京まで走ればいい。

「それならば〝ドッグ〟という男のいうとおりに、これからそのデッドゾーンに向かいますか。我々、全員で……」

アサルがいった。

「いや、ナオミはだめだ。娘をそのデッドゾーンに入れるわけにはいかない……」

「しかし、ナオミを一人で置いていくわけにはいかないだろう」

「私が護衛に残りましょうか。車は二台あるんだから、ナオミさんと二人で、少し離れた場所で待つか……」

室井がいった。それを聞いて、ナオミが首を横に振った。

「私は嫌……。パパとは離れない。一緒に行くわ……」

ガレリンも、さすがに何もいえなかった。ナオミの肩を抱き、ただ黙って頷いただけだ。

無理もない。ナオミの母親の真澄が殺されてから、この親子は運命共同体として、ここまで命懸けで生きてきたのだ。異国である日本で父親のガレリンと引き離されることは、いまのナオミにとってすべてを奪われるに等しい。

「ひとつ、提案があります……」

後部座席のアサルがいった。

「何だ」

「はい、私とナオミがここで別行動を取るというのは、どうでしょう。いまネットで調べたのですが、この坂元駅から二二時一二分発の仙台行きの列車があります。二人でそれに乗って仙台から新幹線で東京に向かってもいいし、ランドクルーザーを使えるなら、先回りしてどこか適当な場所で彼女を護衛しながら待っています……」

そして傍らのナオミにいった。

「ナオミ、どうかしら。私と一緒ならば、怖くないでしょう」

確かにアサルとナオミが別行動を取るのが、最も合理的な手段なのかもしれない。そうすればナオミの安全を確保できるだけでなく、アサルも含めて二人を放射性物質で汚染された危険地帯に入れなくてすむ。だが、ナオミは、ガレリンとアサルの間で何もいわずに怯えている。

「他の方法を考えた方がよさそうだ……」

「待ってください。私とナオミと、二人で話させて。ナオミ、私と一緒に車の外に行きましょう。冷たい空気を吸えば、きっと気分が良くなるわ……」

アサルがドアを開け、車の外に出た。ナオミも頷き、その後に続いた。

二人は車から少し離れ、駐車場の照明の下に立って話しはじめた。車内に声は聞こえてこない。

二人が何を話しているのかはわからない。しばらくしてナオミが首を横に振り、か細い体をアサルが抱き締めた。そのまましばらく、二人は動かなかった。

だが、そのうちに、アサルの胸の中でナオミが小さく頷いたように見えた。そしてアサルがナオミの肩を抱きながら、車の方に戻ってきた。

「ナオミと話が決まりました。私たちはここで別行動を取って、どこかで待ちます。できれば、このランドクルーザーを借していただけると助かります」

車に乗り、アサルがいった。

「ガレン、それでいいか」

田臥が後部座席を振り返った。

「私に、異存はない。アサルのことは、タブセと同じように信頼している。ナオミを安心して託せる」

「室井は」

「私は、もちろん……。このような時のために、東京から追ってきたのですから……」

声が、かすかに震えていた。田臥を見る視線も泳いでいた。だが、いまはこの男を信頼するしか他に術はない。

「それならば、行動を開始しよう。もうあまり時間はない」

「行きましょう」

アサルと室井が、運転を替わった。ランドクルーザーを発車させ、駅舎の反対側のロータリーに向かう。駐車場に入り、男三人がメルセデスに乗り替えた。

田臥は馴れた運転席に座り、セルボタンを押した。四・七リッターV8ツインターボのエンジンが、静かに目覚める。

メルセデス・ベイズ・ザ・カー。

やはり、メルセデスこそが車だ。

その時、また、ポケットの中でアイフォーンのマナーモードが作動した。電話だ。

田臥はアイフォーンを出し、電話を確認した。〝ドッグ〟からではなかった。〝本社〟の厚木課長からだった。

いまさら、何の用だ……。

「誰からですか」

助手席の室井が訊いた。

「厚木課長からだ。室井の方に電話が行くかもしれないから、出ないでくれ」

「わかりました……」

田臥は電話を切り、厚木の携帯番号を着信拒否に設定した。

「さあ、ロックンロールだ」

メルセデスのギアを入れた。

## 28

厚木はもう一度、田臥の携帯に電話を掛けた。

今度は呼び出し音ではなく、単調な通知音が鳴るだけだった。

一度電話を切り、今度は室井の携帯に掛けた。やはり、こちらもか。耳障りな通知音を繰り返すだけだ。

緊急の用件があるというのに、あいつらはいったい何をやってるんだ……。

厚木はいま、仙台厚生病院の暗いロビーにいた。この時間は受付カウンターも、待合室にも誰もいない。

田臥と室井に連絡を取るのをあきらめ、厚木は無人の待合室のソファーを立った。エレベーターに乗り、地下に下りる。暗いリノリウムの床の廊下を歩き、まだ明かりの漏れている解剖室のドアを開けた。

室内には四人の男たちがいた。解剖を担当する監察医の近藤義則《こんどうよしのり》と、助手を務める村上幸雄《むらかみゆきお》。他に東京から駆けつけた〝本店〟刑事部の担当者、角田勝《つのだまさる》と井上明彦《いのうえあきひこ》の二人の警視の姿もある。

いや、正確にはもう一人。解剖台の上には〝本店〟刑事部長の大江寅弘が横たわっていた。喉元が大きく割れ、その赤黒い肉の中にまるで水道管のような食道と気管の切り口が覗いている。すでに白濁し、薄く見開いたまま固まった双眸は、人生の最後に何を見たのだろうか。

「それでは、説明を始めさせていただきます……」

青い手術着に身を包み、マスクとゴーグル、ラテックスの手袋を着けた近藤が、厚木が入室するのを待って解説を始めた。

「まず死亡推定時刻ですが、本日午前九時から一〇時ごろ。すでに死後一二時間以上が経過していると思われます。死因は見てのとおり、この喉元の切傷でしょうね。かなり深く、大きなもので、食道と気管は完全に切断されています。頸椎の六番には刃物による傷も残ってました。頸部の左側のこのあたりから、右側のここまで一気に切り裂いたんでしょうね。鋭い刃物を使って、こんな風に……」

近藤は手にしていたボールペンを右手に持ち、自分の喉元を掻き切るような仕種をやって見せた。

「すると、後ろから殺られた可能性もあるな……」

本社の角田が目の前の人間の首に左腕を回すようなポーズを取り、やはり持っていたペンでその喉元を掻き切るように右腕を動かした。

「ということは、〝犯人《ホシ》〟はやはり〝女〟だな……」

井上がいった。すでに大江が泊まっていた部屋からは、女の長い髪や陰毛が発見されている。ホテルの防犯カメラには、大江の部屋に出入りする白いコートを着た背の高いアジア系の女の姿も映っていた。

「〝凶器〟の特徴はわかりますか」

角田が訊く。

「両刃の鋭い刃物ですね。刃渡りは、一〇センチ以上。ただ、背後からこう切ったとすると……」近藤がまた掻き切る仕草をした。「刃の入った角度からしてそう長い刃物ではないですね。長くても、一二センチ以下。まあ軍用のナイフかサバイバルナイフのようなものだとは思いますが、頸椎に残っていた傷刃の角度が一六度と剃刀のように薄いんですよね。犯人は、自分で研いだのかな……」

厚木は黙って、三人の会話に耳を傾けていた。つまり〝犯人〟は、〝プロの女〟だということだ。

一人だけ、思い当たる女がいた。二年前、京都の板倉勘司邸で起きた〝事件〟の時に、〝現場《ゲンジョウ》〟から逃走した〝北〟の工作員の女だ。ホテルの防犯カメラに映っていた女とも、特徴が一致している。

だが、今回の一件になぜあの女が……。

「ところで、薬物は何か出てませんか。特に、ドラッグや睡眠薬のようなものは……」

「いろいろ出ましたね。いま検査結果をお見せしますので。村上君、例の表をプリントアウトしてくれないか」

「はい……」

近藤にいわれ、助手の村上が検査結果の表をプリントアウトした。厚木も一部、それを受け取った。

血中から何種類かの薬物が検出されている。その中には大江が常用していた高血圧や糖尿病の薬の成分もあるが、厚木の目に止まったものが三点……。

ひとつは、ベンゾジアゼピンだ。トリアゾラム（商品名ハルシオン）などで知られる睡眠導入剤、向精神薬の成分で、依存症、奇異反応、離脱症状などの副作用がある。日本では第三種向精神薬に分類されるもので、一般には入手できない。もちろん大江が処方されていたということも有り得ない。

二つ目のシルデナフィルクエン酸は、肺動脈性肺高血圧症の治療薬の一種だ。いやそれよりもＥＤ（勃起不全）の治療薬バイアグラの主成分としての方が有名だろう。大江がどちらの効果を期待して服用したのかは、想像するまでもない。

三つ目は、バルビツール酸だ。麻酔薬の一種で一般には静脈に注射されるが、ＬＳＤと並び自白剤としても用いられることで知られる。大江の腕の静脈にも、注射痕が残っていた。

さらに薬物ではないが、血液中に高濃度のアルコールが残存していた。おそらく大江は、天国にいるような快楽を味わっていたことだろう。喉を切り裂かれた時もそれほど痛みを感じなかったろうし、もしかしたら自分が殺されたことにも気付かなかったかもしれない。

これだけの事実を繋ぎ合わせれば、昨夜から今日の午前中にかけて何が起きたのかを推理することは難しくない。大江は仙台のホテルに宿泊し、部屋に女を呼び入れ、薬漬けにされて酒とセックスに溺れた。

そして翌朝、その女に鋭利な刃物で喉元を掻き切られて死んだ……。

だが、〝内閣の番人〟とまでいわれた〝本店〟の辣腕刑事部長の大江が、なぜ……。

「他に、何かご質問は？」

近藤が訊いた。

「いや、私は別に……」

〝本店〟の角田が厚木に視線を向けた。

「私も、特には……」

大江が死んだことさえ確認できれば、それで十分だった。

厚木は〝本店〟の二人と共に解剖室を出た。時計はすでに、午後一〇時半を回っていた。

三人で暗い廊下を歩き、駐車場に向かう途中で角田が話し掛けてきた。

「それにしてもなぜ、〝本社〟の厚木さんがここにおいでになったんですか?」

慇懃《いんぎん》な訊き方だった。

「最近、大江さんと同じ案件に係っていたものでね」

「そうだったんですか……。知りませんでした……」

角田はそれ以上、詮索しなかった。だが、大江の側近であり秘書でもある角田が、今回のガレリンの一件を把握していなかったわけがない。

次は、厚木が訊いた。

「ところで、解剖までずい分時間が掛かったな。大江さんの遺体が発見されたのは昼ごろだと聞いたが」

報告では大江の遺体が発見されたのは今日の一二時二〇分ごろ。部屋のドアに〝Don't Disturb〟の札が掛かっていた。だが、チェックアウトの時間が過ぎてもフロントに現われなかったのでホテルの従業員が不審に思い、部屋を確認したところ、大江はすでにベッドの上で全裸で死んでいた。

「ちょっと訳ありで、部長は偽名でホテルに部屋を取っていたんですよ。それに、身元を確認できるものが、部屋に何も残っていなかったもので……」

〝訳あり〟というのは便利な言葉だ。

「部長は身分証も何も持っていなかった、ということかね」

「そうです。〝本店〟の手帳も免許も財布も、〝現場〟には何もありませんでした。おそらく〝犯人〟が、すべて持ち去ったものと思われます。

結局、県警が〝現場〟に残っていた指紋を照会して身元が割れたんですが、それで時間が掛かりましてね……」

つまり、敵は時間稼ぎがしたかったということなのか。

それにしても遺体が発見されてから解剖が始まるまで、九時間以上。時間が掛かりすぎている。つまり、〝本店〟としても大江の死を表沙汰にしないために工作する時間が必要だったということか。

大江の死に関しては〝本社〟でも〝本店〟でも箝口令《かんこうれい》が敷かれ、いまだにマスコミも報道していない。いずれ〝本店〟と内閣府の態勢が整ったところで、大江の件は病死、もしくは事故死として発表されるだろう。

いずれにしても田臥には一刻も早く連絡を取らなくてはならない。それに、室井だ。あいつも田臥を追うといって出たまま、いったいどこに行ったのか……。

「厚木さんはこれからどうしますか。我々は県警の方に向かいますが……」

「私は宿を取ってあるので、そちらへ。明日、県警の方に顔を出すかもしれませんが、どっちみち午前中の新幹線で東京の〝本社〟に戻ります」

「そうですか。お疲れ様でした。それでは、ここで……」

〝本社〟と〝本店〟のどこか余所よそしい腹の探り合いは終わった。

厚木は夜間通用口から病院を出て、待たせていたタクシーに乗った。

## 29

夜の風は素敵だ。

バイクのアクセルを開け、風に嬲られていると、全身にエクスタシィが突き抜けていくようだ。

嫌なことを何もかも忘れ、自分一人になることができる。

〝グミジャ〟は、深夜の国道六号線を走っていた。仲間とはぐれ、一人で。

〝ドッグ〟の命令を帯びていた。奴らのメルセデスを捕捉しろ――。

福島第一原発の〝D〟ゾーンは広大だ。〝獲物〟が、どこから入ってくるかはわからない。

だが、〝D〟ゾーンに入るためには必ず国道六号線を越える。先に獲物の動きを捕捉すれば、チェスを有利に運ぶことができる。

黒いメルセデスS550ロングを探せ――。

だが、〝獲物〟のメルセデスは傷付いている。もしかしたら、他の色に塗り替えている可能性もある。

それでも、見逃すことはない。いま、この時間に、他に国道六号線を走るメルセデスなどいるわけがない。それに〝グミジャ〟は、あのメルセデスのナンバーが目に焼き付いている。

――品川88・な43－〇〇――。

〝グミジャ〟は一度見たナンバーを忘れない。人間の顔も忘れない。それは祖国の労働党三号厩舎で英才教育を受けていた時に、まず最初、徹底的に叩き込まれた工作員としての習性だ。

さらに、動体視力だ。その能力でも、〝グミジャ〟は同期の中で飛び抜けていた。だからバイクを駆使する特殊精鋭部隊の隊員に選ばれた。

隊員のほとんどは、激しい訓練で死んだ。女で生き残ったのは〝グミジャ〟だけだ。だから標的のメルセデスに遭遇したら、絶対に見逃さない。お互いに時速一〇〇キロですれ違っても、一瞬でナンバープレートを識別する。

〝グミジャ〟はいまも一台の対向車とすれ違った。一瞬で、視界の片隅を掠めていく。大型乗用車だった。だが、メルセデスではない。ナンバーも違う。

その直後にもう一台。今度はトラックだった。もう一台、トラック……。

この時間、国道六号線の交通量は少ない。特に福島第一原発の事故現場からおよそ三〇キロの地点、南相馬市の原町を過ぎたあたりからほとんど車を見かけなくなった。

〝グミジャ〟は福島第一原発のある双葉町を通り過ぎ、〝D〟ゾーンを外れる富岡町まで来たあたりでバイクをUターンさせた。そしてまた仙台方面に向かって北上する。

この道は、放射性物質で汚染されている。だが、この夜の風の中をバイクで走ることを怖いとは思わなかった。あの〝祖国〟の地獄に比べれば、怖いものなど何もない。

また原町を通過し、相馬市まで戻ってきた。だが、メルセデスは見つからない。その時、対向車が一台……。

メルセデスではない。白いランドクルーザーだった。瞬間、ナンバーを見た。

——品川88・さ72-〇〇——。

その数字が、〝グミジャ〟のある記憶と一致した。

なぜ……。

あれは、田臥の元妻のマンションに潜伏していた時に、駐車場の外の路上に駐車していた車のナンバーだ。あの時から、なぜ品川ナンバーの車が仙台にあるのか、おかしいとは思っていた。

〝グミジャ〟はバイクにブレーキを掛けた。

深夜の国道でターンし、白いランドクルーザーを追った。

30

闇の中に、白く巨大な壁が聳えていた。

壁は、まるで世界を分かつ山のように、延々と続いている。

闇の向こうには、数多の命を呑み込んだ海がある。こちら側には、魑魅魍魎の気配の息衝《いきづ》く殺伐とした荒野が広がっている。

「いったい、この壁は何なんだ……」

ガレリンが、ヘッドライトの光芒に浮かび上がる壁を見つめながらいった。

「防潮堤だよ。津波を防ぐために、この壁を作っているんだ。これが岩手県から宮城県そして福島県にかけて、四〇〇キロも続いている……」

田臥が説明すると、ガレリンが呆れたように溜息をついた。

「中国人は北方の異民族の侵攻から国を守るために万里の長城を築いた。それと同じか。日本人は次にいつ来るともわからない津波のために、この壁を作ったのか……」

「そういうことだ」

「我々には理解できない。国を守るのか、人の命を守るのかは知らないが、これだけ莫大な金を注ぎ込んで大規模な自然破壊をするなど狂っている……」

「もし、ロシア人ならば？」

田臥が訊いた。

「敵が攻めてくるなら国民を楯にして戦う。そして敵の命と領土を奪う」

「津波ならば」

「自然の脅威にはかなわない。抵抗せずに波に流されて死ぬだろう。もしくはその土地を捨てて逃げるだろう」

ロシア人としては、それが代々受け継がれてきた彼らの生き方なのだろう。だが、助手席の室井がいった。

「でもね、日本はロシアのように国土が広くないんだ。だから津波にすべてを流されても、原発事故で汚染されても、生まれ育った土地を簡単には捨てられないんですよ……」

それも、正論だった。確か室井は、福島県の出身だったはずだ。

防潮堤に沿って進む。周囲に、人家の明かりはない。ただ時折、二〇一一年三月一一日の津波に取り残された廃墟の残骸が、亡霊のように前方から後方へと通り過ぎていく。

「もう、〝デスゾーン〟には入っているのか」

ガレリンが息を潜めるように訊いた。

「もうそろそろだ……」

田臥がナビを確認しながら答えた。

海岸線の道を進む。浪江町から、双葉町に入った。間もなくヘッドライトの光芒の中に、アコーディオン式フェンスのバリケードが浮かび上がった。

田臥はその前で車を停めた。フェンスにはチェーンが巻かれ、南京錠が掛けられていた。

前面にはパイロンが置かれ、片側に立て看板が置かれている。

〈――通行制限中
この先　帰還困難区域につき　通行止め
原子力災害現地対策本部　双葉町――〉

それだけだ。人はいない。こんなゲートが双葉町に入るすべての道に置かれ、その中に自分の家がある者も帰れなくなっている。

「ここだな……」

田臥がナビを確認する。

静かだ。敵の気配はない。

「原発まであと一〇キロくらいですかね。どうしますか」

室井が訊いた。

時計を見る。すでに一一時五〇分を過ぎていた。

「入ろう。鍵を壊してゲートを開けてきてくれ」

「嫌ですよ。敵が近くにいたら、狙い撃ちだ……」

室井は、動こうとしない。

「わかった。おれが開けてくる」

田臥が上着を脱ぎ、車を降りた。ホルスターからGLOCK19を抜き、ヘッドライトの光の中をゲートに歩み寄る。闇の中に聞こえるのは、メルセデスのエンジン音だけだ。

フェンスの前に立ち、チェーンに掛けられた南京錠に銃を向けた。

乾いた銃声と金属音が響き、チェーンが吹き飛んだ。ゲートを開け、車に戻った。

「さあ、行こうか……」

運転席に座り、銃をホルスターに入れた。

「タブセ、もし予備があるのなら私にも銃を一丁、貸してくれないか。ライフルでもいい。

腕には自信がある」
ガレリンがいった。
「それは無理だ。あなたの命は、我々が守る……」
ギアを入れ、アクセルを踏む。
一一時五五分、メルセデスは静かにデッドゾーンに侵入した。
〝ドッグ〟はランボーの詩を思い浮かべる。

〈──時よ、来い、
ああ、陶酔の時よ、来い。

よくも忍んだ、
覚えもしない。
積る恐れも苦しみも
空を目指して旅立った。
厭な気持に咽喉は涸れ
血の管に暗い蔭がさす。

ああ、時よ、来い、
陶酔の時よ、来い。――〉

〝ドッグ〟は防潮堤の上に車を停めた。

窓を開け、背後からの波の音に耳を傾けながら、眼下の広大な闇を見渡した。

冷たい潮風が心地好い。この風が、体を蝕む悪魔に汚染されていることなどまるで嘘のようだ。厭な気持ちに咽頭が涸れることも、血の管に暗い陰がさすこともない。

時計を見た。

陶酔の時は、間もなくだ。あと数分で午前〇時の鐘を打つ。

奴らは来るのか。それとも来ないのか。もし来ないのならば、荷台に積んである女を切り刻んで悪魔の生け贄として捧げるだけだ。そうすれば腹を減らした野犬やキツネが、肉をきれいに掃除してくれるだろう。

その時、〝ドッグ〟は小さな異変に気付いた。ちょうど真北の方角に、何かの光が見えた。車のヘッドライトだ……。

〝ドッグ〟はアイフォーンを手にし、〝クローリク〟を呼んだ。

――はい、〝クローリク〟です――。

「私だ。奴らが来たらしい。北の方角だ」

――はい、こちらからも見えています――。

「攻撃しろ。吹き飛ばせ」

――了解しました――。

電話を切り、〝ドッグ〟は口元に笑いを浮かべた。

ワグナーが流れるオーディオのボリュームを上げた。


〝クローリク〟――ムフタール・アリバゾフ――は電話を切り、ジープの助手席に座る〝リシッツァ〟――アフマド・ラキシェフ――に声を掛けた。

「〝獲物〟が来たらしい。あのこちらに向かってくる光がそうだ。早いところ、片付けちまおう」

「ああ、見えてる。おれが殺るのか」

〝リシッツァ〟が顎鬚を撫でながら訊いた。

「決まってるだろう。おれは〝運転手〟で、お前は〝兵士〟だ」

実際に〝クローリク〟の本職は在日ロシア大使館付きの運転手で、今回の〝仕事〟は小遣い稼ぎの割のいいアルバイトのようなものだ。〝リシッツァ〟は元ロシア兵士上がりの車のブローカー兼〝密輸屋〟で、〝クローリク〟が誘った。いま使っているこのアメリカ製のジープも、〝リシッツァ〟の仲間の窃盗団が盗んできたものだ。

「わかった。おれが殺るよ……」

〝リシッツァ〟はそういうと、手にしていたＡＫ－74の銃身の下に装着してあるＧＰ－25グレネードランチャーの砲身にVOG-25弾を込めた。それを持ったままジープの荷台に立ち、こちらに向かってくる車のライトの光を狙って照準を合わせた。

〝クローリク〟は、両手で耳を塞いだ。距離は、約三〇〇メートル。GP-25の射程圏内だ。

「ポイデム(行くぜ)……」

〝リシッツァ〟がロシア語でいった。

次の瞬間、重い爆発音と共に、グレネード弾が夜空に弓を描く光跡を残して飛び去っていった。

31

インパネのデジタル時計の数字に、すべて〇が並んだ。

午前〇時……。

アサルはランドクルーザーのステアリングを握りながら、深夜の国道六号線を南に向かっていた。

すでに車は浪江町と双葉町の境界線付近を通過し、およそ三〇キロの規制区間に入っていた。周囲は、人の気配のない漆黒の闇だ。その闇の中に、金網で囲まれ、草木に埋もれはじめたガソリンスタンドやコンビニの廃墟がゴーストタウンのように並んでいる。

だが、ペースが上がらない。前方の大型ダンプに、道を塞がれている。泥だらけのダンプのスモールランプが暗く、荒れた路面に土埃が舞っているのでなかなか追い越せない。

もうひとつ、気になることがあった。先程から後方にバイクが一台、五〇メートルほどの車間を空けてぴたりと尾いてくる。最初は片側のヘッドライトが壊れた車だと思ったのだが、あれは確かにバイクだ。

国道六号線の規制区間は、バイクは通行禁止のはずだが……。

アサルは助手席に視線を移した。ナオミはシートの上で膝を抱え、考え事をするように闇を見つめている。

「ナオミ、だいじょうぶ？」

アサルが声を掛けた。ナオミが振り向き、笑顔を取り繕う。

「私はだいじょうぶよ……」

「気分は悪くない？」

「ええ、平気……」

原発事故現場に近い高濃度汚染地帯とはいっても、セシウムやストロンチウムが目に見えるわけではない。体で感じるわけでもない。だから放射能汚染は恐ろしい。

バックミラーを見た。まだあのバイクは尾いてくる。

「ナオミ、足を下ろして摑まってて」

「どうしたの？」

「少し飛ばすから」

ナオミがシートから足を下ろし、窓の上のアシストグリップを摑んだ。アサルはその瞬間に、アクセルを踏んだ。

同時に、ステアリングを右に切る。対向車線に出て、前を走るダンプを追い越す。だがランドクルーザーの二トンを超す巨体に二・八リッターのディーゼルターボでは、思うように加速してくれない。

クラクションを鳴らしながら、アクセルを踏み込む。パッシングをしながら、対向車のトラックが向かってきた。ぎりぎりのところで前のダンプを抜き、対向車を躱《かわ》した。左側の車線に戻り、息を吐いた。

バックミラーを見た。あのバイクはいない……。

だが、そう思ったのも束の間だった。すれ違ったダンプと大型トラックの隙間から、バイクのライトの光がロケットのような勢いで飛び出してきた。

光が背後に迫る。車間を数メートルの距離まで詰めて、アサルの運転するランドクルーザーを追尾してきた。

あのバイクは、私たちを狙っている……。

アサルは運転しながら、ホルスターのＳＩＧ・Ｐ２３０を抜いた。

## 32

午前〇時になった。

ゲーム開始の時刻だ。

そう思った時だった。左前方の空に、奇妙な光が見えた。その発光する飛翔体が、すさまじい速さでこちらに向かってきた。

何だ、あれは……。

田臥がそう思ったのと同時に、ガレリンが叫んだ。

「危ない、逃げろ！」

反射的に、ステアリングを切った。メルセデスが回転し、道路脇の荒地に突っ込んだ。直後、間近で炸裂音が上がり、紅蓮の炎焰が視界に広がった。

「何だあれは！」

田臥は叫びながらアクセルを踏み続けた。

砂塵と爆発物の破片が、頭上から降り注ぐ。前が見えない。方向がわからない。ドラム缶のようなものにぶつかり、弾き飛ばした。

「あれはカスチョールだ！　逃げろ。また来るぞ！」

ガレリンが叫ぶ。

「何だそれは！」

「グレネードランチャーだ！　また狙われるぞ！　ライトを消せ！」

「わかった！」

田臥は、ライトを消した。一瞬で、周囲が暗闇になった。

「また飛んできた！」

室井が叫んだ。

「どっちだ！」

「右です！」

田臥がステアリングを切り、闇雲にアクセルを踏み込んだ。近くでまた、グレネード弾が炸裂した。

「うわぁ！　糞ったれ！　いったい何だってんだ！」

「落ち着け！　ライトを消せば、敵には見えない！」

ガレリンが叫ぶ。

「そんなことといっても、何も見えないんだよ！」

田臥は、アクセルを踏んだ。何かに乗り上げ、乗り越えた。

それでもかまわずに走り続けた。

「ガレリン！」

「何だ！」

「リアシートを倒せ！　トランクに、ライフルが入っている！　そのナイトビジョン（暗視スコープ）を外して取ってくれ！」

「わかった！」

ガレリンがリアシートの背もたれを倒した。トランクルームとの仕切りを開ける。

「だめだ、ライフルのケースが大きすぎて出ない！」

「いいから出せ！」

「また撃ってきたぞ！」

室井が叫んだ。

グレネード弾が、夜空に上がった。これまでのものよりも弾道が高く、光跡が明るい。そして軌道が頂点に達した時に、まるで巨大なストロボのように真白な閃光が輝いた。

周囲が一瞬、真昼のように明るくなった。

「閃光弾だ、また来るぞ！」

風を切る低い音を唸らせながら、次のグレネード弾がメルセデスに向かってきた。

「ニザルスト！　ニザルスト！（やった！　やった！）」

〝リシッツァ〟が手にしたAK－47を夜空に突き上げ、ジープの荷台で踊った。

「本当に、当たったのか。おれには当たったように見えなかったぞ」

〝クローリク〟がいった。

「当たったさ。間違いない」
「もう一発、閃光弾を撃って確かめてみろよ」
「閃光弾は一発だけだ。グレネード弾も、あと一発しかない……」
「仕方ないな。しばらくしたら、ここから降りて見に行ってみるか……」
「その前に、一服させてくれ」
〝リシッツァ〟が助手席に座り、〝DEATH〟(死)という名前のイギリス製のタバコを銜え、火をつけた。
〝ドッグ〟は防波堤の上で、すべてを見守っていた。
〈――堤防に落下する大河の震動、
船尾に渦巻き、斜面を疾駆し、
激流を通過し、不思議な光と化学の新しさとにより、
谷の竜巻、流れの竜巻に囲まれて、
旅行者らが運ばれる――〉
まるでランボーの詩の一節を戯曲で再現したかのような光景だ。
大河の震動、不思議な光、谷の竜巻は止んだ。荒野はまた、元の闇に包まれた。旅行者ら

は、どこに運ばれていったのか――。

いまは荒野に点々と、グレネードランチャーの残火が灯るだけだ。

さて、ガレリン。お前が生きているのか死んだのか、私も確かめに行くとしよう。

〝ドッグ〟はBMW・X5のギアを入れ、防潮堤の急な斜面を下った。

## 33

〝アサル〟は背後に迫るバイクの動きに注視した。

バックミラーの中で、ライトが揺れる。少し離れたと思うと、また迫ってくる。完全に、狙われている。

アクセルを踏み込む。だが、思ったように加速しない。

バイクが右側から追い越しをかけてきた。

「サキーフ！（糞）」

アサルはステアリングを右に切った。ランドクルーザーが、大きく揺れる。

バイクが、ぎりぎりで躱した。距離が離れる。だが、また一瞬で追いついてきた。

逃げ切れない……。

「ナオミ、摑まってて！」

叫んだ瞬間、急ブレーキを掛けた。

あのバイクを、潰してやる！

〝グミジャ〟はその瞬間を待っていた。

体重移動で、ランドクルーザーを躱した。同時に左手でウエストのホルスターからベレッタM92を抜いた。〝フラットヘッド〟から奪った銃だ。

ランドクルーザーの右側に並んだ瞬間、ベレッタを乱射した。

その時、運転席の女の顔が見えた。知っている。警察庁の、あの女だ……。

対向車線を走り抜ける。背後でランドクルーザーがバランスを崩し、道路脇のフェンスに突っ込んで消えた。

〝グミジャ〟はブレーキを掛け、バイクを路肩に停めた。右手に銃を持ち替え、弾倉を抜き捨てる。新しい弾倉を装塡した。

目の前を、先程の大型ダンプが轟音と共に走り過ぎた。

銃をホルスターに仕舞い、バイクをターンさせた。

ランドクルーザーが消えたあたりに戻った。

## 34

周囲には円筒形の黒いビニール袋が、まるで壁のように積まれていた。

中に入っているのは、原発事故で核汚染された放射能残土だ。

荒れた道はその黒い壁の間に、碁盤の目のように入り組んでいる。田臥はライフル用の暗視スコープを覗きながら、放射能残土の間をメルセデスでゆっくりと進んだ。ライトはすべて、消している。

ナイトビジョンの視界は、モノクロームだ。放射能残土の不気味な黒い壁と、その間に続く荒れた白い路面。だが、この高い壁に囲まれた迷路の中で息を潜めているしか、いまはどうにもならない。

時折、壁の向こうをエンジン音と共に車のヘッドライトの光が通り過ぎていく。こうしていても、いつかは敵に発見されるだろう。

「さっきの〝カスチョール〟とかいうのは、いったい何なんだ……」

「だから、グレネードランチャーだといったろう。おそらくGP-25、〝カスチョール〟というのは愛称で、〝焚き火〟という意味だ。カラシニコフの銃身の下に装着する小型のグレネードランチャーだ……」

ガレリンは、後部座席でナイトビジョンを外したM1500ボルトアクションライフルを抱えている。

「なぜそんなものが日本にあるんだ」

田臥が訊いた。

「わからんね。しかし、〝サバーカ〟の背後にロシアのCBPがいるのだとすれば、特に不思議ではない。麻布のロシア大使館の地下倉庫には、もし日本と戦争が始まったら数時間以内に国会議事堂と皇居を占拠するだけの武器弾薬が備蓄されているはずだ」

外交特権を明文化した国際法に〝ウィーン条約〟という多国間条約がある。その外交特権の中に、条約に加盟する各国の大使館は、駐在国に物品を持ち込む際に正規の税関検査を受けないという文言が記されている。この特権を利用し、ロシアや中国の大使館が日本に大量の武器を持ち込み、大使館や各地の領事館内に備蓄していることは〝本社〟でも暗黙の了解だった。

だが、大使館内は治外法権だ。日本であって、日本ではない。戦争にでもならなければ警察捜査の手が介入できないことも、〝ウィーン条約〟によって明文化されている。

「ところでガレリン、そのライフルをこちらに渡してくれないか」

「返さないと銃刀法違反で逮捕しますよ」

田臥と室井がいった。

だがガレリンはライフルを抱えたまま、首を横に振った。

「断わる。これは外交特権だ。私にも自分で命を守る権利がある」

正直なところ、そんなことで仲間割れをしている場合ではない。

「その銃を扱えるのか」

「あたり前だろう。私はロシアの男だぞ。一〇歳の時から銃を手にしている」

「わかった。勝手にすればいい」

一八三六年二月から三月にかけてのアラモの戦いでテキサス反乱軍の指揮官ウイリアム・トラヴィスは、「銃を撃てる者は女子供でも戦え」と命令したそうだ。その結果、当時のメキシコ共和国軍を相手にほぼ玉砕したのだが。いずれにしてもいまは、一人でも戦力がほしい時だ。

「いいんですか、田臥さん。こんなことがバレたら、〝本社〟に帰ってからまた始末書ですよ」

室井が皮肉った。

「かまうもんか。始末書は書き馴れている……」

だいたい、いまは〝本社〟に無事に帰れるかどうかすら怪しいものだ。始末書のことなど、どうでもいい。

田臥は放射能残土で囲まれた迷路の中を、ゆっくりとメルセデスを進めた。前方の十字路を、一瞬、敵の車のヘッドライトらしき光が猛スピードで横切っていった。

「しかし、タブセ。こちらから攻撃しなくては、いつまでたってもマリエを取り戻すことはできないぞ」

ガレリンがいった。

「そんなことは、わかってる……」

そうだ。そんなことは、いわれなくてもわかっている。

だが、どうすればいいんだ……。

こちらの武器は9ミリのオートマチックが二丁、30－06のライフルが一丁。このメルセデスが一台に、男が三人。それだけだ。

たったそれだけの戦力で、グレネードランチャーまで持ち出してきた相手とどのように戦えばいいのか……。

「田臥さん……」

室井がいった。

「何だ」

「やはり一度、ここは脱出しましょう。そして〝本社〟の応援を頼みましょう。その方がいい。そうしないと全員、生きて帰れませんよ……」

「だめだ。逃げるくらいなら、最初からここには来ない」

もし逃げれば、麻里恵は確実に殺される。それも、とてつもなく残酷な方法で……。

「タブセ、私にひとつ提案がある」

ガレリンがいった。

「聞こう」

「車のライトからすると、敵は二台の車で行動しているらしい。それなら我々も、ここで二手に分かれたらどうだ。その方が戦いやすい」

「こちらは車が一台しかないんだぞ」

我々の車は、このメルセデスだけだ。もう一台のランドクルーザーは、アサルが使っている。ここに呼ぶわけにはいかない。

「もちろん、わかっている。一人が、この車を降りる。そういうことだよ」

ガレリンは、何をいってるんだ……。

「わかってるのか。外は放射能残土の山なんだぞ。しかもここは福島第一原発の事故現場から、数キロしか離れていないんだ。こんなところでこの車を降りたら、どうなると思っているんだ」

「別に、すぐに死ぬわけじゃない。原発事故の直後に日本の政治家もいっていたじゃないか。〝直ちに影響はない〟とね」

「一人で車を降りて、どうやって戦うというんだ」

「私は、ロシア人だ。死を怖れない。それに、一人の方が戦いやすい。このライフルがあれば、いくらでも戦う方法はある」

「田臥さん、ガレリンさんがそういっているなら、やらせてみたらどうです」

室井が他人事のようにいった。

「だめだ。危険すぎる」

だが、次の瞬間、リアドアが開いて閉じる音が聞こえた。

しまった、と思った時には遅かった。田臥は、車を停めた。だが、リアシートにいたはずのガレリンが、消えた。

「室井、探せ」

「こんな所で外に出るの嫌ですよ」

「糞！」

田臥はメルセデスの外に出た。ナイトビジョンで、周囲を探す。だが、放射能残土の土嚢の間に消えたガレリンの姿は、見つからない。

探しても無駄だ。

車の運転席に戻った。

「ともかくここを離れよう」

あとは、運を天に委《ゆだ》ねるだけだ。


〝ドッグ〟はBMW・X5を降りて、荒れた大地の上を歩いた。

周囲には、まだ点々とグレネードランチャーの残火が燻《くすぶ》っていた。このあたりが、一発目の着弾地点だ。

五〇メートルほど先にも、残火が見える。二発目の着弾点だ。その左手が三発目。だが、奴らのメルセデスの姿はない。

逃げられたか……。

まあいいだろう。時間はある。こちらがクイーンを握っている限り、奴らがこのデスゾーンから外に出ることはない。

〝ドッグ〟は車に戻り、エンジンを掛けた。

ガレリンは、自分が今日、黒い服を着ていることを神に感謝した。この姿で闇に紛れ、黒いビニール袋の放射能残土の間に身を隠して行動すれば、〝サバーカ〟の一味に発見されることはない。

ガレリンは一九九九年春のある夜のことを思い出していた。

当時、ガレリンは、CBP分析・情報局の対東アジア中国課に在籍し、ロシアの企業カザン・ヘリコプターの営業マンというカバーを得て天津に赴任していた。表向きの〝仕事〟はヘリコプターとその部品のセールスだが、本来の任務は中国北東部の航空設備とヘリコプターの運行、技術的レベルの調査などだった。

だが、ある密告者によって、ガレリンの身分が露呈。中国での生活を捨て、天津から単身逃亡するはめになった。

あの夜は、最悪だった。当時、付き合っていた徐欣怡《シュシンイー》という女と部屋で休んでいるところを中国の公安警察に踏み込まれ、二階のベランダからパジャマにガウンを羽織っただけで脱出した。

三月だというのに真冬のように寒く、足には靴下しか履いていなかった。武器といえるようなものは、寝室から飛び出す時に摑んだペーパーナイフが一本だけだ。

ガレリンは凍て付く深夜の天津を逃げた。自転車を盗み、廃墟の瓦礫の中に身を潜め、最終的に未明にゴミ収集用トラックのコンテナに身を潜めて市内から脱出できたことは好運だった。後から考えれば、あの欣怡という女が密告者だったのだが。

あの天津の夜に比べれば、今夜はまだましな方だ。私はちゃんと服を着ているし、靴も履いている。手には30－06のボルトアクションライフルを握っているし、周囲の放射能汚染は中国の生ゴミほど臭くない。

ガレリンは車の走れる広い通路を避け、放射能残土を積み上げた山の隙間を駆けた。途中で何かに躓《つまず》いて倒れ、また起き上がって走る。次に広い場所に出た時に、左手に何かの光が見えた。

車だ。タブセのメルセデスはライトを消している。敵の、車だ。

ガレリンはビニール袋に詰め込んだ放射能残土の土嚢に身を隠し、走ってくる車を狙った。日本の車は、輸入車であっても大半が右ハンドルだ。二つの光の間の左上、ちょうど運転席のあたりに照準を合わせた。

車が近付くのを待った。あとはロシア人として、ロシア人らしいことをするまでだ。

一発で仕留めてやる……。


〝リシッツァ〟はジープの助手席で揺られながら、考え事をしていた。

自分が撃ったグレネード弾は、手応えがあった。確かに当たったと思ったのだが……。

ところが現場に行ってみると、奴らの車は跡形もなかった。

軍隊を除隊してから、もう一〇年以上はカスチョールを撃っていなかった。腕が落ちたのか。それとも、奴らのドライバーの腕が勝れていただけなのか。

「なあ、ムフタール、奴らはどこに消えたのかな……」

運転している〝クローリク〟に話し掛けた。

「おい、この〝仕事〟が終わるまでは本名で呼ぶなといっただろう。奴らがどこに消えたかなんて、知るかよ。まだ、このあたりのどこかを逃げ回っているはずだ……」

〝クローリク〟が怒ったように答えた。

「それにしても奴らのドライバーは、なんでこんな暗闇の中をライトも点灯せずに運転できるんだ……」

〝リシッツァ〟がいった。

「きっとサムライかニンジャみたいな奴が運転してるんだろう。そういう日本人は、コウモリのように闇の中でも動けるんだ。前に、盲目の剣士が何十人もの敵を切り倒す日本映画を見たことがある……」

「日本人というのは、どうもわからない。それにしても、この両側に高く積まれたビニール袋みたいなものは何なんだ。近くに牧場なんてないから牧草じゃないよな……」

「お前は何も知らないんだな。これは原発事故の……」

〝クローリク〟がそこまでいった時だった。前方で銃声が聞こえ、同時に〝クローリク〟の頭が吹き飛んだ。

「ウワァー」

〝リシッツァ〟は助手席から、蛇行するジープのステアリングを摑んだ。だが、ジープは放射能残土の山を駆け上がり、宙に飛んで横転した。

カラシニコフを抱え、横転したジープから這い出した。体を強く打っていたが、大きな怪我はしていないようだった。

〝クローリク〟は、頭を吹き飛ばされて死んでいた。ここにいても無駄だ。

敵の第二弾が、倒れたジープのヘッドライトを砕いた。

〝リシッツァ〟は胸で十字を切り、銃声がした方にカラシニコフを乱射した。

結果を確かめることなく、逆方向に逃げた。

〝ドッグ〟は銃声を聞いた。

最初に一発。間を置いて、もう一発。そしてさらに、連続して十数発……。

最初の二発の大口径ライフルの音には、聞き覚えがあった。男鹿半島の入道崎で、上陸したロシア兵の一人を吹き飛ばしたあのライフルの音だ。次の連射は、聞き慣れたカラシニコフの音に間違いない……。

つまり、〝クローリク〟と〝リシッツァ〟がガレリン一行と交戦したということだ。だが、その後は銃声が聞こえない。

どちらかが、どちらかの駒を奪ったのか？

それともすでに、決着したのか？

ここからでは何もわからない。

まあ、いい。行ってみよう。

〝ドッグ〟は銃声の聞こえた方に向かって、ステアリングを切った。

35

遠くで銃声を聞いたような気がした。

錯覚だったのかもしれないし、本当に聞こえたのかもしれない。

〝グミジャ〟はランドクルーザーが消えた場所に立っていた。フェンスが破れ、その先に水路のような浅い川が流れていた。土手に、車が落ちたような轍が残っていた。

だが、あのランドクルーザーは見えない。川底に沈んだのか。いや、こんなに浅い川に沈むわけがない。

川の中を下流に向かって逃げたのか……。

遠くに、光が見えた。このあたりはゴーストタウンだ。人家の明かりはないはずだ。あれは車のライトの光かもしれない。

〝グミジャ〟はＢＭＷ・Ｆ７００ＧＳのアクセルを開け、クラッチを繋いだ。

川に沿った土手の上の道を、下流に向かった。

〝アサル〟は川の中を走っていた。

ランドクルーザーが大きく揺れる。

深みにはまり、水がボンネットの上まで押し寄せる。ヘッドライトの光が、水没する。それでもディーゼルエンジンのランドクルーザーは止まらない。

助手席を見た。ナオミは表情を恐怖で引き攣《つ》らせながらも、体でバランスを取っている。

フィギュアスケート選手の身体能力は、さすがだ。

土手の角度が緩やかな場所を見つけた。あそこしかない……。

「アッラー……」

ステアリングを右に切り、アクセルを踏み込む。ランドクルーザーが轟音と共に浮上した。

土手を斜めに駆け上がり、飛んだ。

川沿いの道に上がった。歩道の車止めを薙ぎ倒す。

前方に、橋があった。その道を、右に曲がった。

周囲は、無人の街だ。誰もいない廃墟が並ぶ闇の中に、ランドクルーザーのアクセルを踏んだ。

アサルはその時、自分の体の異変に気が付いた。脇腹に、激痛が疾った。

怪我をしたらしい。右手をステアリングから離し、脇腹に触れた。べっとりとした何かが、手に付着した。

右手を見た。赤黒く見える液体。それが自分の血であることを理解するまでに、そう時間は掛からなかった。

撃たれたらしい。ドアを貫通した銃弾が、脇腹に当たった。

アーマー(防刃ベスト)は、ナオミに着せてある。自分は、無防備だった。弾が、体の中に入っている……。

アサルは、ランドクルーザーのアクセルを緩めた。

「ナオミ、聞いてちょうだい……」

「はい……」

ナオミが大きな目で、アサルを見た。

「どうやら私は、撃たれたらしいわ。お腹に、弾が当たったの……」

「え……」

大きな目が、さらに大きくなった。

「だいじょうぶ……。ドアの鉄板を貫通した弾が当たったから、それほど傷は深くないと思うわ……。まだしばらくは、運転していられる……」

「……」

ナオミは何かをいおうとしたが、言葉を呑んだ。

「でも、これだけはいっておくわ……。もし私が運転できなくなったら……私とこの車を捨てて逃げて……」

痛みが、だんだん強くなってきた。いまは激痛と鈍痛が入りまじり、脇腹で早鐘を打つように強弱を繰り返している。

アサルが続けた。

「逃げる時には、西に向かって……。いま進んでいる方向から、右の方に……。そうすれば、さっきの国道六号線に出るわ……。走ってきた車を止めて、助けてもらって……」

「はい……」

ナオミが、アサルを見つめながら頷いた。

それにしても、あのバイクの女がなぜ……。

あの女は確かに、京都の板倉邸にいた〝グミジャ〟という〝北〟の工作員だ。フルフェイスのヘルメットを被っていたので顔は見えなかったが、まったく同じBMWのバイクに乗っていた。間違いない。

なぜ、〝北〟の工作員が今回の一件に絡んでいるのか……。

アサルは額に滲み出る脂汗を腕で拭った。

自分の体のことを、冷静に分析した。呼吸が、荒くなってきている。全身に、力が入らない。出血性ショックなのか、貧血なのか、意識が朦朧としはじめた……。

もう、それほど長く運転できないかもしれない……。

疲れた……横になりたい……。

その時、バックミラーの中で何かが光った。光は、どんどんこちらに向かってくる。あのバイクの女だ……。

追い付かれる……。

「ナオミ、摑まって！」

アサルは左手でサイドブレーキを引き、ステアリングを切った。タイヤがロックしてスライドする。重心の高いランドクルーザーが大きく揺れ、路上で一八〇度方向を換えた。ホルスターから、ＳＩＧ・Ｐ２３０を抜いた。ウインドウを下ろし、右手を出して銃を構えた。

これはジハードだ。

「ナオミ、伏せて！」

アサルは銃を連射しながら、走ってくるバイクに向かって突進した。

## 36

銃声が聞こえた。

最初に大口径のライフルの銃声が二発。

直後に、サブマシンガンのようなフルオートの連射音――。

田臥は長年の経験から、最初の二発は30-06のライフル弾、続く連射は２２３クラスのアサルトライフルの銃声と判断した。

「ガレリンが、どこかで敵と交戦したようですね……」

室井が声を潜める。

「そのようだな……」

何か起きたのか。ガレリンが〝勝った〟のか。それとも、死んだのか……。

「距離はそれほどないかもしれませんよ。銃声の大きさからすると、一〇〇メートルか二〇〇メートルか……」

「方角はわかるか？」

田臥が訊いた。

「左斜め後方ですね。私にはそう聞こえましたが……」

室井が、肩越しに後方を指さした。

「行ってみよう。銃を用意して、窓を開けてくれ」

「わかりました……」

運転席と助手席側のパワーウインドウを下ろした。仕方がない。このデッドゾーンで大気を直接体に浴びることは自殺行為だが、防弾ガラス越しに銃を撃つことはできない。

ガレリンもいっていたではないか。

ただちに影響はない……。

田臥はナイトビジョンを目に当てながら、慎重にメルセデスを走らせた。放射能残土を積み上げた壁に沿って進み、次の角を左に曲がった。その先に、何かの光が見えた。

「何の光だ……」

「さあ……。車のヘッドライトのようですが……」

田臥はさらに、その先の土塁の角を左に曲がった。ここで目からナイトビジョンを外した。

前方に、何かがある。

「車か?」

「だと思いますけど……。何か変だな……」

光が、動かない。放射能残土の壁の側面を照らしている。

「前方を狙え。行ってみよう……」

「はい……」

田臥と室井は、窓から銃を出してゆっくり前進した。

しばらく行くと、情況がわかってきた。土塁の壁の間にジープのような車が横倒しになり、行く手を塞いでいる。

車のこちら側に、何かがある。田臥は二〇メートルほど手前まで近付き、メルセデスのライトをつけた。人が倒れていた。

「誰かが倒れている。死んでいるようだな……」

「ガレリンではないようですね……」

その時、突然、後ろのドアが開いた。田臥と室井が同時に背後に銃を向けた。

ガレリンが後部座席に滑り込んできた。

「私だ。撃つな。敵の車はあのジープの二〇〇メートルほど先にいる。ここから離れよう」

ガレリンが大きく息を吐いた。

「あの男は、死んでるのか」

田臥はメルセデスのギアをRに入れ、後ろに下がった。

「頭が吹き飛んでいるんだから、死んでるんだろうな」

「あなたが殺したのか」

「そうだ。ロシア人は銃を扱えるといっただろう」

田臥はバックで元の角まで戻り、方向を変えて防潮堤の方に進んだ。

「あの男が〝サバーカ〟なのか」

田臥が訊いた。

「違う。見たこともない男だ。あのジープにはもう一人乗っていたが、逃げられた。その男が、グレネードランチャー付きのカラシニコフを持っている……」

「その男は生きているのか」

「生きている。別の車に拾われるところを見た。暗くて色はわからなかったが、ドイツ製のSUVだ」

「他に、敵の車は？」

室井が訊いた。

「いまのところは見ていない。おそらく、その一台だろう」

ガレリンが答える。

「それなら〝サバーカ〟という男も、麻里恵も、そのドイツ製のSUVに乗っているということか……」

田臥がいった。

「おそらくな。だとしたら、我々と奴らは五分五分だ……」

ガレリンが膝の上に置いたライフルを撫でた。

「一気に勝負をつけるか」

「悪くない。それならば、そのナイトビジョンを貸してほしい。このライフルにナイトビジョンを装着すれば、有利に戦える」

田臥は、少し迷った。だが、ガレリンのいっていることは間違っていない。

「使ってくれ」

手にしていたナイトビジョンを渡した。ガレリンはそれを、M1500に取り付けた。

「私はここで降りる。奴らの車を、あの防潮堤の上に誘き出してくれ」

ガレリンは車から降り、また放射能残土の山の中に姿を消した。

「我々も行くか」

田臥はメルセデスのライトをつけ、防潮堤に向かった。

## 37

〝グミジャ〟は走るバイクから手を離し、両手でベレッタを構えた。

今度こそ仕留めてやる……。

向かってくるランドクルーザーを狙い、連射した。

相手も撃ってきた。その一発が肩に当たり、もう一発がヘルメットの側頭部を掠めた。

だが、止まらない。ベレッタの9ミリパラベラム全弾一三発を撃ち込み、激突する寸前で右に躱した。

瞬間、ランドクルーザーも右に方向を変えた。

フォッ！！！

バイクを倒した。ランドクルーザーのタイヤに触れ、回転した。そのまま路面に叩き付けられながら、飛ばされた。

〝グミジャ〟は起き上がった。割れたヘルメットを脱ぎ捨て、髪を落とす。

空になったベレッタの弾倉を抜き捨て、最後の弾倉を装塡した。

前方で、ランドクルーザーがターンするのが見えた。こちらに戻ってくる。

馬鹿な……。

ゴーストタウンの路上の中央に立ち、足を開く。

轟音と共に向かってくるランドクルーザーに、ベレッタを撃ちまくった。

アサルは立ちはだかる女に向かって、アクセルを踏んだ。

轢き殺してやる——！

ラジエーターに、何発か着弾したのがわかった。

次の瞬間、ボンネットから水蒸気が吹き出した。

前が、見えない……。

エンジンが異音を発し、速度が急激に落ちた。だめだ、止まる……。

アサルはランドクルーザーを横に向け、道が塞ぐように停めてエンジンを切った。

「ナオミ、逃げて！」

「はい！」

ナオミが助手席のドアを開けて、闇の中に走った。アサルはそれを見届けて、パワーウインドウを開けた。ドアを楯にして、三〇メートル先の女に向けて撃った。だが弾が切れ、SIG・P230のスライドが後退した状態で止まった。

糞……。

ホルスターから新しい弾倉を抜き、入れ替えた。スライドを戻して女を狙う。だが、その時ドアを貫通した弾がアサルの右胸に当たった。

体が、シートの上に崩れ落ちた。

アッラー……。

視界が歪み、意識が落ちた。

手応えがあった。

〝グミジャ〟は、銃を下ろした。

相手は、もう撃ってこない……。

銃撃が止む直前に、車から誰かが降りて逃げるのが見えた。暗くてよくわからなかったが、おそらく若い女だ。

ガレリンは、自分の娘を連れているらしい。あの女が、そうかもしれない……。

〝グミジャ〟はランドクルーザーに銃を向けながら回避し、闇に紛れて逃げた女を追った。

確か、こちらの方だ。この路地に逃げ込んだと思ったのだが……。

周囲はブロック壁に囲まれ、廃墟が並んでいた。〝グミジャ〟は弾の尽きたベレッタを仕舞い、右手にスパイダルコのナイフを握った。小娘一人、このナイフで十分だ。

ベルトからLEDライトを抜いた。その先で闇を照らしながら、路地の奥へと進んだ。

あの小娘を、どうしてやろうか。もしガレリンの娘だとしたら、殺してしまうのは惜しい。このナイフで死なない程度に切り刻み、裸にして縛り上げ、〝ドッグ〟への手土産にしよう。

それがいい……。

〝グミジャ〟は撃たれた左肩をナイフを握った右手で庇い、足を引き摺りながら路地を歩いた。

「仔猫ちゃん……どこに行ったの……」

ロシア語がわからないので、日本語でいった。

間もなく路地が、高い金網のフェンスで行き止まりになった。その前に少女が一人、立っていた。こちらを、見つめている。

「ここにいたのね……」

〝グミジャ〟はライトで少女を照らした。

何て美しい少女なのだろう……。

ナイフを後ろ手に隠し、歩み寄った。

「あなたガレリンの娘ね」

だが、少女は怯えた目で〝グミジャ〟を見つめるだけだ。

「怖がらなくてもいいわ……。私が、助けてあげる……」

立ち止まり、微笑んだ。

ナオミの頭の中に、メンデルスゾーン作曲の『夏の夜の夢』が流れていた。

昨シーズンまで、フィギュアスケートのSP（ショートプログラム）の使用曲として、一日に何十回も聴いていた曲だ。

冒頭のダブルアクセルのシーン。曲がそこまで進んだ時に、体が自然に反応した。

〝グミジャ〟がナイフを出そうとした時、奇妙なことが起きた。

少女の体が高く舞い上がり、まるで独楽のようにくるくると回転した。

何⁉

少女の体が、〝グミジャ〟の視界から消えた。

38

双葉警察署に福島第一原発の当直室から一一〇番通報が入ったのは、五月一二日の午前〇時一〇分だった。

――午前〇時ごろ福島第一原発の近くで、何らかの爆発音が聞こえたという報告があった――。

「原発内で何か事故が発生したのか――」

電話を受けた佐久間《さくま》巡査長が訊くと、通報してきた当直員はこう答えた。

――第一原発内で事故、もしくは何らかの異常が起きたという報告は上がってきていない。爆発音は、施設の外部かららしい――。

「爆発音が聞こえた地点は、どのあたりなのか――」

――福島第一原発の北方、おそらく数キロの地点だと思う。何らかの発光体が夜空に上がるのを見たという者もいる――。

「こちらで調べてみます……」

佐久間はそういって、一一〇番通報の電話を切った。

実は、この手の通報は意外と多い。原発の周辺は立入禁止区域だが、日中は防潮堤の工事関係者や放射能残土を処理する作業員が日常的に出入りしている。時には肝試しなのか愉快犯なのか、深夜に立入禁止区域を車で走り回ったり、花火を打ち上げて喜ぶ者もいる。いずれにしても所轄の人間は、夜が明けて原子力災害現地対策本部の許可を取るまでは中に入れない。

「一応、〝上〟に報告だけは入れておくべきか……」

佐久間は同僚の松本《まつもと》巡査に相談し、県警の担当者と〝本社〟の原子力関連施設警戒隊の窓口に報告を入れた。

〝本社〟公安課長の厚木範政の元にそのニュースが届いたのは一一〇番通報から一五分後、同日の午前〇時二五分ごろだった。

仙台市内のビジネスホテルで寝る前に、〝本社〟からの連絡事項に目を通していたところに、一報が入ってきた。

〈――12日午前〇時一〇分、福島県双葉郡大熊町の福島第一原発当直室より所轄の双葉警察署に緊急通報あり。双葉署より本社原子力関連施設警戒隊に報告。午前〇時ごろ、原発の北数キロの地点で何らかの爆発事案発生か。現在、情報を収集中――〉

メールは〝サクラ〟の部下、安田からのものだった。安田には、田臥とガレリンの一行が竜飛崎を出発して以来、東京までのルート上――その可能性のある地域――で起きた不審な案件についてすべて報告するように命じてある。これまでにも秋田県山本郡の農道で起きたトラックの横転事故と銃撃戦、翌日の未明に男鹿半島の入道崎で起きた銃撃戦、そして昨日の大江寅弘殺害事件と、田臥とその一行の移動に関連すると思われる案件が三件、続いていた。

厚木が東京を出てからは、安田に二四時間態勢で情報を収集、報告するように命じてあった。そこに引っ掛かってきたのが、この福島第一原発近くで起きた不審な爆発に関する報告だった。もし田臥たち一行が昨夜、仙台を発って東京に向かったのだとしたら、その時間に福島第一原発の近くを通っていたとしてもおかしくはない。

厚木は、時計を見た。すでに午前〇時を過ぎている。いまから自分が行って、間に合うのかどうか……。

アイフォーンを手にし、田臥と室井に電話を入れた。やはり、どちらも出ない。

厚木は考えた末に、もう一度スーツを着た。

## 39

田臥は、放射能残土の土嚢が積まれた十字路でメルセデスを停めた。

息を潜める。敵は、どこから来るのか……。

その時、アイフォーンの耳障りな震動音が聞こえてきた。電話だ。一〇回鳴って、切れた。

その直後に、室井がアイフォーンを手にした。光るディスプレイを見つめ、いった。

「また厚木課長から電話ですね……」

「放っておけ」

「急用なのかもしれませんよ」

「かまうもんか」

室井が着信を拒否し、アイフォーンをポケットに戻した。

田臥は前方に聳える巨大な防潮堤を見つめた。その白い壁面が、舞台の幕が上がるように闇に白く浮かび上がりはじめた。

車のライトの光だ。奴らが、来る……。

「来るぞ……」

「はい……」

次の瞬間、左手から強い光が差した。銃声。メルセデスのボディーが弾けるように、連続して着弾音が鳴った。

「うわぁー！」

田臥はアクセルを踏み込んだ。メルセデスの巨体が蛇行しながら、闇の中を突進する。

ライトをつけた。目の前に、防潮堤の壁が迫っていた。

フルブレーキングで、防潮堤に沿って右に曲がった。だが、道はない。杭を薙ぎ倒し、車体がバウンドした。

それでもアクセルを踏み込む。後方から、敵の車も迫ってきた。

「糞！」

室井が窓から銃を出し、後方に向かって撃った。

「撃つな！　無駄だ！」

田臥はステアリングを左に切った。リアタイヤが、土と砂塵を掻き上げる。

メルセデスは車体をスライドさせながら段差でバンパーを吹き飛ばし、防潮堤の壁面を斜めに駆け上がった。

防潮堤の頂上で、飛んだ。カタパルトで離陸するように、視界に夜空が広がった。

メルセデスは鳥のように宙を舞い、着地した。防潮堤の上は、道路になっていた。

アクセルを、床まで踏み込む。V8ツインターボが、吼える。メルセデスは猛獣のように、彼方に煌々と輝く巨大建造物の光に向かって加速した。

「田臥さん、あれは福島原発ですよ！」

室井が、叫んだ。

「わかってる!」

バックミラーを見た。敵の車も防潮堤の上に駆け上がり、追ってくる。だが、その距離がどんどん離れていく。

追いつけるものなら、来ればいい。

前方の福島第一原発の光が、見る間に迫ってきた。


ガレリンは土嚢の上に肘を乗せて固定し、M1500ボルトアクションライフルを構えた。

この黒いビニール袋の中には、高セシウムの放射能残土が詰まっている。だが、そんなことはどうでもいい。いまは、あの〝サバーカ〟を殺ることが先決だ。

だが、タブセのメルセデスと〝サバーカ〟の乗ったBMWのSUVは、防潮堤の上を走り去っていく。

だめだ、タブセ……それでは、ライフルで狙えない……。

ガレリンはナイトビジョンから目を離し、体から力を抜いた。ライフルを起こし、立った。

ライフルを手に、防潮堤の斜面を上った。遠くに、巨大な廃墟の明かりが見えた。二台の車は、闇の中に消えた。

タブセ、戻ってこい……。

心の中で、呼びかけた。

〝ドッグ〟はBMW・X5のステアリングを握りながら、ランボーの詩を呟く。
〈――堤防に落下する大河の震動、
船尾に渦巻き、斜面を疾駆し、
激流を通過し、不思議な光と化学の新しさとにより、
谷の竜巻、流れの竜巻に囲まれて、
旅行者らが運ばれる――〉
この巨大で馬鹿げた、滑稽な堤防よ。
斜面を疾駆する、現代の鉄の馬よ。
遥か前方に輝く、不思議な光と化学の新しさよ。
この地獄のチェスボードの状況は、正にランボーの描く世界そのものではないか。
〝ドッグ〟は鋼鉄の馬に、鞭を打つ。だが、三リッターの直六エンジンのSUVでは、あの怪物のようなメルセデスにはついていけない。
それでいい。このデスゾーンの荒野ならば、四輪駆動の方が有利だ。それに奴らは、この車の荷台に積んである〝クイーン〟を取り返すために、必ず戻ってくる。
〝ドッグ〟は助手席の〝リシッツァ〟に命じた。

「いいか。窓から狙えるように、銃を構えておけ！　次のチャンスで、必ず仕留めろ！　もし外したら、自分の頭に〝さようなら〟をいうことになるぞ！」

「ダ！（はい）」

怯える声で、答えた。

その時、奇妙なことが起きた。

遥か前方を走っていたメルセデスが、視界から消えた……。

何が起きたんだ？？？

40

〝何か〟が視界の外から飛んできた。

それが〝グミジャ〟の側頭部に当たった。

一発……二発……三発……四発……。

目から火花が散った。まるでストロボアクションの映像のように、視界の中で少女の体がくるくると回転する。

〝グミジャ〟の視力がついていけない。視界が歪んだ。意識が平衡感覚を失い、顔面から地面に激突した。

目の前にころがるＬＥＤライトの光を見つめながら、意識が遮断された。

ナオミの頭の中で『夏の夜の夢』が、ゆっくりと止んだ。

ダブルアクセルから入り、その後でダブルフリップ――ダブルループ――シングルサルコウのジャンプ・コンビネーション。最後はキャメルスピンで決めて、静かに演技を終えた。ロシアのジュニアの大会でいまの演技ができたら、きっといい得点をもらえただろう。いや、ジャンプの時に足を高く上げすぎたから、少し減点されたかもしれない。

ナオミは全身の力を抜き、倒れている髪の長い女を見下ろした。落ちているLEDライトを拾い、顔を照らす。

綺麗な人だった。でも、白目を剝いていて、生きているのか死んでいるのかわからない。

パパのいったことは、本当だった。ジャンプで回転している時のフィギュアスケーターの足のスピードは、空手のキックよりも速い――。

「ダスヴィダーニャ（さようなら）……」

ロシア語で、小さな声でいった。踵を返し、闇に向かって走った。

元の場所に戻ると、ランドクルーザーはまだそこにあった。助手席のドアを開け、乗り込む。運転席に、血まみれのアサルが倒れていた。

死んでるの……？

LEDライトの光を近付け、顔を覗き込む。だが、何の反応もない。

「アサル……起きて……」

ナオミはアサルの肩を抱き、血の気が引いた唇にキスをした。かすかに、温もりがあった。

その時、アサルの体が動いた。慌てて、唇を離した。一瞬、苦痛に表情が歪み、アサルの目が開いた。

「ここは……どこ……」

アサルがゆっくりと視線を動かしながら、ナオミを見た。

「安心して。私の腕の中よ……」

ナオミが笑みを浮かべた。


目を開けると、目の前にナオミがいた。

アサルは少しずつ、何が起きたのかを思い出した。

「……私は……撃たれたのね……」

右胸の傷に、そっと触れた。

「そうよ。でも、だいじょうぶ。私がいるわ……」

ナオミが右胸の傷にキスをした。不思議と、それほど痛まない。

脇腹の傷もそうだ。運良く、急所を外れたのか。それともランドクルーザーの厚い鉄板を貫通して当たったので、傷が浅いのか……。

アサルは静かに、体を起こした。その時、痛みが疾り顔を歪めた。

だが、だいじょうぶだ。体は、動く……。

「バイクに乗った女は、どうしたの……」

そうだ。あの女は、どこにいったのか。

「彼女は眠っているわ」

ナオミがいった。

「眠っている……?」

「そう。私がフィギュアスケートのジャンプ・コンビネーションを見せたら、眠ってしまったの。あの人が目を覚ます前に、逃げましょう」

アサルは、ナオミが何をいっているのかわからなかった。

だが、あの女はいない。それならば、早くここを立ち去った方がいい。

アサルは、ランドクルーザーのキーを回した。ボンネットの中でひどい音がしたが、エンジンは掛かった。

前を向いて座りなおし、ギアを〝D〟レンジに入れた。アクセルを踏むと、ランドクルーザーは喘ぎながら動きだした。

いつ止まってしまうか、わからない。なんとか動けるうちに、このデスゾーンから脱出しなくてはならない。

アサルはナビの画面を見ながら、国道六号線に向かった。

## 41

スピードメーターは、時速二〇〇キロを超えた。

田臥は突然、メルセデスのすべてのライトを消した。

「うわぁ！　何すんですか！」

「うるさい！」

次の瞬間、急ブレーキを掛けた。ステアリングを右に切る。メルセデスの四輪がグリップを失い、車体が回転した。

一八〇度向きを変えたところで、田臥はまたメルセデスのアクセルを踏んだ。タコメーターの針が一気にレッドゾーンまで跳ね上がる。リアタイヤを空転させながら、ジェット戦闘機のように加速をはじめた。

「田臥さん、まさか！」

室井が銃を手にしたまま、アシストグリップに摑まる。

「いいから黙ってろ！」

前方から、敵の車が向かってくる。ヘッドライトの光が、まるで流星のような速度で接近する。激突する！

「うわぁ！」

同時に、ハイビームにしたライトのスイッチを入れた。

〝ドッグ〟はアクセルを踏みながら、前方の闇を注視した。

奴らのメルセデスは、どこに消えた。この防潮堤から、落ちたのか……？

アクセルを踏み込む。ＢＭＷ・Ｘ５のスピードメーターが時速一八〇キロを超えた。その時、何かが見えた。

いや、目の錯覚か？

違う。まさか、車……。

次の瞬間、目の前で四灯のキセノンヘッドライトが点灯した。ぶつかる！

「ダー！」

「ラードナ！」

〝リシッツァ〟と同時に、ロシア語で叫んだ。

〝ドッグ〟は、ステアリングを切った。激突する寸前にメルセデスと交錯し、ＢＭＷ・Ｘ５は防潮堤の上から宙に飛んだ。

麻里恵は闇の中で、ただ苦痛と恐怖に耐えていた。

どちらが上か下かもわからない。洗濯機の中で回されたように、体が何度も何度も叩きつけられた。

私は、死ぬ……。

死ぬのなら、早く終わって……。

朦朧とする意識の中で、これ以上苦痛が続かないことだけを祈った。


目の前から、敵の車が消えた。

「室井、奴らの車はどこだ！」

田臥は防潮堤の上を走りながら、叫んだ。

「下に、落ちました！」

室井が、背後を振り返る。

田臥はメルセデスの速度を落とし、停めた。バックミラーを見た。敵の車はいない。

その時、思い出した。あの車には、麻里恵も乗っていたはずだ……。

「室井、まずい……」

「そうですよ。あの車には奥さんが乗ってるかもしれないんですよ！」

「〝元〟女房だ」

田臥はホルスターからGLOCK19を抜き、車から降りた。室井と二人で背後に回り、闇の中に銃を向けた。

だが、奴らの車は見えない。不気味な防潮堤が漆黒の海岸線に沿って、まるで巨大な大蛇のように延々と横たわっているだけだ。その彼方の闇に、福島第一原発の廃墟の光が煌々と浮かび上がっている。

「奴らは、どこに行ったんだ……」

「防潮堤の内側に落ちたはずですが……」

銃を構えたまま、下を覗き込んだ。だが、何もわからない。ただ、瓦礫や黒いビニール袋に包まれた放射能残土が、一面に並んでいるだけだ。

突然、放射能残土の山の中で何かが光った。車のライトだ。

光は土嚢の迷路の中を抜けて二本の光軸となり、防潮堤に向かってきた。そして一気に駆け上がった。

「来るぞ！」

田臥は、メルセデスの運転席に走った。室井が乗るのを待って、アクセルを踏んだ。

後方から、ハイビームのライトの光が迫る。フルオートの銃声が断続的に鳴った。

「撃ってきたぞ！」

リアガラスとフロントガラスを銃弾が突き抜け、粉々に吹き飛んだ。

室井は、助手席に体を沈めて震えていた。

自分は、ここで死ぬ……。

絶対に、死ぬ……。

死にたくない……。

だが、銃弾の一発が自分のシートの背もたれを貫通して目の前のフロントガラスに穴を開けた瞬間に、何かがキレた。

「糞ったれがー！」

体を反転させた。割れたリアガラスの向こうに見えるヘッドライトの光に向かって、ＧＬＯＣＫ19を撃ちまくった。

42

厚木はホテルを出て、タクシーを停めた。

「富岡町の双葉警察署まで行ってくれ」

運転手に告げると、怪訝そうに振り返った。

「双葉警察署ですか……」

「そうだ。福島県双葉郡富岡町の双葉警察署だ。どのくらい掛かる？」

厚木はそういって〝本社〟の警察手帳を見せた。

「さあ……行ったことないのでわからないですけども、二万五〇〇〇円くらいですか……」

「いや、料金じゃなくて、時間はどのくらいかかるのかという意味だ」

「ちょっと待ってください……」運転手が、ナビを操作した。「高速を使えば、二時間くらいですね……」

時計を見た。いま、〇時三五分。間に合わないかもしれない……。

「緊急なんだ。二時までに着きたい。急いでくれ」

「わかりました」

運転手がタクシーのギアを入れた。

走り出してすぐに、厚木はアイフォーンを出した。福島県警警備部の直通番号に電話を入れた。

「〝本社〟公安の厚木という者だが、今日の当直の責任者と話したい……」

厚木はそういって、〝本社〟の自分の識別番号を告げた。電話口で対応した者としばらくやり取りがあり、当直の警備部二課長と変わった。

各県警の警備部は、警察庁警備局――すなわち公安――の直轄だ。警備部の課長クラスで、〝本社〟公安課長の厚木の名を知らぬ者はいない。

――お久しぶりです。その節にはいろいろとお世話になりました。緊急ということですが、何かありましたか――。

電話口に出たのは、小野勝彦《おのかつひこ》という男だった。以前、〝本社〟の研修などで、何回か顔を合わせたことがある。この男ならば、頼みやすい。

「少しばかり、力を借りたい。昨日、仙台で起きた大江刑事部長の一件なんだが、もう情報は入っているか」

――はい、だいたいのことは。何者かに殺られたとか――。

「そうだ。その件で新しい情報が入り、いま仙台から富岡町の双葉署の方に向かっている……」

――双葉署ですか。それで、私はどのようにお手伝いすればよろしいですか――。

「車を二台、用意してもらいたい。もしかしたら、帰還困難区域に入るかもしれないので、案内も頼みたい」

――承知しました。それならば〝道具〟も含めてすぐに〝騎兵隊〟を手配しておきます。私も同行します――。

やはり、この男は話が早い。

「よろしく頼む」

電話を切った。

「お客さん、刑事さんですよね。何かの捜査ですか。かっこいいな。絶対に二時までに着きますから」

運転手がタクシーのアクセルを踏んだ。

43

ワグナーの『ワルキューレの騎行』が高らかに鳴った。

〝ドッグ〟は右手でステアリングを握り、左手を指揮者のタクトのように振り回しながら、前方のメルセデスを追った。
茨の根株を掘り返す。
泡を打ち、
鋼と銀の船首、
〈――銀と銅の戦車、
曠野の行進、
干潮の大きい轍、
円を描いて東へ繰り出す、
森の柱へ、
波止場の胴へ、
角はゴツゴツ、光の渦に――〉
笑いながら、ランボーの詩を口遊ぶ。
敵が撃ってきた。フロントガラスに二発着弾し、蜘蛛の巣のように亀裂が広がった。
「〝リッシツァ〟、ガラスを蹴破れ！　奴らを仕留めろ！」
「ダ！」

助手席の〝リシッツァ〟が割れたフロントガラスをブーツで蹴破った。ボンネットの上にカラシニコフを出して構え、逃げるメルセデスに向かって連射した。

そうだ、狙え、撃て、奴らを殺せ！

〈――ああ、時よ、来い、

陶酔の時よ、来い――〉

敵の射撃が、急に正確になった。

セミオートで一発ずつ、狙いすますように撃ってくる。それが確実に、メルセデスを捉えはじめた。

田臥はステアリングを左右に揺さぶりながら、敵の攻撃を躱した。だが、避けきれない。車体のトランクの周囲に、次々と着弾する。一発が車体とリアシートを貫通し、アームレストを吹き飛ばされた。次の一発が、ナビのディスプレイを破壊した。

「室井、狙って撃て！　相手のドライバーを狙うんだ！」

運転しながら、叫んだ。

「わかってますよ！　こんなに揺れる車の中で、当たるわけないでしょう！」

室井がＧＬＯＣＫ19の弾倉を入れ替え、応戦する。だが、拳銃とアサルトライフルでは、勝負にならない。

また、着弾した。その一発が、トランクのロックを破壊した。突然トランクが開き、後方の視界を閉ざされた。

「うわぁ！　これじゃ何も見えない！」

室井が窓から上半身を乗り出し、撃った。だが、これでは当たらない。

万事休すだ。あとは、ガレリンが頼りだ。


ガレリンは、防潮堤の斜面に伏せていた。

前方から、車のライトの光が向かってくる。距離は約一キロ。ゆっくりと体を起こし、防潮堤の上を横切る。

海側の斜面まで行き、膝撃ちの姿勢を取った。右利きのガレリンには、こちら側からの方が狙いやすい。

ナイトビジョンに目を当て、走ってくる車に照準を合わす。もう、三〇〇メートルあたりまで迫っていた。

車は、二台。〝サバーカ〟の乗ったSUVは、どちらだ。前か、後ろか？

あと一〇〇メートル。前を走っているのはメルセデスだ。

〝サバーカ〟の車は、後ろだ……。

あと、五〇メートル。フロントタイヤを狙って、トリガーを引いた。

轟音が、闇を裂いた。30-06ライフル弾の強烈な反動が、ガレリンの右肩を襲った。

手応えがあった。目の前を、田臥の乗ったメルセデスが通過した。その後方で、コントロールを失ったSUVが大きく蛇行した。

「ブリン……（畜生）」

ライトの光が真っ直ぐ自分に向かってきた。逃げられない。

ガレリンは頭を抱え、防潮堤の斜面に身を伏せた。

突然、BMW・X5はコントロールを失った。

横滑りしながら、右に向かっていく。

〝ドッグ〟はブレーキを踏み、ステアリングを左に切った。だが、利かない。

「ダー！」

BMW・X5は縁石に激突して跳ね上がった。瞬間、〝ドッグ〟の視界の片隅を、ガレリンの姿が掠めた。

なぜ、お前がそんなところに……。

〈――時よ、来い、

ああ、陶酔の時よ、来い――〉

暗い海にダイブする車の中で、〝ドッグ〟はランボーの詩の一節を唱えた。

田臥は防潮堤の上でメルセデスを停めた。

ギアを〝R〟に入れ、後ろに下がる。

「ガレリンは、どうなった！　敵の車は、どうした！」

「海です！　海に落ちた！」

ベルトからLEDライトを抜き、スイッチを入れた。右手にGLOCK19、左手にライトを持ち、車から降りた。防潮堤の上から、暗い海を照らした。

その時、縁石の影からガレリンが姿を現した。防潮堤に這い上がり、ライフルを握ったまま大の字に横になった。

「ガレリン、だいじょうぶか……」

「ああ、怪我はしていない……。奴らの車に、潰されるところだった……」

手を貸し、起こした。ガレリンからライフルを受け取った。

「これで撃ったのか」

田臥が訊いた。

「そうだ。タイヤを狙った。それがどこかキーポイントにヒットしたらしい。おかげで死ぬところだった……」

ガレリンが苦笑いをした。

「それで、奴らの車は？」

「あそこだ」

ガレリンが指をさす方向にLEDライトの光を向けた。消波ブロックの手前の砂浜に、横転しているSUVが見えた。

「麻里恵……」

田臥は防潮堤を駆け下りた。

「田臥さん、危ない！」

室井が止めた瞬間に下から銃撃された。田臥はまた防潮堤に駆け上がり、身を伏せた。

室井とガレリンも、田臥の両側に伏せた。

「どこから撃ってきた」

「あの車の三〇メートルほど先の消波ブロックの中からです」

室井がいった。

「音からするとカラシニコフだな。小口径のAK-74だろう……」

「ここに固まっていない方がいい。もう一度、ライフルを貸してくれ」

「これを使え」

ガレリンにGLOCK19を渡した。室井とガレリンが後ろに下がり、防潮堤の左右に散った。

田臥は縁石の上にM1500ライフルを載せて構え、ナイトビジョンで闇を凝視した。横転している車の三〇メートルほど先の消波ブロック……。

ここからは、六〇メートルほどの距離だ。だが、何も見えない。

ナイトビジョンの視界を移動させる。横転した車の近くの波打ち際に、誰かが倒れている。

敵の一人なのか、それとも麻里恵なのか。生きているのか、死んでいるのかもわからない。

左手を見た。室井は、メルセデスを楯にして防潮堤の下を狙っている。

右手を見た。だが、ガレリンの姿が見えない……。

田臥はナイトビジョンの視界を移動させ、ガレリンを捜した。

いた。奴は防潮堤から砂浜に下りて、身を低くしながら横転した車を迂回している。

あいつ、何を考えているんだ……。

田臥はLEDライトの光を波打ち際の消波ブロックに向けた。敵が潜んでいるのは、あのあたりだ……。

その時、消波ブロックの間で閃光が上がった。銃声が三発。目の前の縁石に一発が着弾した。

これで、敵の居場所がわかった。田臥はLEDライトを消し、閃光が見えたあたりをナイトビジョンで狙った。

いた。ブロックの陰から、カラシニコフを構える右手と上半身が見えた。その上に顔……。

田臥は人影の肩に照準を合わせた。

距離は約六〇メートル。このライフルならば、外さない……。

トリガーを引いた。

轟音！

ナイトビジョンの視界の中で、銃を握っていた男の腕が吹き飛んだ。

ギャー！！！

遠くから、悲鳴が聞こえてきた。それを合図に、室井が走った。田臥もライフルを手に、防潮堤を駆け下りた。

撃った男の方は二の次だ。まず、横転したSUVに向かった。

麻里恵は、無事なのか……。

砂浜に飛び下り、走った。

波打ち際に倒れているのは、男だった。LEDライトの光を当てた。砂の上に突っ伏しているので人相はわからないが、外国人のようだった。

波が来ても、動かない。死んでいるらしい。

「麻里恵！」

名前を呼び、さらに一〇メートル先の車に走った。横転したSUVは、半分ほど海水に漬かっている。

生きていてくれ……！

室井はタクティカルライトを装着したGLOCK19を構え、消波ブロックに走った。

前方のブロックの陰に、人影が見えた。右肩を押さえ、ブロックにもたれかかっていた。

生きているようだ。だが、田臥の銃撃で無力化されていることは明らかだった。右腕が、吹き飛んでいる。

外国人だ。訳のわからない言葉をわめきながら、苦痛に顔を歪めている。

「フリーズ！（動くな）」

歩み寄り、銃を突き付けた。

「ウタナイデ……ウタナイデ……」

男が泣きながら、片言の日本語でいった。

〝撃たないでくれ〟といっていることはわかった。

室井は消波ブロックに上がり、落ちていたカラシニコフを拾い上げて砂浜の方に放った。グリップにはまだ、千切れた右腕がくっついていた。

「動くなよ……。動いたら撃つからな……」

他には武器になるようなものは何も持っていない。いや、ベストにグレネードランチャー弾が一発。これも波打ち際に放った。

ベルトから手錠を取り、男の左手首に掛けた。だが、男には右腕がない。仕方なく、もう一方の輪を左足首に掛けた。

これは助からないだろう。そう思う間もなく、男は意識を失った。

ガレリンは砂浜を歩いていた。

途中で一人、男が倒れているのを見た。田臥が確認し、横転した車に走っていったところをみると、死んでいるのだろう。

もう一人の男は消波ブロックの間に倒れ、室井が手錠を掛けている。あの男は、〝サバーカ〟ではない。するとあのSUVの近くに倒れていた男が〝サバーカ〟か……。

砂浜に落ちていたカラシニコフを拾い上げた。グリップにしがみついている男の右手を外し、捨てた。

四・五ミリ口径のAK-74だった。懐かしい。ロシアでCBPの訓練を受けていた時には、さんざんこれを撃たされたものだ。

何げなく銃を肩に当てて構えた時に、異様な光景が目に入った。

〝あの男〟が、動いた……。

ガレリンは波打ち際に倒れていた〝男〟を狙い、カラシニコフのトリガーを引いた。

だが、弾が切れていた……。

〝ドッグ〟は砂浜に俯せたまま、周囲の気配を探った。

右手にはH&K・USPを握っていた。弾はまだ、十分に残っている。

誰かが近付いたら、撃つつもりだった。足音は聞こえたが、誰も近付いてこない。

海水が引いた時に、砂から出ている左目で周囲を見た。横転したBMW・X5の脇に、男が一人いる……。

日本人らしい。あれが警察庁の〝タブセ〟か。視界の中に、他に人影はない。

よし、とりあえずあの男を片付けよう……。

〝ドッグ〟は砂浜から起き上がり、窓から車内を覗き込む田臥に狙いをつけた。


あれは〝サバーカ〟だ……。

だが、田臥には声が届かない。間に合わない……。

ガレリンは咄嗟に、足元に落ちているグレネード弾を拾い上げた。それをカラシニコフに装着してあるGP－25グレネードランチャーの砲身に叩き込んだ。

「ウムリー！（死ね）」

起き上がった〝サバーカ〟に照準を合わせると同時に、グレネードランチャーのトリガーを引いた。


田臥は、横転したSUVのボディーを何度も叩いた。

「麻里恵！　いるのか！　いるなら返事をしろ！」

――あなた……ここよ……。私は、ここにいるわ――。

かすかな声が聞こえた。麻里恵の声だ。車の後ろの方からだ……。

「いま助ける。待ってろ！」

車の後部に回ろうとした、その時だった。目の前を、流星のような光跡が、凄まじい速度で通過した。

グレネードランチャーだ……。

前方に、人影が立っていた。

光跡は大気を裂く爆音と共に、闇に立つ人影に吸い込まれていった。

〝ドッグ〟は両手でH&K・USPを構え、〝タブセ〟を狙った。

奴は、気付いていない。距離は約一五メートル。これならば9ミリのオートマチックでも外さない。

人さし指が、トリガーに掛かった。その瞬間、視界の左片隅にとんでもないものが入ってきた。閃光が、向かってくる……。

ダティシトー(何てこった)……。

光が自分の胸に、吸い込まれていく。

爆発し、体がバラバラに吹き飛んだ。

田臥は、その瞬間を見ていた。

立っていた男が、大音響と共に消し飛んだ。

同時に、砂浜に伏せた。

両手で庇った頭の上から火の粉と砂、肉片とも骨片ともつかぬものが降り注いだ。

静まるのを待って、飛び起きた。

「麻里恵！」

開いている助手席側のドアからSUVの車内に入った。海水に漬かった天井を這い、LEDライトの光を頼りに後部に向かった。

荷台にネットが掛けられ、その中に毛布を丸めたようなものが垂れ下がっていた。

——あなた……早く——。

麻里恵の声は、その毛布の中から聞こえてくる。

「待ってろ。いま助ける……」

田臥は腰のベルトからバックのフォールディングハンターを抜き、刃を起こした。ネットを切る。上から落ちてきた毛布の固まりを受け止める。

巻いてあるロープを切った。毛布の中から、目と口にガムテープを貼られた麻里恵の顔が出てきた。口のガムテープは半分、剝がれかけていた。

「だいじょうぶか……」

毛布を外し、手足に巻きつけてあるガムテープを外した。

「待って……。目と口のガムテープは自分で剝がすわ……」

麻里恵が自由になった手をさすりながらいった。

「怪我はしてないのか」

「だいじょうぶ……。体じゅう痛いけど、怪我はしていないみたい……」

「早く、車から出よう」

田臥は麻里恵の手を引き、海水が流れ込む車の天井を這った。ドアの外で、ガレリンと室井が待っていた。

「タブセ、急げ。カスチョールの火が車に引火した！」

「手を貸してくれ。麻里恵を頼む！」

麻里恵を二人に預けた。彼女が脱出するのを見届け、田臥も車外に出た。

振り返ると、横転した車のガソリンタンクのあたりまで火が回っていた。

走った。背後で爆発が起こり、車が炎上した。

防潮堤の下に、麻里恵が立っていた。ガウンを着た肩を両手で寒そうに抱きながら、燃える車を見つめていた。涙を溜めたその顔が、炎で赤く染まっていた。

田臥は麻里恵に歩み寄り、手を差し伸べた。

「もうだいじょうぶだ……」

その凍える体を抱き締めようとした時に、いきなり頬に平手が飛んできた。

目から火花が散った。

「あなたと係ると、いつも碌なことにならない！」

麻里恵がいった。

# 終章　さらば愛しき友よ

## 1

駐車場で、何台もの緊急車輛の赤色灯が煌々と光っていた。

また一台、救急車がサイレンを鳴らしながら入ってきた。

午前二時一五分――。

福島第一原発から二〇キロ圏内に位置する福島県警双葉警察署は、まるで蜂の巣をつついたような騒ぎに包まれていた。

田臥は、担架に寝かされたアサルの手を握っていた。

右胸に9ミリ弾を一発。右脇腹にも一発……。

どちらもランドクルーザーの鉄板越しの銃創なのでそれほど深くないとはいえ、出血がひどい。特に右脇腹に入った銃弾は、内臓に達している可能性がある。

それでも彼女は、最初に到着した救急車に乗ることを拒んだ。自分は、後でいい。まず民間人である麻里恵を、先に病院に行かせるべきだと――。

「だいじょうぶか」

田臥が握る手を、アサルが強く握り返した。

「私は、だいじょうぶです……。このくらいは覚悟してましたから……」

アサルがそういって、弱々しく微笑む。強がる彼女の気持ちが可憐《いじら》しい。それ以上に、美しい彼女の体に大きな傷を付けてしまったことが悲しくもあった。

「それで……私を撃ったあの女は、確保できたんですか……」

「いや、まだ見つかっていない……」

例の〝グミジャ〟と呼ばれている謎の女だ。すでに双葉署の署員がランドクルーザーのナビに残っていたデータを元に捜索に向かったが、まだ女もバイクも発見されたという報告は入っていない。

あの広大なフクイチのデスゾーンに逃げ込まれたら、確保できる可能性は低い。あの女が見つからなければ、今回の一件になぜ、〝北〟が絡んできたのかも永久に謎となるだろう。

アサルの担架が、救急車に運ばれていく。田臥は手を握りながら、横について歩いた。

「それじゃあ、東京で会おう……」

アサルが小さく頷き、手が離れた。

救急車のリアゲートが閉じられた。サイレンが鳴り、走り去った。

田臥は踵を返し、駐車場の片隅に駐めてあるメルセデスに戻った。リアシートには、ガレリンと娘のナオミが乗っている。

室井は、東京から駆けつけた厚木と共に、所轄の建物に入っていったままだ。合理的な説明を終えて出てくるまでに、まだ少し時間が掛かるだろう。

メルセデスはひどい有様だった。前後のガラスが割れ、バンパーやラジエーターグリル、トランクが吹き飛び、車体が歪んでいる。誰が見ても、車種すらわからないだろう。

だが、それでも走ることはできる。さすがはメルセデスだ。

運転席に乗り込み、ガレリンに声を掛けた。

「調子はどうだい、相棒」

ガレリンが片手に持った缶コーヒーを目の高さまで掲げ、笑った。

「気分は上々だ。そしてナオミも。ところでマリエとアサルの具合はどうだ。彼女たちは無事なのか」

ガレリンが隣のナオミの肩を抱き、訊いた。

「麻里恵はたいした怪我はしていない。一応、検査をした方がいいから病院に行かせた。アサルも命に別状はないだろう……」

いまはそう願うだけだ。

「アサルには感謝している。ナオミを命がけで守ってくれた。いまは、彼女が無事であることを神に祈ろう……」

「そうだな……」

だが、例の〝グミジャ〟という〝北〟の工作員を最終的に撃退したのは、ここにいるナオミだと報告を受けている。こんな、一見してか弱そうな美しい少女のどこにそのような力が秘められているのか……。

「ところでタブセ、君はもう〝あれ〟を読んだのか」

田臥はガレリンにいわれ、大切なことを思い出した。

「例の〝バード〟のファイルだな。いま、読んでみるよ……」

アイフォーンを手にし、笠原武大からのメールを確認した。さらに、そこに貼り付けてあるURLを開いた。

〈——鳥（F－35）の秘密

序文

昨今の各国における軍事兵器開発競争は、止まることを知らない。中国の国防予算は二〇二〇年までに年間一兆二〇〇〇億元（一二兆ルーブル）に達しようとしているし——〉

「タブセ、最初の方は飛ばしていい。後半に、ロシア語でステドストバ……日本語で〝手段〟とか〝方法〟というのかな。そんなタイトルのページがあるはずだ。そこを読んでみてくれ」

「わかった……」

ファイルをスクロールすると、最後から二番目に確かに〈――撃墜の方法――〉という章があった。

撃墜だって？　いったい、どういうことだ？

〈――撃墜の方法――

〝バード〟――F－35――を撃墜する方法は実に簡単だ。

米国防総省のF－35運用試験評価局は、すでに〝バード〟に873件の重大な欠陥があり、その大半が解決不可能であることを把握している。これは年内（二〇一九年）にも米議会に報告書が提出されることになるだろう。

さらにこの中の13件は、乗員の安全に関わり、死亡や重傷、機体の損傷や無力化を引き起こす深刻な欠陥、「カテゴリー1」に分類される。13件の「カテゴリー1」の欠陥には、

①急降下時などにコクピット内の気圧が急変してパイロットに意識障害を与える。

②機関砲の台座周辺の機体に振動で亀裂が生じ、最悪の場合には飛行不能になる。

③飛行中に一定の速度、マッハ1・4（約476m／s）を超えると、急激にステルス性を失うなどが含まれている。

つまり、まず第一の方法として、この③にある〝バード〟がステルス性を失う瞬間を狙うことだ。我がロシア軍のSu－30の最大速度はマッハ1・73（約588m／s）なので、理論的には〝バード〟をマッハ1・4まで追撃し、敵がステルス性を失ってレーダーで捕捉し

た時点でロックオンを掛け、空対空ミサイルを発射すればよいということだ――〉

田臥はここまで読んでも、特に驚かなかった。F－35が欠陥だらけの戦闘機であることは最早、暗黙の了解だ。そのガラクタを我が国の首相がアメリカ大統領の御機嫌を取るために一機一一六億円で計一四七機、機体の購入だけで総額一兆七〇〇〇億円も税金から支払うことも知っている。

そのF－35が、ロシアのSu－30で撃墜可能だといわれても、そんなものかもしれないと思うだけだ。あくまでも、机上の理論にすぎないのだが。

確か、F－35には、ロックオンされた時のミサイル自動回避システムがプログラミングされていたはずだ。ドッグファイト（空中戦）中に敵機にミサイルを発射されたとしても、簡単には命中はしない。だが、その後の記述を読むうちに、田臥は唖然とした。

これは、どういうことなんだ……。

〈――もちろんSu－30からミサイルを発射したとしても、すべてのF－35を撃墜できるわけではない。我がロシア国防省の試算によると、命中率はR－37空対空ミサイルをSARH（セミアクティブ・レーダー・ホーミング）誘導方式で発射した場合、距離25km以内で3～5％、ARH（アクティブ・レーダー・ホーミング）誘導方式でも距離40～75キロメートル以内で10％未満だとされている。

これはけっして良い確率とはいえない。知ってのとおり先制攻撃を仕掛けてミサイルを外せば、次はこちらの機の位置情報を知られて反撃されることになるからだ。もしＦ－35に搭載されるＡＩＭ－１２０Ｃ／Ｄ、もしくはＡＩＭ－９Ｘ空対空ミサイルの反撃を受けたら、我が軍のＳｕ－30で逃げ切ることは難しいだろう。

だが、もっと簡単に、しかも確実に〝バード〟を撃墜する方法がある。しかもミサイルを使わずに、だ。それは複数のＳｕ－30などの戦闘機、もしくは艦艇とのコンビネーションによる方法である。

敵の〝バード〟がステルス性を失った時点で、二機以上のＳｕ－30、もしくは艦艇から、同時にロックオンを掛け、その信号を送ればいい。その際に〝バード〟の位置を基点として二機（もしくは一方の艦艇）の位置が、30度以上になることが望ましい。

前述したとおり、〝バード〟にはミサイル自動回避システムがプログラミングされている。このプログラムが、二カ所から同時にロックオン信号を受信することにより、誤作動を起こす。〝バード〟の機体は制御不能に至り、任意に墜落する――〉

何だって……。Ｆ－35が、二機以上の敵機から同時にロックオンされただけで、勝手に墜落するというのか……。

その後に続く文は、さらに衝撃的だった。

〈――この理論が正しいことは、すでに計算上は予想され、米国防総省も認識している。あとは〝バード〟と複数のSu―30によって、実証するだけだ。
現在〝バード〟はアメリカ空軍だけでなく、イギリス、ノルウェー、イスラエル、日本、韓国の各陸海空軍で採用が決定し、すでにアメリカ、日本、イスラエルでの運用が始まっている。我がロシア空軍は、そのいずれかの国の訓練機を標的とし、証拠を残さぬ形で実験を行い、〝バード〟の機体を回収することを計画している――〉

何ということだ……。

田臥は、背後のガレリンを振り返った。

「この〝バードの秘密〟に書かれていることは事実なのか」

「もちろん、事実だ。事実でなければ、機密情報としての価値はない」

ガレリンが頷き、答えた。

「すると、ロシア空軍がいずれかの国の訓練機を標的として実験を行うというのは、まさか四月九日に墜落した航空自衛隊三沢基地の……」

田臥の言葉に、ガレリンが頷く。

「その可能性は、否定できない。あの三沢基地の〝バード〟が墜落した太平洋上は、ロシア空軍の通常の偵察飛行コースに近い。タブセ、君も入道崎で自分の目で見ただろう。あの日、墜落現場の近くの海域にロシア海軍の潜水艦がいたとしても、不思議ではない……」

つまり、撃墜されたF－35の機体は、すでにロシア海軍が回収したということか――。

ガレリンが続けた。

「私が日本への亡命を希望した二月の時点で、外務省の担当者に最初に提供したインフォメーションがこれだった。近い将来、三沢基地のF－35がロシア空軍によって撃墜される〝事件〟が起きると……」

「外務省は、それを信じたのか」

「半ば信じたが、半ば懐疑的だった。防衛省の分析部門に検証させるための時間が必要だとのことだった。私はそのインフォメーションの裏付けのために〝バードの秘密〟という機密ファイルを用意していた……」

「しかし、〝事件〟は起きてしまった」

「そうだ。四月九日に、予想どおり三沢基地のF－35が撃墜された。それで、私のスパイとしての、亡命者としての価値がなくなった……」

価値がなくなったロシア人のスパイは、日本政府としては消えてもらいたい。できれば、自分の手を汚さずに。

そのガレリンの警護と輸送を命じられた自分は、ただの咬《か》ませ犬だったということか。とんだピエロだ。

まあ、いいだろう。所詮、一介の警察官など、国益と権力の前には使い捨ての駒にすぎないのだ。

厚木と室井が双葉署の庁舎を出てきた。二人並んで、こちらに歩いてくる。どうやら、所轄への厄介な事情説明は終わったようだ。

室井が助手席に乗り込み、溜息をついた。

「一応、〝事故〟の起きた場所は地図上で説明してきました。三人の遺体は、今日、夜が明けてから県警が捜索して回収するそうです……」

そう、〝三人〟の遺体だ。例の〝サバーカ〟というコードネームのロシア人は、グレネードランチャーでバラバラに吹き飛んだ。田臥が肩を撃った男も、出血性ショックで死んだ。他に、頭が吹き飛んだ身元不明の外国人の遺体がひとつ。どっちみち、三人とも死んでいる。あのデスゾーンに捜査に入るなら放射能防護服も用意しなければならないし、朝になって明るくなってからの方が安全だ。

「それからもうひとつ、ニュースが……」

「何だ?」

「それは、厚木課長が話すでしょう」

厚木が運転席側に回り、窓を指先で叩いた。田臥は、パワーウインドウを下げた。

「ご苦労だったな。無事でよかった」

〝ご苦労だったな〟もないもんだ。

「別に。このようなことには馴れてますから」

そうだ。〝本社〟公安の〝サクラ〟に配属されて一〇年、理由も知らされずに危険な目にあうのは馴れている。

「それで、何かニュースでもあるんですか」

田臥が訊いた。

「そうだ。実は昨日、仙台で〝本店〟の大江寅弘が死んだ。殺されたらしい……」

大江が〝仙台で死んだ〟と聞いて、田臥はすべてを察した。やはり日本側の黒幕は、あの男だったのか……。

「つまり、我々はもう安全だということですか」

「そうだ。だからこの先は、ミスター・ガレリンを車で輸送する必要はない……」

「厚木さん、そうはいかないんですよ」

田臥は即座に断わった。

「どういうことだ」

「おれたちは、このメルセデスでガレリンを東京に運ぶという〝仕事〟を引き受けたんです。途中で止める訳にはいかない。そういうことです」

助手席で、室井が頷いた。そうだ。そうでなければ、傷付いたアサルに合わせる顔がない。

「しかし、この車はもう……」

「だいじょうぶですよ。このメルセデスは、東京まで走れる。ガレリン、あなたとナオミはどうする」

田臥が振り返ると、ガレリンもナオミの肩を抱いて頷いた。

「私と娘も、このメルセデスでタブセと共に東京に向かう。降りるつもりはない」

そして付け加えた。

「しかし私は、日本政府も警察庁も信用していない。タブセ、申し訳ないが、この車で丸の内の二重橋ビルまで送ってくれないか」

「外国人記者クラブか」

「そうだ。ＦＣＪ（日本外国特派員協会）だ。これからガーディアン紙の東京支局長のサム・ラングフォードに電話を入れて、正午から記者会見をセットするように伝える」

「承知した。それはよい考えだ」

今後のガレリンの身の安全を担保するには、それが最良の方法だろう。いまから東京に向かえば、正午までに十分間に合う。

「厚木さん、それでは正午に、外国人記者クラブの前で」

田臥が小さく敬礼した。

## 2

未明のデスゾーンに、かん高いエンジン音が響いた。

長い防潮堤に沿った道を、バイクが一台、走っていた。冷たい風に、バイクに乗る女の長い髪がなびいた。

〝グミジャ〟はBMW・F700GSを駆りながら、いろいろなことを考えた。

あのガレリンの娘は、いったい何者だったのだろう……。

意識が戻り、グーグルで検索すると、興味深い情報が引っ掛かってきた。

ナオミ・イゴノワ・ガレリン——。

つまり、イゴールの娘のナオミ・ガレリンという意味だ。二〇一八年度のロシア・フィギュアのジュニア選手権で、女子シングルの六位に入賞した選手の名前だ。

情報に、父親の職業は出てこない。写真は濃いメークがされた演技中のものだけで、本人かどうかも判別できない。

でも、似ている。年齢も、合っている。おそらく、同一人物だ。

迂闊だった。ガレリンの娘がフィギュア・スケーターのナオミ・イゴノワ・ガレリンだと知っていたら、油断はしなかった。あんなミスは犯さなかった……。

何とも間が抜けた話だ。

それにしても〝ドッグ〟はどこに行ったのだろう。

いくら電話を掛けても、連絡が取れない……。

しばらく走ると、行手を何かが塞いでいるのが見えた。車、だ……。

〝グミジャ〟は車の前にバイクを停めた。防潮堤の下に、ジープが横転していた。その横に、男が一人倒れていた。

〝クローリク〟だった。頭に大きな穴が開いて、死んでいた。一人だけだ。

〝グミジャ〟はバイクのギアを入れ、クラッチを繋いだ。アクセルを開け、防潮堤の斜面を駆け上がった。

頂上に上り、周囲を見渡した。前方の海岸に、火が燻っているのが見えた。

何だろう……。

〝グミジャ〟は、バイクで火の燻る方に向かった。防潮堤から海岸に下り、バイクを停めた。

車が横転し、燃えていた。ほとんど燃え尽きているので車種はわからない。だが、形からすると、〝ドッグ〟が乗っていたSUVだ。

〝ドッグ〟……どこに行ったの……。

消波ブロックの上に、もう一人倒れていた。

〝リシッツァ〟だった。右腕が千切れて、やはり死んでいた。

〝グミジャ〟はバイクを走らせた。どこにも〝ドッグ〟がいない……。

その時、バイクのヘッドライトの光の中に、何かがころがっているのが見えた。人の、顔のようなもの……。

〝グミジャ〟はバイクを停めて、歩み寄った。その、人の顔のようなものを拾い上げた。やはり、人間の頭部だった。

〝ドッグ〟……ここにいたのね……。

〝グミジャ〟は砂浜に跪き、〝ドッグ〟の頭を拾い上げた。何かに驚いたように見開いた目を閉じ、その歪んだまま固まった唇にキスをした。

さあ、〝ドッグ〟、私と一緒に帰りましょう……。

〝グミジャ〟は〝ドッグ〟の頭をサドルバッグに仕舞った。バイクに跨がり、エンジンを掛けた。

防潮堤に駆け上がり、遥かに見える福島第一原発に向けてアクセルを開けた。

東の空が、いつの間にか白みはじめていた。

3

傷付いたメルセデスは常磐富岡インターチェンジから常磐自動車道に入り、一路南下して東京に向かった。

最初は後方から福島県警の〝フクメン〟が二台追いかけてきたが、やがてそれにパトカー二台が前後を挟んで護衛に加わった。県境を越えるとさらにパトカー、白バイの護衛隊が付き、メルセデスは一〇台以上の車列を従え、時速五〇キロでゆっくりと進んだ。

やがて、夜が明けた。

途中、友部サービスエリアに寄ってガソリンを入れ、異音を発するエンジンに応急処置を施し、また走った。東京に入ると〝本社〟と〝本店〟の護衛がさらに加わり、各県警の車輛と交代した。最終的にはパトカーと白バイを合わせ、車輛二〇台以上の大パレードとなった。

首都高速に入る手前から、渋滞が始まった。八重洲線の丸の内インターチェンジで首都高を下り、鍛冶橋の交差点を左折して皇居方面に向かった。だが、JRのガード下を抜け、東京国際フォーラム東の交差点で信号待ちをしている時に、メルセデスの心臓が止まった。四人はここで、車を降りた。

田臥は最後に力尽きたメルセデスのボンネットに手を置き、目を閉じて呟いた。

さらば、愛しき友よ……。

もう、お前と旅をすることもないだろう。

ガレリンと娘のナオミを先頭に、田臥と室井がその両側に従って外国人記者クラブに向かった。パトカーから次々と降りてきた〝本社〟と〝本店〟の警備員が、四人を守るように周囲を取り囲んだ。もう目の前の左手に、FCJが入る二重橋ビルが聳えていた。

間もなく、正午になろうとしていた。ビルの前にはすでに、各国のメディアや通信社の記者、カメラマン数十人が待ち構えていた。カメラマンたちが次々とシャッターを切り、記者たちが鳴り止まぬ拍手でガレリンを迎えた。

ビルの入口で記者団に取り囲まれたところでガレリンが立ち止まり、振り返った。

「タブセ、もうここでいい。この先は、私とナオミだけで歩いていける……」

「そうか。これからの二人の人生に、幸運を」

「バリショーエ・スパシーバ。ロシア語で、大きな感謝を、という意味だ。あなたたちにも、幸運を」

ガレリンは右手を差し出し、田臥と室井の手を握った。そして交互にナオミと抱擁を交わし、頬にキスを受けた。

「それからタブセ、これをアサルに。もう、私たちには必要ない」

ガレリンがそういって、田臥の手に何かを握らせた。男鹿半島の真山神社で買った、なまはげの御守りだった。

「さようなら」

「ダスヴィダーニャ」

ガレリンが踵を返し、ナオミと共にビルの入口に向かった。

カメラのストロボが絶え間なく光り、各国の記者団が二人を取り囲んだ。やがてガレリンもナオミも、人の波の中に呑み込まれて姿を消した。

それが田臥の見たガレリンの最後だった。

「行こうか」

田臥も踵を返し、整列して敬礼で迎える僚友たちに向かって歩き出した。

※追記
およそ一カ月半後の六月二九日、G20大阪サミットの折に通算二六回目の日露首脳会談が行われた。だがその席で日本側はガレリンからもたらされた情報を活用する能力を持たず、北方四島返還は完全に望みを断たれることになった。

その四日後の七月三日、アメリカの独立記念日の前日——。

ロシア人スパイ、イゴール・ミハノヴィチ・ガレリンと娘のナオミ・イゴノワ・ガレリンは、駐日本アメリカ大使館において、アメリカへの亡命に合意した。

# 解説

細谷正充（書評家）

シリーズ名を、どうしよう。柴田哲孝の『ミッドナイト』の解説を書くことになって、一番悩んだのはこのことである。普通ならば、作者の他のシリーズ――「私立探偵・神山健介」や「刑事・片倉康孝」のように、主人公の名前をシリーズ名にすればいいだろう。事実、本書を含む一連のシリーズは、二〇二二年八月現在、ウィキペディアで〝田臥健吾シリーズ〟と表記されている。だがこれでは、いささか座りが悪い。なぜなら本シリーズは、一冊ごとに主人公が入れ替わるのだから。その点に留意しながら、まずはシリーズの流れをたどってみよう。

本シリーズは、二〇一四年の『デッドエンド』から始まる。主人公は、ＩＱ１７２の脱獄犯・笠原武大だ。妻殺しで無期懲役になっていたが、冤罪である。大胆な方法で刑務所を脱出すると、あるものを手に入れるために北を目指す。その一方で、誘拐された武大の娘で、やはりＩＱ１７０以上の中学生・萌子の静かな戦いや、武大の行方を追う公安の田臥健吾警視と部下の室井智の動きも絡まり、壮絶なクライマックスを迎えるのだ。内容は、王道の冒険小説といってよく、武大の不撓不屈のアクションが楽しめた。

ところが第二弾『クラッシュマン』では、田臥が主人公になっている。前作の件で裁判にかけられたが無罪になり、古巣の警察庁警備局公安課特別捜査室〝サクラ〟に復帰した田臥は、クラッシュマンと呼ばれる凄腕のテロリストを追い、伊勢志摩サミットのテロ計画を阻止するのだ。笠原父娘も登場するが、カメオ出演である。

そして第三弾『リベンジ』では、福井県敦賀市にある高速増殖炉〝もんじゅ〟の秘密と、『デッドエンド』の因縁が絡まり、武大が敵に捕らわれる。高校三年になった萌子は、敵に追われながら、父を捜すためにバイクを駆るのだ。田臥たちも活躍するが、萌子が主人公といっていい。

さて、『リベンジ』まで読んで、本シリーズは一冊ごとに主人公が交代するのかと思った。その予想は第四弾の本書で確信に変わる。主人公を務めるのが、田臥健吾なのだ。なるほど、このパターンだと、主人公の名前をシリーズ名にするのは無理がある。統一されたサブタイトルがあるなら、それを使えばいいが、こちらもなし。まさにシリーズ名を、どうしよう状態なのだ。だが、作品の面白さの前では、そんなことは些事である。作者が創り出した、冒険小説の世界を、堪能すればいいのである。

本書『ミッドナイト』は、「小説推理」二〇一九年八月号から二〇年七月号にかけて連載された。単行本は、二〇二〇年十二月に、双葉社から刊行されている。物語の発端は、北海道の札幌。ロシアのスパイのイゴール・ミハノヴィチ・ガレリンは、十五歳の娘のナオミ・

イゴノワと共に、外務省のロシア担当の黒木直道と会っていた。ガレリンの妻の真澄は二週間前に死んでいる。どうやら殺されたらしい。話し合いの最中に、何者かの襲撃を受けたガレリンたち。父親から言い聞かされていたナオミが中央警察署に駆け込み、ふたりは道警に保護される。

それから数ヶ月後。田臥は上司の厚木範政から、ロシアの〝S〟（スパイ）を、車で本庁まで護送するという仕事を頼まれる。〝本店〟（警視庁）の大江寅弘の御指名だという。だが、ヘリや新幹線で護送した方が、手っ取り早いのではないか。うさん臭いものを感じながら、田臥は仕事を引き受ける。相棒の室井は、『クラッシユマン』で刺され、PTSDになっており、いざというときに使い物になるかどうか分からない。代わりに、エジプト人の母を持ち、六ヶ国語を操る矢野アサルを相棒にして、青森県の竜飛崎に向かう。運転する車は、愛用のメルセデス・ベンツS550ロングだ。

竜飛崎で、ガレリンとナオミを受け取り、東京へ向かう田臥たち。だが彼らを、〝ドッグ〟という謎の男と、その部下たちが狙っていた。ガレリンは、アメリカが日本に売った最新鋭ステルス戦闘機F－35Aの極秘情報を持っているらしい。航空自衛隊三沢基地に所属するF－35Aが墜落したのも、何か関係があるのか。さっそく〝ドッグ〟たちの襲撃を受けた田臥は、内通者がいる可能性を考え、独自の行動に出るのだった。

本書の最初の方に、新宿のゴールデン街にある古いバー『長いお別れ』が出てくる。いうまでもなくレイモンド・チャンドラーのハードボイルド『長いお別れ』から採ったものだ。

また、終章のタイトルが「さらば愛しき友よ」だが、こちらはチャンドラーの『さらば愛しき女よ』を捩っている。「週刊現代」二〇一七年四月二十二日号で、作者は「男の冒険心」をくすぐる基本の十冊を選んでいるが、その中で『さらば愛しき女よ』が挙げられている。

そして、

「チャンドラーの『さらば愛しき女よ』は高校時代に読み、淡々と物語が進んでいくハードボイルドの世界に魅了されました」

といっているのだ。田臥とガレリンの関係には、『長いお別れ』『さらば愛しき女よ』で描かれた、私立探偵フィリップ・マーロウと、それぞれの重要な登場人物との関係が投影されているのかもしれない。とはいえ本書は、ハードボイルドではなく冒険小説だ。淡々どころか、派手にストーリーが進んでいく。まず〝ドッグ〟の部下の〝イヴ〟がトラックで襲ってくる。この〝イヴ〟が、予想外の人物であった。まさか再び登場するとは思わなかった。いきなり本書から読んでも問題ないが、この驚きを味わいたいなら、前作『リベンジ』に目を通しておくべきだろう（しかし『リベンジ』は『デッドエンド』と密接な関係があるので、結局のところ最初から順番に読むのがベストである）。

続けて〝ドッグ〟の襲撃もあり、田臥は車を日本海側に向ける。実は、ここまで読んでいて、本書は冒険小説の黄金パターンである道中物だと思っていた。ちなみに道中物とは、ある目的のため、A地点からB地点へ向かうというもの。車での道中を扱ったものとしては、ギャビン・ライアルの『深夜プラス1』が有名だ（本書のタイトルが『ミッドナイト』なのも、この作品を意識してのことだろう）。その他にもS・L・トンプソンの『A-10奪還チーム出動せよ』など、面白い作品は幾つもある。過去の作品を想起しながら、楽しくなりそうだとワクワクしていたら、男鹿半島で予想外の展開になってビックリ仰天。なるほど、日本海側に来たのは、これをやりたかったからか。作者の着想と、それを実現する筆力が素晴らしい。しかも窮地を切り抜けた田臥は、これまた予想外の人を頼る。田臥たちの味方になる人物は、男も女も格好いい。そして蚊帳の外に置かれたことが我慢できなくなった室井も駆けつけ、〝ドッグ〟や〝イヴ〟との最終決戦になだれ込むのだ。もちろん笠原武大と萌子も、あることで田臥に協力。シリーズ物ならではの魅力も抜群なのである。

一方、〝ドッグ〟のキャラクターも強烈だ。常に、アルチュール・ランボーの詩を頭の中で呟き、部下の命を使い捨てにして、田臥たちを追っていく。悪役が強力だと、戦いが盛り上がる。ラストの死闘は、興奮必至の面白さなのである。

しかも戦いの場所が、恐るべき危険地帯だ。『デッドエンド』から一貫して描いてきた、現代日本の社会問題を、このように絡ませてくるのか。本シリーズはエンターテインメント・ノベルだが、時代の最先端の問題を掘り下げている点も、大きく評価されるべきであろう。

おっと、影の主役のことを忘れていた。最後まで田臥たちに尽くしてくれた、メルセデス・ベンツS550ロングである。メルセデス・ベンツの種類と値段はいろいろあるが、この車は千五百万円以上するようなので、高級車といっていい。そのメルセデス・ベンツが、度重なる銃撃を受けながら、田臥たちの期待に応える。どことなくクリント・イーストウッド監督兼主演の映画『ガントレット』を思い出させるラストまで、メルセデス・ベンツの活躍も、本書の読みどころになっているのだ。

その他、極秘情報の内容や、書き込まれた〝イヴ〟の半生、ナオミの意表を突いた活躍など、注目ポイントはたくさんある。だがそれは、読者自身で確認してもらいたい。夢中になって読める作品なのである。

なお本書に続くシリーズ第五弾『ブレイクスルー』は、「小説推理」での連載も終わり、今年の十一月に刊行予定とのこと。こちらは笠原萌子とある人物が主役になっている。冒険小説としては空前絶後かもしれない、一冊ごとに主役が入れ替わる、ユニークなシリーズ。いつまでも続いてもらいたい。そしてシリーズ名だが、『ブレイクスルー』の連載は〝「デッドエンド」シーズン5〟とあったので、もう「デッドエンド」でいいのではないか。作者と出版社には、一考をお願いしたいところである。

・本書は二〇二〇年一二月に小社より単行本刊行されました。

・ランボーの詩は『新編中原中也全集　第三巻・翻訳』（角川書店）と『地獄の季節』（小林秀雄 訳・岩波文庫）から引用しております。

双葉文庫

し-33-07

ミッドナイト

2022年9月11日　第1刷発行

【著者】
柴田《しばた》哲孝《てつたか》


【発行者】
箕浦克史
【発行所】
株式会社双葉社
〒162-8540 東京都新宿区東五軒町3番28号
［電話］03-5261-4818（営業部）　03-5261-4831（編集部）
www.futabasha.co.jp（双葉社の書籍・コミックが買えます）
【印刷所】
大日本印刷株式会社
【製本所】
大日本印刷株式会社
【カバー印刷】
株式会社久栄社
【DTP】
株式会社ビーワークス

【フォーマット・デザイン】
日下潤一

---



---

ISBN978-4-575-52599-1 C0193
Printed in Japan

双葉文庫　好評既刊

TENGU

柴田哲孝

中央通信の道平記者は二十六年前の連続殺人事件の捜査資料と対面し、再び動き出す。凄惨きわまりない他殺体の写真と唯一の物証である犯人の体毛。当時なかったDNA鑑定を行なうと意外な事実が。天狗伝説の真相とは⁉　圧倒的評価を得て大藪春彦賞に輝いた不朽の名作！